紅蓮の雪

遠田潤子

集英社文庫

目次

紅蓮の雪

序章

朱里《しゅり》を焼いた日はよく晴れていた。

平成最後の十二月、透徹した青空に骨壺《こつつぼ》を包んだ白布はよく映えた。俺は呆気《あっけ》なく逝ってしまった姉の骨を抱えて空をにらんでいた。姉を焼いた煙は空のどこまで上っていったのだろう。そして、空のどこか高いところで朱里は楽になれたのだろうか。位牌《いはい》を抱いた母もやはり空を見ていた。朱里が歳《とし》を取ったらこうなるだろうという綺《き》麗《れい》な横顔だった。一見、喪服はよく似合っている。なのに、母がぼんやりと佇《たたず》むさまは哀《かな》しみを堪《こら》えているというよりはただ退屈しているように見えた。

タクシー乗り場はすこし先だ。俺は一歩一歩足許《あしもと》を確かめながら歩き出した。幼い頃からいつも隣に朱里がいた。突然いなくなるとなんだかバランスがおかしい。身体《からだ》が勝手に傾いて、真《ま》っ直《す》ぐ歩いているつもりなのにどこかへ逸《そ》れていくような気がする。

俺は家にある小さな仏壇を思った。今、入っているのは父だけだ。今度はそこへ朱里を入れることになる。父と二人きりなんて朱里ははじめてではないか。朱里は父に会って一体なにを思うのだろう。そして、父は朱里に会ってなにか思うのだろうか。

俺の後ろを歩いているのは内藤《ないとう》だ。憔悴《しょうすい》しきった顔でついてくる。東京からたった一人で参列した、朱里の元婚約者だ。

「伊吹《いぶき》君、本当はなにか知ってるんだろう」

内藤が俺に呼びかけた。黙って振り向くと、内藤の眼《め》は真っ赤だった。朱里が内藤との婚約を一方的に破棄したのは一ヶ月前だ。朱里はその理由を決して語らなかった。

「なあ、頼む。教えてくれ。なぜこんなことになったんだ。なぜ朱里は死んだんだ。婚約を破棄したことと関係があるのか」

何度繰り返された質問だろう。もう聞き飽きた。だから、また同じ返事をした。

「わかりません」

「朱里は君になら話したんじゃないのか」

「俺はなにも知らない。朱里はなにも言わなかったんです」

「嘘《うそ》だ」

「いい加減にしてくれ」

食い下がる内藤をにらみつけた。内藤も俺をにらみ返す。澄んだ明るい冬空の下、俺たちは無言で向かい合っていた。

そのとき、母がゆっくりと内藤に顔を向けた。ごく静かに言う。

「内藤さん、もう済んだことでしょう。死んだ人は還《かえ》らへんのやから」

「済んだこと？　自分の娘が死んだのによくそんなことが言えますね」唖然《あぜん》とした顔で

内藤が言う。

「だって、あの子には私と同じ血が流れてたから」

どうでもいい、といったふうに母は首を左右に振った。そして、また空を見た。内藤は手応えのない母に見切りをつけ、俺に向き直った。

「朱里はずっと言ってた。……伊吹を一人にするわけにはいかない。この世でたった二人だけの双子だから、って」内藤の眼にまた涙が浮かんだ。「伊吹君、本当のことを言ってくれ。君が結婚に反対したんだろう。だから、朱里は死んだんだ」

「違う。俺は朱里があんたと結婚して幸せになるもんだと思ってた。反対なんかするわけがない」

「じゃあ、なぜ」内藤が悲痛な声を上げ、大粒の涙を流した。

俺は朱里の骨を抱えたまま立ち尽くしていた。嘆き悲しむ内藤も、まるで他人事《ひとごと》のような母も、どちらもただただうっとうしかった。

「教えてくれ。朱里に一体なにがあったんだ。なんでこんなことになったんだ」

この男はまだいい。こうやって泣くことができる。だが、俺は泣くことすらできない。朱里の死が理解できない。朱里がこの世からいなくなってしまったなんて到底信じられない。双子だった俺たちがまさか離ればなれになるなんて。

内藤をにらみつける気力もなくなった。ぼんやりと佇んでいると、ふと母が呟《つぶや》いた。

「あ、雪や」

俺も朱里の骨を抱いたまま高い空を見た。雪が落ちてくる。風に揺れて、右へ、左へ、ひらひら、くるくると落ちてくる。

あれは保育園の発表会の日だった。出し物は『かさじぞう』で、俺と朱里は村の子供の役だった。空を見上げて言う。

――あれ、雪が降ってきた。

――本当だ。雪が降ってきた。

ひらひらと紙で作った雪が降ってくる中、俺と朱里は手を繋《つな》いで退場した。発表会を観《み》に来たのは母だけだった。父の姿がなかったことに関して母はなにも言わなかった。俺と朱里も訊《たず》ねたりしなかった。いつものことだからだ。

帰り道、俺と朱里は二人並んで母の後ろを歩いていた。すると、本物の雪が落ちてきた。ひらひらと晴れた冬の空を舞っている。俺は空を見上げた。澄んだ青のどこかから雪が降ってくる。雪雲なんて見えないのに一体どこから雪は落ちてくるのだろう。

――紙雪《かみゆき》が降ってくる。

かすれた声で母が呟いた。母はそれきり動かない。空を見上げたまま立ち尽くしている。どうしたのか、と顔を見て驚いた。母は声も立てずに泣いている。雪の舞う青空を仰いだまま滂沱《ぼうだ》と涙を流していた。

俺は急に不安になった。思わず母の手を握ろうとしたが乱暴に振り払われた。俺はアスファルトの上に尻餅をついた。冷たさと痛さで尻から背中にかけてじいんと痺《しび》れた。朱里が黙って手を差し出した。涙を堪えて俺は朱里の手を握った。熱い手だった。朱里が強く握りかえしてきた。俺は立ち上がった。

その瞬間、理解した。この世界に自分たちは二人きりだ。俺と朱里、双子二人きりで生きていくしかないのだ、と。

朱里を焼いた煙が上った空から、雪が降る。

「妄執の雲晴れやらぬ朧夜《おぼろよ》の　恋に迷いしわが心……」

母は空を見上げたまま小さな声で長唄「鷺娘《さぎむすめ》」の出だしを唄った。

俺も十二月の空を見ていた。発表会の日と同じだ。晴れている。雲なんてない。ただ、静かにひらひらと雪が落ちてくる。母の眼にはあの空のどこかに紙雪を降らせる妄執の雲が見えるのだろう。

「あの子は飛んだんやね」

位牌を手にした母は透明な冬空を見上げたまま羨ましそうに呟いた。

第一章　開幕

幕に描かれているのは七福神だ。ずいぶん古くて褪《あ》せている。空調があまり利いていないので、七月の終わりの劇場は蒸れて化粧と香水の匂いがした。

額の汗を拭ったとき、ちょんと一回拍子木《ひょうしぎ》が鳴った。すこしして今度はちょんちょんと二回鳴った。またしばらくすると、ちょんちょんちょん……と流し打ちが聞こえて幕が開いた。

小さな舞台だ。幅も奥行きもなくて中学校の体育館の舞台よりも狭いくらいだ。舞台奥と袖には音響器具や照明が剝《む》き出しで置いてあるから丸見えだ。中央には街道筋にある二階建ての店のセットが組んであった。

突然、店の前で騒ぎが起こった。ガラの悪いヤクザ者が酔って包丁を振り回して暴れている。そのとき、二階の障子窓が開いて女が顔を出した。白塗りの化粧をした美形だ。途端に客席が沸いた。大きな拍手が起こって声が掛かる。女は髪を梳《す》きながら窓から街道を見下ろした。

すると、みすぼらしい恰好《かっこう》をした男が花道から出てきた。ひときわ大きな拍手が起こって客席から「座長」と声が掛かった。どうやらこの男が座長のようだ。

ボロボロの単衣《ひとえ》を着た男は店の前までやってきて騒ぎに巻き込まれた。包丁を振り回す男から逃げようとするが足許がおぼつかない。逃げ回るが何度もあやうく切られそうになる。その様子を窓からじっと見ていた女が痺れを切らし、上から包丁男に水を掛けた。

「水をかぶって少しは気が落ちついたかい、弥《や》あ公《こう》」

声を聞いてはっと気付いた。あれは女じゃない。女形《おんながた》だ。

二、三百人しか入らない小さな劇場だから舞台と客席が近い。俺は前から五列目だったが他の大きな劇場なら最前列の距離だろう。まじまじと女形の顔を見ると本当に綺麗でとても男には見えない。白塗りの化粧で素顔なんてまるでわからないが、それでも元の顔かたちが整っているというのは想像がつく。

「何だあ」水を掛けられた包丁男は二階を見る。「手前、お蔦《つた》の阿魔《あま》だな」

芝居は『一本刀土俵入《いっぽんがたなどひょういり》』だ。お蔦役の女形は美しいだけでなく情感たっぷりに芝居を進めた。少々過剰な演技だが誰の眼にもその健気《けなげ》さが伝わってくる。かなり背が高くて他の役者とのバランスが悪いがそのぶん舞台映えがした。

弥あ公と呼ばれた弥八《やはち》役の男は絵に描いたような時代劇に出てくるチンケな三下《さんした》だ。こういう演技は安心して観ていられる。

二階の窓と街道で芝居が続いていった。単衣のみすぼらしい男は茂兵衛《もへえ》という名で角力《すもう》取りだ。江戸に向かう途中だが一文無しで腹が減ってふらふらだという。お蔦は茂兵衛の境遇に同情し、立派な関取になってよ、と金と自分の身に着けていた櫛《くし》簪《かんざし》を与えた。

「その代わり、取的《とりてき》さん、きっとだよ、立派なお角力さんになっておくれね。いいかい。そうしたら、あたし、どんな都合をしたって一度は、お前さんの土俵入りを見に行くよ」

「あい、あい、きっとなります。横綱にきっとなって、きょうの恩返しに、片屋入《かたやいり》を見て貰《もら》います」

さすがに座長だ。台詞《せりふ》一つ、身のこなし一つにも圧倒的な説得力と貫禄《かんろく》を漂わせている。

歌舞伎ならここで鳴り物が入るだろう。だが、舞台横のスピーカーから流れてくるのはテレビの二時間ドラマふうの大げさなＢＧＭだ。とてつもない違和感を覚えてそっと周囲を見回した。だが、観客はみな夢中で舞台に見入っている。涙を流している年配客もいた。なんだか釈然としないが気を取り直して舞台に眼を戻した。

場面が変わって利根《とね》の渡しになった。お蔦の恵んでくれた金で元気になった茂兵衛は江戸へ向かう渡し船を待っている。そこに小さな女の子が子守役で登場した。まだ五、六歳だというのに達者な演技だ。客席は大喜びで拍手を送った。

そこへ先程の男が仲間を引き連れ仕返しにやってきた。だが、茂兵衛はあっという間に返り討ちにしてしまう。子守の女の子と話をした茂兵衛は、女の子の背負っている赤ん坊がお蔦の産んだ子だと知った。

やがて、十年の時が流れた。茂兵衛は角力取りとしては大成できず渡世人になっていた。利根の向こう岸に戻ってきてお蔦の消息を訊ねるも、すでに店もないと聞かされる。今、幅をきかせているのは、あのとき包丁を振り回していた乱暴者だ、と。そんな中、茂兵衛はイカサマ賭博をした男と間違われてヤクザに摑《つか》まる。疑いは晴れたが、実は本物のイカサマ男はお蔦の夫だった。

最後の場面はお蔦の家だ。舞台には大きな桜の木のセットがあり、ちらちらと桜が舞っていた。イカサマのせいでお蔦一家はヤクザに狙われている。十年前の恩返しをするため茂兵衛はお蔦たちを逃がし、一人ヤクザに立ち向かう。

いよいよクライマックスだ。客席のあちこちからすすり泣きが聞こえた。

「お行きなさんせ早い処《ところ》で。仲よく丈夫でお暮らしなさんせ。ああ、お蔦さん。棒切れを振廻《ふりまわ》してする茂兵衛のこれが、十年前に、櫛、簪、巾着ぐるみ、意見を貰った姐《あね》さんに、せめて、見て貰う駒形《こまがた》の、しがねえ姿の、横綱の土俵入りでござんす」

名台詞が終わると、突然、大音量で演歌が流れはじめた。聞いたこともないような古い曲だ。派手に桜吹雪が舞い散る下で座長が見得を切った。客席からひっきりなしに声が掛かる。俺は啞然として舞台を見つめていた。割れんばかりの拍手の響く中、幕が閉まった。

場内が明るくなると、幕の隙間からお蔦役の女形が先程の恰好のまま現れた。手に持ったマイクを見てぎょっとした。びっしりとラインストーンでデコレーションされギラギラ輝いている。

女形は履物を脱いで正座すると指を突き深々と頭を下げた。

「本日はお暑いなか、鉢木座《はちのきざ》公演に足をお運びいただき、誠に、誠にありがとうございます。鉢木慈丹《じたん》が座長に代わり厚く御礼申し上げます。本日は二部構成、ただいまご覧いただきました『一本刀土俵入』と、この後のショーでお楽しみいただけたらと思います」

客席から、若座長、と声が掛かった。女形は顔を上げてマイク片手にくだけた調子で話しはじめた。

「本来なら座長が御挨拶するところなんですが、うちの座長は偏屈なもんで、人前でよう喋《しゃべ》らん、て我が儘《まま》言うんです。座長が今さらなに言うてんねんと思いますけど、まあ、年寄りは大事にせなあかんので、はいはい言うてます。お客様には申し訳ないですが、代わりに僕で我慢してください。僕はこれでも一応、若座長いうことになってますんで」

もう女形の声ではない。素の男の声だ。客席がどっと笑った。女形の扮装《ふんそう》のままの軽妙なトークは凄《すさ》まじいインパクトがあった。俺は女形を見つめた。この男が鉢木座の若座長、鉢木慈丹か。

「先月は東京におりまして、あちらでもずいぶんかわいがっていただきました。令和になりましてはじめての大阪公演で、地元の安心感というか、まあ、ほっとしております。いやあ、やっぱり大阪は暑いですね。外は三十五度超えてるらしいですわ。楽屋も地獄です。汗掻《か》いてすこしは痩せるかと思《おも》たのに全然やから、腹立つなあと思てます」ここで慈丹が客席に呼びかける。「大阪以外から来てくれはったかた、いてはりますか」

客席からパラパラと手が挙がった。追っかけのファンらしい。ペンライトを振って慈丹にアピールしていた。

「遠いところ、わざわざありがとうございます。でも、あんまり無理はせんといてくださいね。儲《もう》かるのは嬉《うれ》しいけど、長く応援していただけるのが一番やから」

また客が笑う。慈丹はそこで急に口調を変えた。

「今からお得な前売り券綴《つづ》りと、タオル、DVDなど特製グッズの販売に参ります。どうぞ、お気軽にお声をお掛けください。第二部は舞踊ショーとなっております。用意ができるまで、あとしばらくのお時間を頂戴いたします。皆様、最後までどうぞごゆっくりお楽しみくださいませ」

慈丹は三つ指を突き深々と一礼するとみなの拍手に送られ幕の内側に消えた。

先程、ヤクザを演じていた男が扮装のまま客席に下りてきて、狭い通路を歩きながら慣れた様子で手売りをはじめた。結構な人数の客が買っていたので俺はまたすこし驚いた。

古い小屋なので椅子も小さいし前の座席との間隔も狭い。長身の俺には窮屈だしこんなにも人が近いと辛《つら》い。我慢できず立ち上がって見回した。客席は大入りだった。壁際に並べられた補助のパイプ椅子も満席で後ろには立ち見もいる。ほとんどが女性で男は数えるほどしかいない。年齢層は高く五十代六十代以上が三分の二を占め、残りの三分の一がアイドルのコンサートに来るような若い女性だった。

壁には役者の大きなタペストリーが掛けられている。渡世人の恰好をした座長の「鉢木秀太《ひでた》」だ。額に下ろした一筋の髪に色気がある。六十手前だろうか。濃い化粧で素顔はわからない。だが、造作の整った古典的な二枚目であるのは間違いない。

その隣は金銀の縫い取りのある緋色《ひいろ》の豪華な衣装を着けて微笑《ほほえ》む女形だ。鉢木座若座長の「鉢木慈丹」は何度見てもはっとするほどの美形だった。

座長と若座長のタペストリーをじっと見ていると、隣の席に座っていた女性に声を掛けられた。

「お兄ちゃん、若い人が珍しいな。あんたもイケメンやけど、どっかの劇団の子か」

七十歳は超えているだろうか。原色のブラウスに原色の花柄のスカート、派手な恰好だ。

「いえ」

否定すると、今度は反対側の隣の席に座っていた女性が話しかけてきた。

「ええ？　違うんか。私もどっかの劇団の子かと思てたわ」

こちらはすこし若くて六十過ぎくらいに見える。服の色は地味だが胸許に大きなブローチを着けていた。

「そやろ？　絶対どっかで女形やってる子に見えたわ」

俺を挟んで女二人が話しはじめた。明らかに初対面なのにあっという間に打ち解けている。俺は驚き呆《あき》れてこの距離感のなさにすこし恐怖を覚えた。

「じゃあ、お兄ちゃん、若座長のファンなんか。それとも単に芝居好きなんか」

原色が再び俺に話しかけてくる。

「座長も若座長も男前やろ。座長なんか若い頃は錦《きん》ちゃんにも負けてへんかったんやで。まあ、そんなん言うても若い人は萬屋錦之介《よろずやきんのすけ》なんか知らんやろけど」

今度はブローチだ。

ぎゅうっと胸が縮んで肺の中から酸素がなくなったような気がした。萬屋錦之介か。もちろん知っている。それどころか中村錦之助《なかむらきんのすけ》時代だって知っている。時代劇好きの父がよく観ていたからだ。

「お兄ちゃん、鉢木座のファンなんか？　ええ趣味してるわ」

ブローチが言って、原色がうんうんとうなずいた。

悪気がないのはわかる。だが、もう勘弁してくれ。曖昧にごまかして客席奥のトイレに向かった。女性用には行列ができていたが男性用はガラガラだ。手を洗って鏡を見ると顔が青かった。

客席に戻ると、また、ちょんちょんと拍子木が鳴った。二部の舞踊ショーのはじまりだ。音楽が流れて幕が開いた。

「鉢木寧々《ねね》、『プラネタリウム』」

アナウンスに続いて出てきたのは真っ赤な着物を着た女の子だった。さっきの子守役だ。襟や袖にたっぷりとレースがついた着物で団扇《うちわ》を持って達者に踊る。曲は大塚愛《おおつかあい》の「プラネタリウム」で微妙に古かった。

隣の席の原色のほうの女が俺の肘を突《つつ》いた。

「あれ、若座長の娘さんや。可愛《かわい》らしいやろ」

いきなりだったので椅子の上でわずかに身体が跳ねた。思わず声が出そうになったがなんとか堪えて平気なふりをする。しっかりしろ、と自分に言い聞かせた。

女の子は大人気だった。鉢木慈丹にはもうあんなに大きな子供がいるのか。俺とそう変わらないように見えるが、彼は一体いくつなのだろうか。

女の子は踊りが終わると、にこにこと笑いながら袖に消えた。その後に何人かが踊った。曲は演歌だったりJ－POPだったり様々だった。

突然、照明が落ちて舞台が真っ暗になった。「津軽海峡《つがるかいきょう》・冬景色《ふゆげしき》」のイントロが流れると客席中央の客が揃《そろ》ってペンライトを振りはじめた。やがて、ぽつんとスポットライトが点《つ》いた。ちらちらと雪が落ちてくるのが見える。俺は思わず息を呑《の》んだ。これは紙雪だ。

鉢木慈丹が白の着物に黒の帯、緋色の襦袢《じゅばん》で現れた。手には傘を持っている。「鷺娘」の扮装だ。だが、ただの「鷺娘」ではない。長い袖にはスパンコールとふわふわした白い綿毛のような羽根が付いている。人でもなく鳥でもなく、男でも女でもない姿で傘を開いたり閉じたりしながら慈丹は華麗に舞った。圧倒的に魅せる踊りだった。

慈丹が舞台から俺を見た。一瞬、眼が合うと妖艶に微笑んだ。男だとわかっていても胸がどきりとした。凄《すご》い色気だ。

息を詰めて慈丹の踊りを見つめていると中央の通路を進む人影に気付いた。舞台の下に女が近寄っていく。四十代くらいの女性だ。まさか舞台に上がる気か。ファンの暴走か。誰か止めたほうが、とあたりを見回すが誰も慌てていない。女は舞台のすぐ下にしゃがんでじっとしている。すると、慈丹が踊りながら舞台の一番前まで出た。女が立ち上がる。慈丹が身をかがめて女に上体を寄せる。そこへすっと女が手を伸ばした。瞬間、眼を疑った。女の手の先にあるのは扇形に広げた一万円札だ。五枚はあるだろう。

女は慈丹の着物の胸許に広げた万札を派手なクリップで留めた。慈丹がにっこり笑って女の手を握った。女は慈丹と握手をするとさっと引っ込み客席に戻っていった。慈丹は広げた万札を五枚胸許に着けたまま何事もなかったかのように再び踊りはじめた。

俺は唖然としていた。おひねりという物は知っている。大衆演劇では現金を渡すことがあると聞いたことがある。だが剝き出しの一万円札を渡す光景はあまりにも衝撃的だった。しかも、真剣に踊っている最中の女形の胸許にだ。

気付くと、右端の通路の先にも女がしゃがんでいた。今度は六十歳くらいだろうか。先程と同じように万札を胸許に挟み込むと慈丹と握手をして客席に戻った。どうやらこれは大衆演劇では当たり前の作法らしい。とんでもない世界だ。俺はため息をつきながら舞台に眼を戻した。

はらはらと降っていた雪が次第に激しくなっていき、やがて吹雪となった。慈丹の髪に、頰に、肩に紙雪が積もる。舞台の上はもう真っ白だ。

――妄執の雲晴れやらぬ朧夜の　恋に迷いしわが心。

「鷺娘」の歌い出しを思い出し俺は眼を閉じた。ふっと朱里の顔が浮かんだ。双子の姉は今、どこにいる？　どこまで飛べた？　妄執の雲が晴れた空の下で幸せになれたのか。

拍手に送られ慈丹が下がると、続いて座長の鉢木秀太が黒の着流しで出てきた。流れる演歌は鳥羽一郎《とばいちろう》のようだが知らないマイナーな曲だ。手に持った扇をひらひらと返す。大げさなところのない綺麗な要返《かなめがえ》しだ。いぶし銀という言葉がぴったりだった。曲の中程で二人の女性が万札を座長の胸に付けた。

その後も趣向を凝らしたショーが続いていき、やがてアナウンスが入った。

「それでは、これより本日のラストショー『花見踊り』でございます」

音楽が変わって「元禄花見踊《げんろくはなみおどり》」の軽快なポップスアレンジが流れはじめた。着飾った役者たちが桜の小枝を手に出てくる。羽根やらスパンコールやらで飾られた着物がきらきらと輝いた。ピンクのライトが当たると先程の紙雪が桜吹雪に見える。最後に出てきたのは慈丹だ。ど派手な遊女になっている。小さな舞台の上を一杯にして七人ほどの役者が華やかに踊った。

幕が閉じると再び鉢木慈丹が出てきた。三つ指を突いて挨拶する。

「皆様、お忙しい中、最後までご覧いただき誠にありがとうございました。本日、大入り、トリプルでございます。皆様のお手を拝借しまして三本締めを行いたいと思います」

客席揃っての三本締めが終わると再び慈丹が頭を下げた。

「皆様、誠にありがとうございます。これにて昼の公演は終了となりますが、夜の公演もございます。お時間に余裕がございましたら、引き続きご覧いただけますと幸いです。なにとぞよろしくお願いいいたします」

慈丹が袖に消えると観客が席を立って帰りはじめた。俺も出口へと向かったがなかなか列が進まない。なぜ詰まっているんだ、と不思議に思っていたがすこし進んでわかった。役者たちが舞台姿のまま出口に並んで観客を見送っているのだ。

ありがとうございました、と役者たちが頭を下げる。握手を求める客には握手をする。ツーショットの写真撮影に応じる者もいる。町娘の扮装をした若い女がにっこりと俺に微笑みかけた。

「ありがとうございました」

女が手を差し出したがそのまま進んだ。見送りの最後にいるのは座長の秀太と若座長の慈丹だ。二人の周りには人だかりができてみなが携帯で写真を撮っている。プレゼントを渡している人もいた。

座長に背を向け劇場を出ようとしたとき、ファンに取り囲まれていた慈丹と眼が合った。慈丹がじっと俺を見た。舞台の上から送られた妖艶な眼ではなく、なにか面白そうな、だが冷静に観察するような眼だった。

今の眼はなんだろう。困惑しながら劇場を出た。途端に容赦ない陽射《ひざ》しが照りつけてくる。全身に汗を感じながら通天閣《つうてんかく》の足許に広がる繁華街をあてもなく歩いた。

先程の舞台の衝撃が身体から抜けない。俗っぽいBGMにど演歌、そして強烈なライトがぐるぐる渦巻いている。激しく混乱して頭も身体も自分のものではないような気がした。眼の前はぼんやりとかすんで車の音も歩道の喧噪《けんそう》もやたらと遠く聞こえる。心の中に紙雪が吹雪《ふぶ》いてきた。どんどん降り積もる。

鉢木慈丹とは一体何者だ。朱里、お前はあの男となにかあったのか。

*

双子の姉、朱里が死んだのは去年の冬、俺と朱里の二十歳の誕生日だった。

高校を出た後、俺たちは揃って家を出ていた。朱里は東京の私立大学へ、俺は近県の国立大学へ進んだ。はじめての別離だった。

朱里には婚約者がいた。内藤という大学の先輩で、朱里に一目惚《ぼ》れして猛アタックしたそうだ。内藤の実家は伊豆《いず》の有名な老舗旅館だった。

付き合い始めてから半年ほどしたとき、郷里にいる内藤の父親が亡くなった。

「僕は家を継がなければならない。大学を卒業したら一緒に来て女将《おかみ》修業をして欲しい」

内藤は朱里にプロポーズをした。そのあと内藤の実家ですこし揉《も》めたが結局は丸く収まった。朱里は卒業後の結婚を約束して十九歳で婚約した。

一生結婚なんてしない、と言っていた朱里が納得して決めた婚約だ。それほど内藤は素晴らしい男だったのだろう。だから、絶対に幸せになると思っていた。なのに、朱里は自分から婚約を破棄した。誰にも言わず一人で故郷に帰り、実家にも寄らず真っ直ぐ町はずれにある山城に向かった。そして、二十歳の誕生日に城の石垣から落ちたのだ。雪で足を滑らせたのかと思われたが、目撃者が言うには朱里は「飛んだ」そうだ。両手を広げ鳥のように飛んだのだ、と。

朱里のマンションの部屋には俺に宛てた書き置きがあった。

——伊吹、ごめん。

ただそれだけだ。遺書かどうかもわからない。俺は警察に事情を訊《き》かれたがなにも答えられなかった。母も同じだ。そもそも、朱里が婚約を破棄した理由もわからない。婚約者の内藤にも心当たりがないという。結局、なにもかもうやむやのままだった。

母はなにもしなかったので俺が朱里の下宿を片付けた。ただ、なにも見ずに朱里の持ち物を段ボール箱に放り込んだ。機械的にしないとやりきれなかった。この流れ作業を止めると二度と動けなくなるような気がした。そうして、朱里の身の回りの物を実家に持ち帰ってそのままにしておいた。

小さな町の嫌なところは聞きたくない噂《うわさ》が耳に入ることだ。みな、俺たち双子を子供の頃から知っている。朱里が城の石垣から飛ぶと口さがない連中はこう言った。東京で男にもてあそばれて捨てられた、実は妊娠していたらしい、と。だが、俺も母も黙って聞き流した。否定して回れば火に油を注ぐだけだ。

かつて朱里に相手にされなかった男たちはもっと卑猥《ひわい》な憶測をして喜んだ。風俗店で働いていた、中絶した、クスリをやっていた、と。

バカバカしい。東京の大学に行っていたというだけで、なぜそこまで想像をたくましくする？　下品だ。だが、田舎の町なんてこんなものだ。美しいのは城だけだ。そう、朱里が死に場所に選んだ城だ。美しいに決まっている。

涙は一度も出なかった。朱里の四十九日が済んだあたりで、とうとう俺は身も心も動かなくなった。哀しいとも寂しいとも感じずにただ一人で雪を見ていた。毎日どれだけ眺めても雪は飽きなかった。このまま一生雪を眺めていたいと思っていた。

雪が溶けて春が来て新年度になっても俺は動けなかった。下宿に戻らずそのまま家に閉じこもり、友人や大学からの連絡も無視した。母はなにも言わなかった。

ある日、母が家を片付けて綺麗にするのだと言い、朱里の荷物を捨てようとした。瞬間、俺は激昂《げっこう》した。なにか叫んでいるのだが自分でもよくわからない。ただ懸命に朱里の荷物を守り続けた。

「触るな。あんたが触るな」

そう怒鳴って朱里の部屋から母を叩《たた》き出した。そして、半年ぶりに朱里の遺品と向き合った。

朱里は物に執着がなく思い出の品を残しておくという習慣もなかった。必要でなくなった物、使い終わった物は捨てた。年賀状も返事を書いたら捨てた。携帯を持っていたが自分では写真を撮らず、友人から送られてきた写真を保存することもなかった。薄情と言われるかもしれない。でも、俺も同じだった。余計な物は持ちたくない。身の回りを綺麗にしておきたいと思っていたからだ。

必要最低限しかない朱里の荷物を整理するうち、俺は不思議な物を見つけた。それは大衆演劇の雑誌と大阪の劇場の入場券の半券だった。大衆演劇に興味があるなんて朱里の口から一度も聞いたことがない。なぜこんなものがあるのだろうか。

無論、大学生になって大衆演劇に興味を持ったのかもしれない。だが、東京から大阪までわざわざ観劇に行くなんて余程のファンということだ。なんだか朱里らしくないように感じた。

半券に押してあるスタンプの日付は朱里が死ぬ一週間前だった。劇場のホームページで確認するとその日には鉢木座の公演が行われていた。次に雑誌を見た。真ん中に鉢木座の特集記事がある。姉の目当ては鉢木座に間違いなかった。

俺は朱里の死の手がかりを求めて記事を読んだ。座長は鉢木秀太、鉢木座の二代目だという。人目を引く美しい女形は鉢木慈丹、若座長とあった。内容はごく当たり前の劇団紹介で特におかしいところはなかった。

俺はふっと思った。もしかしたら、朱里の自死の原因がこの鉢木座にあるのではないか。

なんの根拠もないバカバカしい考えだったが、鉢木座の公演を観た一週間後、朱里が石垣から飛んだのは事実だ。俺は決意した。姉が最後に観た舞台を俺も観てみよう、と。大学に戻る気持ちは完全になくなっていた。俺は退学届を出し下宿を引き払った。やはり母はなにも言わなかった。

＊

昼公演を観て帰るはずだったが、急遽《きゅうきょ》夜公演も観ることにした。観ればなにかわかるかもしれないと思っていた。だが、俺は観る前よりもいっそう混乱していた。なぜ朱里はこの舞台を観ようと思ったのだろう。なぜ雑誌まで買おうと思ったのだろう。その混乱に拍車を掛けたのは舞台の凄まじさだった。俺は大衆演劇、特に慈丹という男に衝撃を受けていた。

夜まで時間を潰さなければならない。心が騒いでじっとしていることができず天王寺《てんのうじ》動物園に向かった。中に入ると「鳥の楽園」という巨大なケージがある。俺はしばらく金網の前に佇んでいた。遠い雪の日のことを思い出した。朱里と二人、完璧な世界を感じた雪の朝のことだ。

鳥の鳴き声があちこちから聞こえる。ふいに息苦しくなった。朱里もここに来たのだろうか。来たとしたらこの巨大な鳥の檻《おり》を見てなにを思ったのだろうか。俺と同じようにあの朝のことを思ったのだろうか。息苦しくてたまらない。俺は慌てて金網に背を向け、逃げるように動物園を出た。

やがて、夜の公演がはじまった。演目は『一心太助《いっしんたすけ》』に変わっていた。太助を演じるのは慈丹で実にいなせな男前だった。座長は大久保彦左衛門《おおくぼひこざえもん》の役で、座っているだけで貫禄がある。太助の女房お仲《なか》を演じているのは、昼間、俺に手を差し出した町娘だった。

夜の部の客席には若い女性が多かった。学生や仕事帰りのＯＬが目立った。ショーはさらに派手に、現代風になっていた。長い銀髪を振り乱し毛皮をまとった慈丹が扇をくるくると回して踊った。座長は着流しに傘を差して静かに舞った。ラストショーは「黒田《くろだ》ブギー」で、女剣士の恰好をした慈丹と槍《やり》を持った座長がアップテンポの舞を見せた。最後はやはり役者が勢揃いで賑《にぎ》やかに幕が下りた。

ショーが終わるとまた役者が一列に並んで客を見送った。お仲が俺を見てはっとした。

「ありがとうございます。続けて観てくれはったんですね」

お仲が俺の手をいきなりつかんだ。俺は慌てて払いのけた。お仲は驚き怯《おび》えたように半歩下がった。しまった、と思い慌てて謝った。

「……すみません」

座長が横目でちらりとこちらを見た。ほんの一瞬眉を寄せたがなにも言わなかった。女剣士姿の慈丹はじっと俺を見ていたが、なにを考えているのかまったくわからなかった。

俺は最後の客が帰るまで大人しくロビーの隅で待つことにした。やがて客の列が終わってロビーが静かになった。俺は思い切って座長に声を掛けた。

「すみません。ちょっとお訊ねしたいことが」

「なんでしょう」

座長は世慣れた笑みを浮かべた。なんでしょう、と言いながらも少しも不思議に思っている様子はなかった。

「俺の双子の姉が去年、鉢木座の公演を観に行ったようです」

「そうですか。ありがとうございます」座長がにこりと笑って頭を下げた。

「その後、姉は亡くなりました」

すると、座長の顔に一瞬動揺が浮かんだ。

「亡くなった？」

「自殺したんです」

座長はしばらく絶句していたが、すぐに深々と頭を下げた。

「それはそれは……お悔やみ申し上げます」

「姉は牧原《まきはら》朱里といいます。それまで演劇には興味がなかったのに、突然舞台を観に行って雑誌まで買って……その一週間後に死んだんです。それで、なにかあったのか、と」

「なにか、とはどういうことでしょう？」

座長が顔を上げじっと俺を見た。言葉遣いは丁寧だがひやりとする迫力があった。

「いや……その……なにか死を決意させるようなものがあったのかと思って」

「まさか。うちがやっているのはご覧の通りの大衆演劇です。高尚なもんやありません。お気の毒ですが、お姉さんには関係ないと思いますよ。お役に立てなくて申し訳ないですが」

穏やかだがきっぱりと否定したところへ、女剣士姿の慈丹が「関係者以外立ち入り禁止」のドアから出てきた。俺にぺこりと頭を下げてから座長に話しかける。

「座長、お話し中申し訳ありませんが、そろそろ表を閉めなあかんのと違いますか」

あたりを見回すとロビーの出入り口で初老の男がこちらを見ていた。もぎりをやっていた人だ。どうやらあれが劇場の責任者らしい。大声で言った。

「すんません。もうここ閉めますんで」

「はい。すみません。どうもお疲れさんです」座長はほっとしたような表情で言うと、俺に向き直った。「さあ、お客さん、出口はあちらです」

「あの、もうすこしお話を聞かせてもらえませんか」

「この後、明日の稽古もあるんで、これで」

「すこしでいいんです。お願いします」

俺は懸命に食い下がった。だが、座長は俺の言うことに耳を貸さずさっさと行ってしまった。俺は座長が「関係者以外立ち入り禁止」のドアを開けて行ってしまうのを黙って見送るしかなかった。

「お客さん、頼みますわ。早《は》よ出ていってもらえますか」

劇場責任者の男が苛立《いらだ》ちを隠さずに言った。諦めて出口に向かおうとしたとき、慈丹が声を掛けてきた。

「ここは一旦閉めなあかんから、とりあえず出てもらえますか。表で待っててください。僕、すぐに行きますから」

「え？」

じゃあ、と慈丹は袴《はかま》の裾をくるりと翻してドアの向こうに消えた。呆気にとられて立ち尽くしていると劇場責任者が完全に怒った。

「お客さん、ええ加減にしてくれますか。ロビーの電気代かてタダやないんやから」

「すみません。今、出ます」

慌てて外へ出た途端、背後で照明が落ちて鍵が閉まる音がした。

夜だというのに想像以上の暑さだった。全身から汗が噴き出るのがわかる。大阪の蒸し暑さは聞いていたがこれほどまでとは思わなかった。汗を拭いながら劇場の前の道路で待っていると、女剣士姿のままの慈丹がやってきた。

「お待たせしました。劇場の裏口からぐるっと回って来たんですわ」にこっと笑う。

「なにかワケありのご様子で」

「……ええ、ちょっと」

見送りのとき、この男はなぜか俺をじっと観察していた。朱里のことを正直に話していいものか判断がつかない。

「昼から続けてご覧いただいてますが、どこぞの劇団の方ですか？」

「いえ。そういうわけでは」

「じゃあ、入座《にゆうざ》希望の方ですか？」

「いえ」

「なんや、残念」慈丹が思わず大きな声を上げた。白塗りの化粧のまま愛嬌《あいきよう》たっぷりに笑う。「昼から気になってたんですよ。若い男は目立つから」

慈丹が笑うのを止《や》めてすっと俺の横に並んだ。ちらと横目で俺を見る。掌《てのひら》をかざして互いの背丈を比べた。

「僕とほとんど同じ位の背丈やな。着物は問題ない」

着物？　なんのことだろう。困惑する俺にかまわず慈丹が話し続けた。

「うちの座長に話を聞きたい、て言うてはりましたね。急いではりますか。僕はこの後稽古があるんです。もし遅うなってもかまへんのやったら、稽古の後ちょっと話をしませんか」

俺はすこし迷った。だが、取りつく島のない座長と違ってこの男の笑顔は人懐こかった。初対面なのになんだか信用できるような気がしてきた。

「お願いします」

「よかった。それやったらちょっと待っててもらえますか。この先に二十四時間やってるマクドがありますから。稽古済んだら行きます」

ぱっと笑顔を浮かべると慈丹は慌てて劇場に戻っていった。俺は「マクド」に向かった。なるほど、大阪に来たのだ、と実感した。

夕飯がまだだったのでハンバーガーとポテトを食べた。店内は騒々しく、大きな声で電話する者、酔っ払ってバカ笑いしている若者、どこの国かわからない言葉も響いている。俺はポテトを一本ずつ食べながら鉢木座のことを考えた。

先ほどの舞台の踊りは、いわゆる日本舞踊ではなく新舞踊と呼ばれるものだ。見たところ座長と若座長の踊りは本格派でしっかりしていた。座長は控えめだが玄人好みの踊りだ。若座長の慈丹はキレがあって小気味がいい。なにより天性の華がある。あざとい衣装や演出もあったが踊りそのものは非常に美しかった。きっと、なにをやっても崩れない基礎があるのだろう。

俺が最後に踊ったのはいつだったろう。いや、そもそも俺はなぜ踊っていたのだろう。踊るなら朱里が踊ればよかった。さぞかし綺麗だったろうに。

氷で薄くなったコーラを飲みながらぼんやりと思った。

稽古は思ったよりも時間が掛かり、慈丹がやってきたのは日付が変わってからだった。

「大変お待たせしました。改めまして、僕は鉢木慈丹です。鉢木座の若座長です。さっきの座長は僕の父です」

チョコシェイクを持った慈丹が軽く頭を下げた。化粧は落としてラフなスウェット姿だ。休日の大学生のようで到底子供がいる歳には見えなかった。

「すみません。こんな恰好で。稽古してたもんで」

「こちらこそお忙しいところをすみません。牧原伊吹です」俺も頭を下げた。

「早速やけど、今日はうちにどういう用件でしょう」

化粧を落とした慈丹はやはり抜群のイケメンだった。少々眉毛が細いこと以外はごく普通の男性で、女形だからといってなよなよしたところはすこしもない。気さくでからっとした気持ちのいい男に見える。さぞかしモテるだろうな、と思った。

俺は先ほど座長にした話をもう一度聞かせた。慈丹は黙って耳を傾けていた。

「双子のお姉さんのこと、ほんまにお気の毒です。でも、牧原朱里さんという名前には心当たりがありません」

「でも、姉はそれまで大衆演劇に興味を示したことなんてありませんでした。なのに、死ぬ一週間前に突然舞台を観に行ってるんです」

「正確な日にち、わかりますか？」

「十二月三日です」

「昼ですか、夜ですか」

「夜です」

ちょっと待ってくださいね、と慈丹がスマホで調べはじめた。

「その日の外題《げだい》は『へちまの花《はな》』です。これは定番の人情もんで、どっちかっていうと喜劇やなあ」

「自殺を誘うようなものではない？」

「全然。まったく。それどころかポジティブな話やと思いますが」

慈丹が首をひねった。本当になにも知らないように見えた。無論、役者なので演技なのかもしれない。だが、疑うだけの根拠もなかった。

これ以上、どうすることもできず諦めるしかなかった。きっと、俺の考えすぎなのだろう。朱里の死を受け入れられない俺の妄想でしかなかったということだ。

「夜分にお時間を取らせてすみませんでした。それでは」

一礼して席を立とうとすると、ちょっと待ってください、と慈丹に引き留められた。座り直すと嬉しそうに微笑んだ。だが、すぐに真剣な表情になり眼が鋭くなった。こんなところは座長に似ていた。

「それで、今度は僕から話があるんですが……牧原さん、なんかやってはったんと違いますか。眼付きが違う。ただ観てるだけやない。言うたら悪いけど、あれは『あら探し』してる眼や。舞台の経験があるんと違いますか」

あら探しの眼と言われて心外だったが否定することはできなかった。朱里の死の手がかりを見つけようと鵜《う》の目鷹《たか》の目だったのは事実だ。でも、慈丹の言う通りそれだけではない。殺陣《たて》や踊りを楽しむ前にその技量を冷静に観察していた。

「昔、踊りと剣道をやってました」

「踊り、てダンスやなくて、もしかしたら日舞？」

「藤間《ふじま》流《りゅう》です」

「へえ、牧原さん、日舞できるんか」慈丹が眼を輝かせた。「もしかしたら、ええとこのボンボンなんですか」

「いえ。そういうのじゃないです。田舎暮らしだったし。親が無理矢理習わせたんです」

「田舎てどこです？　言葉は標準語やけど」

「岐阜の山奥です。でも、なぜか標準語で」

両親には関西訛《かんさいなま》りがあった。だが、母は俺と朱里に標準語を強要した。俺たちは小さな田舎町で、両親の言葉も地元の言葉も使わずに話さなければならなかった。つまり、俺と朱里は二人だけの言葉で話していたということだ。

「へえ。やっぱり育ちよさそうに見えるなあ。じゃあ、その双子のお姉さんも踊りを習《なろ》てはったんですか」

「いえ。姉はやってません。俺だけです」

「それは珍しいなあ。普通は女の子にさせると思うけど」

「ええ。でも、俺だけでした。母の望みだったんです」

「そうですか。で、何年くらいやってはったんですか」

「十年以上やってたかな。でも、真面目に稽古してたわけじゃないので」

「いやいや。剣道もやってはったんですね。段は？」

「三段です」

「三段持ってはるんですか。そらええな」

慈丹が身を乗り出した。興奮して少々上気している。女形のときの艶《つや》っぽさなんてなくて、今はカブトムシの集まる木を見つけた虫取り小学生のような顔になっていた。

「今、なにやってはる？　学生さん？　それとも、お仕事されてるんですか」

「大学へ行ってましたけど、この前退学しました」

「もったいない。ご両親はなんも言わへんかったんですか」

「父はもう亡くなってますし、母はなにも言わないので」

「そうですか。まあ、いろいろ事情があるんやろけど……」

慈丹がわずかに眉を寄せた。さすが女形だ。影の落ちた額はやたらと色っぽかった。

「すみません。不躾《ぶしつけ》なことを訊きました。で、これからどうしはるんですか」

「とりあえず仕事を探してます」

「そうかー」

慈丹が腕組みして天井を見た。それからうつむいてチョコシェイクを飲み、それからまた天井を見た。これを二度繰り返してから意を決したように切り出した。

「いきなりで悪いんですけど鉢木座に入りませんか」

「え？」

驚いて慈丹を見た。その顔は大真面目だった。

「踊りもできるし剣道やってたんなら殺陣もできるはずや。顔もええし背筋が伸びて立ち姿がメチャメチャ映える。女形しはったらきっと人気が出ます」

「そんなの無理です。芝居なんてやったことないのに、ましてや女形だなんて」

「大丈夫、大丈夫。そんなんぼちぼち憶《おぼ》えていったらええ。僕にでもできるんや。牧原さんかてできる」

「急に言われても……」

「そらそうや。でも、僕は牧原さんを見て思たんです。こんな人がうちに来てくれたらええなあ、て。一目惚れみたいなもんです」

慈丹は冗談を言っている様子はない。俺は戸惑った。朱里の死を納得したくて来ただけだ。自分が劇団に入るなんて考えたこともない。

「正直言うてお給料なんてほとんど出されへん。それに、大衆演劇の一座やから落ち着いた暮らしはでけへん。でも、寝泊まりと食べる物の心配はない。毎日一緒に寝起きして、芝居して、旅して。みんな身内みたいなもんです。まあ、一人になりたくてもなられへんくらいバタバタ忙しいんやけど」

柔らかい声がじわっと身体に沁《し》み込んできた。あまりに心地よくてふっと一瞬眼の前がぼやける。そのまま遠い過去に意識が飛ばされた。

あれは八つか九つの頃だったか。

父は時代劇が好きだった。店が休みの日はケーブルテレビの時代劇専門チャンネルで、古い映画やドラマを観ていた。でも、父はすこしも楽しそうではなかった。それどころか、たまに取り憑《つ》かれたような眼でテレビをにらんでいるときがあった。

そう、夏の午後のことだ。俺は思い切って父に言ってみた。

――この人より絶対お父さんのほうがカッコいい。お父さん、板前やなくて役者になればよかったのに。

父は黙ってテレビを消して部屋を出ていった。画面に映っていたのは眠狂四郎《ねむりきょうしろう》を演じる市川雷蔵《いちかわらいぞう》だった。

取り残された俺は惨めでたまらなかった。俺はほんの一瞬でいいから父に自分を見て欲しかっただけだった。たった一言でいいから返事が欲しかっただけだった。

陽の当たる縁側でじりじりと焦がされていると、お使いに出ていた朱里が帰ってきた。あのとき朱里が抱えていたのは大きなスイカだった。

――伊吹、どうしたの？

――別に。

――別にじゃないでしょ。なによ、その顔。

――別にって言ってるだろ。

朱里はなにも言わずに部屋を出ていった。裏の水路にスイカを冷やしに行ったのだ。あの後、俺はスイカを食べたのだろうか、食べなかったのだろうか。憶えていない。

「いきなりの話でびっくりしてはるやろけど、ええ加減な気持ちで言うてるんやないです。今は大衆演劇なんて言うてますけど昔は旅芝居て言うてました。旅から旅へのキツい仕事です。生半可な気持ちではできません。そやからこそ、僕は真剣に牧原さんを誘てます。牧原さんの一生を引き受ける覚悟で入座をお願いしてるんです」

覚悟、という言葉を大真面目に慈丹は口にした。日常生活で簡単に使われたならこれほど薄っぺらい言葉はない。だが、慈丹は違った。心から口にしたものだと感じた。

「牧原さん、お願いします」慈丹が深々と頭を下げた。

俺は激しく動揺していた。鉢木座に入るというのはもしかしたら朱里の導きなのだろうか。ここで芝居をするというのは運命なのか。自分には致命的な欠陥があるのに――。

「俺は共同生活が苦手です。他の人に迷惑をかけるかもしれません」

「旅芝居の一座が身内みたいなもんや、というのはそのとおりです。でも、他人の集まりやということは忘れたらあかんと思てます。他人同士が一緒に暮らすのには最低限のルールが要ります。かと言うて、堅苦しいことばっかり言うてたら息が詰まる。うちのルールは単純です。公演の障りにならん限り好きにやってよし、です」

「でも、俺は今日はじめて大衆演劇を観たばっかりで……」

「大丈夫。牧原さんはきっと綺麗な女形になる。もともと美形やし化粧映えする顔や。僕が保証します。とにかく一度、座長と会《お》うてみてください。話聞くだけでもええから」

押しつけがましくないのに説得力がある。天性の人たらしの口調だ。とうとう押し切られてしまった。俺は慈丹の後をついて歩きながら途方に暮れていた。慈丹は俺が綺麗な女形になると言った。まさか、そんなことがあるわけない。どれだけ化粧をしようと俺が綺麗になるわけない。そんなことはありえないのに――。

劇場に戻ると座長は楽屋にいた。あぐらを掻いて画用紙ほどの大きさのホワイトボードになにやら書いている。

「座長、香盤《こうばん》書いてるときにすみません。さっき、お姉さんのことを訊ねてきはった牧原さんです。あの後、僕がちょっと話をさせてもらいました」

座長がゆっくりと顔を上げた。無言でじっと俺を見る。

「残念ながらお姉さんのことはわからんままです。でも、よう聞いたら牧原さんは日舞十年、剣道三段やそうです。踊れて殺陣もできる上にご覧の通りの美形です。絶対に人気が出ると思てうちに誘たんです。座長、入座の許可をお願いします」

慈丹が頭を下げ、俺もそれにならった。そのままじっとしていると頭の上から座長の冷たい声が降ってきた。

「せっかくやけど、うちは今、間に合ってますので。申し訳ありませんが」

「……はあ？　座長、なにを言うてるんですか」がばっと慈丹が顔を上げて信じられない、といった表情で言い返した。「もう一人女形が欲しい、て言うてたやないですか。

こんな逸材、滅多にいませんよ。僕は絶対に入れるべきやと思う」

「旅芝居の役者なんて思いつきでなるもんやない。私らは生まれたときから旅暮らしやからええが普通の人には難しい商売や」

「そんなん言うたら新しい人が誰も入ってこられへんやないですか。たしかに普通の人にはキツいやろうけどやってみなわからへんでしょう」

「今回はご遠慮いただくということで」

露骨に事務的な物言いだった。すると、慈丹が畳を叩いて声を荒らげた。

「座長。じゃあ、若座長として言わせてもらいます。僕はこれからの鉢木座のために牧原さんが欲しい。牧原さんは絶対に必要な人材や」

「その方は今日はじめて来られたんやろ？　そんな簡単に将来を決めるのは無茶いうもんや」

「でも、僕は感じたんです。この人は舞台が向いてる」

「日舞も剣道もあくまでもただの技術や。役者の向き不向きとは別物や」

「違います。技術はさておき、僕はこの人が旅芝居に向いてると思たんです」

「根拠は？」

「勘です」

「阿呆《あほ》か」座長が鼻で笑った。

「じゃあ、一回、牧原さんを舞台に上げてみてください。この人は絶対にお客さんに受ける。僕が保証する」

慈丹が懸命に座長を説得する横で、置いてきぼりにされた俺は居心地の悪さを感じていた。自分は今日はじめて舞台を観ただけ、演技経験ゼロの素人だ。慈丹がこれほど懸命に推す理由がわからない。まるで褒め殺しにされているような気さえした。

「慈丹、ええ加減にせえ。何度言われても無理や」

「じゃあ、座長に訊きます。もし、今、僕になにかあったらどうするんですか。今晩、僕が倒れたら？　明日、交通事故で死んだら？　一日二日やったらゲストを呼んでごまかせるけどずっとは無理や。うちみたいな弱小家族劇団はあっという間に潰れてしまう。それくらいわかってはるはずや」

慈丹の言うことは大衆演劇門外漢の俺が聞いても正論に思えた。だが、座長は口をへの字にして黙ったままだ。

「絶対にこの人はこのまま帰したらあかんのです。座長がなんて言おうと僕は牧原さんを入れる」

慈丹がきっぱりと言い切った。顔が上気して眼が火のように輝いている。

焼かれる、と思った。この男の熱に骨まで焼かれる――。

慈丹の純粋で真摯《しんし》な熱はいろいろな疑念を吹き飛ばすと、真っ赤な礫《つぶて》となって俺の胸を打った。立て、動け。いつまでじっとしているつもりだ、と。

朱里が死んで半年あまり、俺は雪の中で凍り付いたまま一歩も動けなくなっていた。だが、慈丹の熱がその雪を溶かしてくれたような気がする。今、踏み出さなければ俺は一生動けないままだ。そう、凍り付いた池の中で立ち尽くし真っ白な枯木になってしまう。

なあ、朱里、もしかしたら、お前はやっぱり俺を助けようとしてくれたのか。俺のためにこんなきっかけを用意してくれたのか。俺はお前になにもしてやれなかったのに――。

ここに入れば朱里の気持ちがわかるかもしれない。なぜ、死を選んだのか。なぜ、たった一言「ごめん」と書き遺《のこ》して飛んだのか。俺にもわかるかもしれない。

俺は座長の前に正座して指を突き深々と頭を下げた。

「牧原伊吹と申します。舞台は未経験ですが一所懸命やります。どうか入座の許可をお願いいたします」

「僕からもお願いします」慈丹も深々と頭を下げた。

座長は腕組みしてしばらく黙っていた。やたらうるさい柱時計の秒針の音だけが響いていた。

「そこまで言うなら、慈丹、お前が責任持って面倒見ろ」座長は投げやりに言うとホワイトボードのマーカーを握った。「もう行けや。こっちはまだ仕事があるんや」

「ありがとうございます」

慈丹と揃って頭を下げた。だが、座長はもう俺たちを無視して明日のショーの曲目を書き入れている。そそくさと楽屋を出た。

楽屋前の狭い通路に出た途端、慈丹がガッツポーズをした。

「よっしゃあ」

どう反応していいかわからず戸惑っていると、慈丹が嬉しそうに笑いかけてきた。

「ほな、伊吹。これからよろしゅう頼むわ」

すこしだけ熱の引いた眼はほっとするような柔らかな温かさに満ちていた。

「お願いします」

たった一日で人生が変わってしまったのにすこしも実感がわかなかった。

＊

鉢木座の二代目座長は鉢木秀太、本名は久野《くの》秀太だ。妻を三年前に亡くしている。子供は長男の慈丹と長女の響《ひびき》さんだ。

慈丹は俺より三つ年上の二十三歳で、芙美《ふみ》さんという奥さんと五歳になる娘の寧々ちゃんがいる。芙美さんは裏方がメインで舞台にあがることはない。寧々ちゃんは子役で大人気だ。

響さんは『一心太助』ではお仲を演じていた。慈丹の一つ下で、やはり結婚して夫婦で鉢木座を支えている。すこし歳の離れた夫が万三郎《まんざぶろう》さんで、「三下をやらせたら誰にも負けない」と自負している。たしかに『一本刀土俵入』の弥八役は文句の付けようがないほどハマっていた。

忙しい慈丹に代わって、俺の引っ越しの世話をしてくれたのは響さんと万三郎さんだった。二人は仲のいい夫婦でいつでも一緒にいる。子供はまだいない。

「座長と若座長は忙しいんや。うちの仕事もあるし、あっちこっちにゲストで呼ばれることも多いし」

そう言いながら、万三郎さんが「鉢木座」が特集された雑誌を俺に手渡した。

「親御さんに説明するときに見せたらええで。旅芝居の一座に入る言うたら大抵の親は反対するけど、雑誌に載ってる言うたらそれだけで信用度が上がるからな」

「そうやねん。なんやかんや言うて活字て強いんやよ」響さんが座長と慈丹の名刺をくれた。「これでなんとか説得して。あかんかったら若座長が出向く言うてるし」

二人とも親の反対があることを前提で話をしている。世間ではそうなのだろう。だが、うちは違う。俺はひやりとしたものを胸に感じた。

「うちは大丈夫だと思います」

「そう？　やったらええけど」響さんはあまり納得していない表情だった。「とにかく、身の回りの物だけでええから。なんなら身ひとつで来てもええよ」

その横で万三郎さんがうなずいた。

「そうそう。御飯は三食とも出る。一文無しで来ても飢え死にすることはないから」

一旦、長距離バスで岐阜の家に戻って身の回りの物をまとめた。もともと荷物が少ないのですぐに済んだ。母は俺が出て行く用意をしているのを見てもなにも言わなかった。俺もなにも言わずキャリーケース一つを持って再び大阪に向かった。

鉢木座の座員はみな俺を歓迎してくれた。

最年長は広蔵《ひろぞう》さんだ。歳は六十代後半くらいで恰幅がいい。様々な劇団を渡り歩いたベテランで座っているだけで貫禄がある。手慣れた臭い芝居は古き良き芝居小屋の雰囲気があった。酒好きなだけあって飲む芝居をさせたら一級品だ。

ほかに細川《ほそかわ》さんという四十代半ばの女性がいる。役者兼座付きの脚本家だ。本業は小説家で十年前に一冊だけ本を出したがさっぱり売れなかったそうだ。たまたま観た慈丹の舞台に一目惚れして自作の小説のネタを持って押しかけた。慈丹が気に入って新作に採用し、それから座付きの脚本家になった。と言っても、もちろん普段は雑用も役者もこなす。老け役なら任しといて、と意地悪婆《ばあ》さんや嫁いびりをする姑《しゅうとめ》なんて役を、楽しそうに演じる芸達者だ。

俺が入座したときは細川さんがおはぎで祝ってくれた。阿倍野《あべの》の老舗の鰻屋《うなぎや》が出しているおはぎだという。小ぶりで上品なおはぎは美味《おい》しかった。

――細川さん、気い利くなあ。僕、ここのおはぎ、大好きや。

慈丹はあんこ好きだという。大喜びで慈丹が食べると、細川さんは真っ赤になって恥ずかしそうにしていた。

「ざっくり言うとやな、大衆演劇の公演は『芝居』と『舞踊ショー』の二本立てやな。たまに『歌謡ショー』が入る場合もあるが最近はすくない。基本、一日二回公演で、昼公演は正午から三時、夜公演は六時から九時まで、って感じや」

慈丹が楽屋を案内しながら教えてくれた。鏡が並んでいる場所を指さして言う。

「ここが化粧前。手前が座長、その隣が僕。残りの二面はほかの人たちが共同で使う」

鏡の周りには様々な化粧道具が置かれている。慈丹個人の化粧道具入れはかなり大きかった。大きな刷毛《はけ》やら大小様々なスポンジやら、まるでペンキ屋の箱のようだった。

鏡の反対の壁にはずらりと衣装ケースが並んでいる。

「この中には小物や衣装が入ってる」

いくつか抽斗《ひきだし》を開けて中を見せてくれた。簪やらリボン、扇子が整頓されて並んでいた。

「鬘《かつら》はそこに積んである箱や」

一体いくつあるのだろう。凄まじい数だ。他に、刀や槍、笠《かさ》、毛皮のショールのようなもの、巨大な羽根飾りなんてのもある。

「使ったら必ず元の場所に戻すこと。これは絶対や。ま、おいおい憶えていったらええから」

全体の構成は日によって変わる。第一部が芝居、第二部がショーという二部構成もあるし、第一部がミニショー、第二部が芝居、第三部がショーという三部構成もある。

そして、芝居の外題、つまり演目は毎回変わる。たとえば、一週間七日公演があれば、昼と夜でも変わるので計十四本の芝居を上演するという。

慈丹に聞かされても最初は信じられなかった。普通の芝居の公演なら演目は一本だけ。たとえ変わっても、昼の部と夜の部の二本だけだ。

「そんなにレパートリーがあるんですか」

思わず真顔で訊いてしまった。すると、慈丹がニヤニヤと嬉しそうな顔をした。

「あるんやなあ、それが。座長の頭ん中には百超える芝居が入ってるんや」

「でも、毎回、芝居が変わったら稽古はどうするんですか」

「やるしかないやろ」さらりと慈丹が言う。「レコーダー貸したるから」

「レコーダー？」

レコーダーの意味はすぐにわかった。夜の公演が終わると、深夜、明日の公演の稽古をする。舞台に集まって、「口立《くちだ》て」で明日の外題の稽古がはじまるのだ。

「口立て」とは口頭で芝居の稽古をつけることだ。台本なんてない。座長が口で芝居の流れを説明する。

「お前は木戸から出てくる。ぶらぶらと歩いてる芝居をしたら、花道の手前で巾着袋を拾うんや」

みな、メモを取ったり録音したりしながら懸命だ。

「いつもこんなですか？　台本は全然ないんですか」

「新作は台本があるけど普通はないな。基本、大衆演劇の芝居は昔っからの演目やから。劇団によって細かい違いはあるけどみんなが知ってる話ばっかりや」

誰もが知っている時代劇や人情劇で話そのものは単純なものが多い。だからこそ見せ場で工夫するのだという。

「舞踊ショーの中身も毎日変わるんや。座長が毎日曲目を考えて香盤ていうプログラムを組む」

昼公演、夜公演のそれぞれ三時間を全力で芝居して、全力で踊る。客との距離が近いから反応が舞台の上に直接伝わってくる。公演の最後、ラストショーは全員が舞台に出て賑やかに終わるのが恒例だ。キャノン砲でテープや紙吹雪を飛ばして盛り上げたりする。

幕が下りて挨拶が終わってもここで仕事は終わりではない。舞台がはねると役者は全員大急ぎで劇場の出口に向かう。お客様を見送る「送り出し」だ。普通のコンサートや公演ならファンが楽屋口で出演者の「出待ち」をするが大衆演劇は逆だ。役者がお客様をお見送りする。

送り出しはファンサービスの場だ。観客一人一人に頭を下げて握手をし、声を掛けられたら応える。ツーショットの写真を求めてくる人も拒まない。慈丹はいつもファンに囲まれて花やプレゼントをもらっている。座長の秀太は長年の贔屓《ひいき》客がいて、渋い差入れをもらっていた。

鉢木座に入ってまずやらされたのが照明だ。客席の後ろに旧型のライトがあってそれを操作する。慈丹にはこう言われた。

「まずは見て勉強するんや。舞台から一番遠いところやから端から端まで全部見えるやろ」

たしかに、客席から見ていたときとは全然違って舞台の進行がよくわかる。

以前はこう思っていた。役者にライトを当てるだけ、誰でもできる簡単な仕事だ、と。だが、いざ自分がやってみるとまったく違う。役者の動きに合わせてスムーズに動かさなければならないのだが、これがなかなか難しい。

たとえば花道にライトを当てなければならないとする。道行きのシーンで舞台は真っ暗、花道の二人だけにスポットライトを当てる。座長と若座長が愁嘆場を演じながらゆっくりと花道を進む。俺はそろりそろりとライトの角度を変える。だが、役者が突然ふっと立ち止まって長台詞を言いはじめることがある。すると、ライトがズレて焦る。つまり演目を理解していないと照明は務まらないのだ。

また、舞踊ショーはとにかく派手にして盛り上げなければいけない。ミラーボールやカラーフィルターをひたすらぐるぐる回したりする。かと思えば、すべての照明を落としてスポット一つを当てるときもある。座長の渋い踊りを引き立てようと俺なりに工夫したつもりが、余計なことをするなと言われたこともある。足し算と引き算を憶えろ、と。

舞台をはじめて観た日に衝撃を受けた「一万円札」はやはり大衆演劇では当たり前のことだった。舞台上の役者に現金を渡すことは「お花を付ける」と言い人気のバロメーターだ。座長や慈丹は一回の公演で何人にも「お花」を付けてもらう。

また「お花」の代わりにデパートの紙袋を差し出す人もいるし、寧々ちゃんが踊ればお菓子を手渡す人もいる。「パプリカ」を踊ったときは本物のパプリカをもらっていた。ちゃんと用意していたのだ。役者とファンの間の距離はとんでもなく近い。正直言って常識が覆されることばかりだ。

唖然としていると照明を教えてくれる細川さんがうふふと笑った。

「わかるわー、伊吹君の気持ち。私も最初、大衆演劇を観たとき衝撃を受けたから」

細川さんは芝居はできるが踊れないので舞踊ショーのときは裏方に徹している。ただ、ラストショーでは全員が舞台に上がるので後ろのほうで簡単な振りだけやっていた。

「衝撃っていうか……現金を剝き出しで渡すって……」

「下品だと思う？」

「いえ、そういうわけじゃないですが」

「でも、これが大衆演劇なの。綺麗事なしの世界」

そうか、綺麗事はなしか。俺は心の中で繰り返しながらライトを操作した。もしかしたら朱里が大衆演劇に興味を持ったのは「綺麗事なし」の世界だからかもしれない。綺麗でなくていい世界なら、と俺は思った。俺たちだってちゃんと生きていけるかもしれない。喰《く》われずに生きていけるかも――。

一週間ほど照明、音響などの裏方をやってすこしわかりかけて来た頃、慈丹に言われた。

「芝居はすぐには無理でも、踊るのはいけるやろ。明日、伊吹のお披露目するからな」

「え、明日ですか？」あまりにも急な話だった。

「うちは役者の数もすくない弱小劇団や。じっくり育てます、なんて悠長なこと言うてられへん。どんどん舞台に上げて経験を積んでいってもらうから」

慈丹は簡単に言ってくれるが新舞踊なんてやったことがない。座長や慈丹の踊りを見てなんとなく雰囲気がわかるだけだ。

「曲は『夢芝居《ゆめしばい》』で行こか。あの梅沢富美男《うめざわとみお》や。知ってるか？」

「ええ、まあ」

「あれを伊吹なりに若々しく爽やかな色香を漂わせて踊って欲しいんや」

「でも、大衆演劇の女形といえば『夢芝居』っていうくらいに有名な曲ですよね。入座したての若造が踊っても比べられるだけでは？」

「だからこそやるんや。心意気や。本家には負けへん、っていう意気込みを見せたるんや」

穏やかな口調でやたらと泥臭く熱いことを言う。慈丹の本質は熱血らしい。

「それで、名前どうする？　なんか恰好ええのつけてもええし、本名でもええし。伊吹の好きなようにしたらええから」

鉢木慈丹の本名は久野慈丹という。鉢木座はもともと久野家の家族劇団で、久野家の人たちはみな「鉢木」と名乗っている。鉢木秀太、鉢木慈丹といったふうだ。一方、久野家以外の人たちは、好きな芸名を名乗っていた。多くの劇団を流れ歩いた広蔵さんは「松島《まつしま》広蔵」で、押しかけの細川さんは「細川麗華《れいか》」だ。

「キラキラしたのはなんか照れくさいし、このままでいいです」

「そうか。実は僕もそのままがええと思てたんや。牧原伊吹ていう名前は響きもいいし、なんか初々しい雰囲気があるしな」

その夜は特訓だった。何年もまともに踊っていないので身体が錆《さ》びついている。それに、日舞とは求められるものがまるで違った。

「ほら、そこは思い切り背筋を反らすんや」

慈丹がいきなり俺の背と腰をつかんだ。息が止まりそうになる。

「おいおい、そんな緊張せんでええから」

はい、と俺は懸命に背中を反らした。

「眼や、眼。お客さんにアピールせな『お花』も付けてもらわれへん」慈丹が手本を示してくれる。「三ヶ所でアピールや。舞台の下手《しもて》、上手《かみて》、中央でそれぞれギリギリまで前に出る。そこで、お客さんににっこりと微笑むんや。そのときの眼は見てるようで見てない眼や」

「見てるようで見てないとは？」

「客席のどこか誰かを見たらその人と眼が合うだけや。そうやなくて、座ってるすべてのお客さんが自分と眼が合った、と思わせるように視線を送るんや」

そんなことできるのか、と思ったがはっと思い出した。はじめて鉢木座の公演を観たとき慈丹と眼が合ってどきりとした。あれは眼が合ったのではなくて合ったように思わされただけなのか。

「どうやってやるんですか？」

「口では言われへん。でも、一点を見たらあかん。客席をぼんやりと見る感じかな。これはやっていくうちにできるようになる。お客さんの反応が変わるからな」

一部は芝居だ。二部のショーで俺のお披露目をするという。

「踊り終わったら挨拶してもらうからな」慈丹が正座して指を突いて頭を下げる仕草をする。「こうやって頭を下げて、それから挨拶や」

明け方まで稽古は続いた。慈丹は一切の妥協を許さなかった。指一本、視線の角度ひとつまで注意され何度も何度もやり直しをさせられる。かつて習っていた踊りの師匠よりもずっと厳しい。へとへとになった。

本番当日、はじめての化粧を慈丹にしてもらった。

「まずは鬘を着ける下準備や。ネットをかぶって、その上から羽二重《はぶたえ》できっちり押さえる」

慈丹は俺の頭に黒のネットをかぶせた。その上から薄い絹地の羽二重で覆うと余った部分を内側に折り込み、付いている紐《ひも》で強く留めた。

「次が白粉《おしろい》や」

刷毛で白粉を顔にべったりと塗っていく。ひやりとして思わず背筋がぞくりとした。

だが、身体が震えたのは白粉が冷たかったからだけではない。

慈丹は大きく刷毛を動かしながら俺の顔に白粉を塗った。さっきかぶった羽二重に白粉がついても気にせず、俺の顔を白く塗りつぶしていく。やがて、眉もなくなって、のっぺらぼうになった。化物のようで気持ち悪いが、なぜかふっと陶酔めいたものも感じた。自分が自分でなくなっていく。牧原伊吹という人間がこの世から消えていく。それは恐怖ではなくて快感だった。

「刷毛で大まかに塗ったら次はスポンジや。丁寧に埋めていく感じやな」

ぽんぽんと叩くようにして細かい部分まで白粉を叩き込む。首にも肩にも腕にも塗る。白粉が終わると慈丹が眉を描いてくれた。次に、くっきりしたアイラインを引き、目尻には鮮やかな朱を差す。

「大丈夫、慣れたら誰でもできる。伊吹は伊吹なりの化粧をするんや」

口紅を塗って仕上げると次は着付けだ。芙美さんが着物を着せてくれる。

芙美さんは慈丹の同い年の奥さんだ。ショートカットで細身、さっぱりとした性格をしている。美人ではないが「どこの店でもナンバーワンになれる顔」らしい。時々、姉さん女房に間違えられるらしく本人はすこし気にしているそうだ。舞台には出ずに裏方でアナウンスと着付けを一手に引き受けている。いつも忙しく働いていていてじっとしているのを見たことがなかった。

「思い切りオーソドックスに行こか」

慈丹が選んだのは黒の振袖で裾と袖にだけ雪輪が描かれていた。帯は白で銀糸の刺《し》繡《しゅう》がある。長襦袢も真っ白だ。

「そうそう。若い子はそれだけで綺麗やもんね」

俺はされるがままになっていた。鏡の中にいるのは白粉を塗って紅を差した女形だ。到底、自分とは思えない。もうどうにでもなれという気持ちだ。

「伊吹君は楽やわ。若座長と背恰好が同じやからね」

芙美さんの着付けは手早くて上手《うま》い。踊りを習っていたとき着付けをしてくれたのは母だ。母も驚くほど手早かったが芙美さんもひけをとらない。

背中だけ派手にしよか、と慈丹が言い出して振り下げ帯を着けることになった。

「だらりと垂れた帯は反ったとき映えるんや」

一応、日舞をやっていたから着物は慣れているが、襟を思い切り抜いたりする着付けは今回がはじめてだった。着付けが終わるといよいよ鬘をかぶる。慈丹が俺の頭に載せてくれた。

「グラグラせんように自分で調整するんや。それから……」

慈丹が俺の耳許に手を伸ばした。いきなりだったので心の準備が間に合わずびくりとすると、慈丹がすこしおかしな顔をした。

「大事なんはシケや」

「シケ？」

「ほつれ髪のことや。一筋、二筋、額や頬に垂らすやつ。あれすると色気が出るんや」

「あ、それって『必殺』の中条《なかじょう》きよしとか京本政樹《きょうもとまさき》みたいなやつですか」

「そうそう。なんや、伊吹は時代劇も詳しいやんか」慈丹が嬉しそうな顔をする。

「父が好きだったので」

「そらええわ。最近の若い人は『遠山《とおやま》の金《きん》さん』も『水戸黄門《みとこうもん》』も知らんらしい。『忠《ちゅう》臣蔵《しんぐら》』とか『清水次郎長《しみずのじろちょう》』なんか、なにそれ？　やて」そう言いながら、慈丹がシケを整えた。「ほら、見てみ」

　鏡を見る。少々わざとらしいが、いかにも女形という感じになった。

「やりすぎると下品になるから気い付けてな」うんうん、とうなずきながら慈丹は満足そうだ。「やっぱり僕の目に狂いはなかった。伊吹は当たりやな」

「ほんまほんま。大当たり。伊吹君はうちの期待の星や」横で芙美さんも嬉しそうだ。

　ふっと、故郷の町を思い出した。そうか。俺は「当たり」か。「ハズレ」ではないのか。

「今日は一曲だけでええ。でも、全力で踊るんや。余計なことは考えんでええ」

「わかりました」

二部の舞踊ショーのトップバッターは広蔵さんだ。股旅姿で出て手にした笠を器用に使いながら踊る。曲は「伊太郎旅唄《いたろうたびうた》」だった。次に出たのは寧々ちゃんだ。「悲しき口笛《くちぶえ》」でまだ五歳とは思えない達者な踊りと歌で客席にアピールする。観客の顔がみなほころんでいた。

その次が慈丹の妹の響さん。その次が響さんの夫の万三郎さん。みな、どんどん踊りを披露していく。

「次は、本日がお披露目となります、当劇団期待の若手、牧原伊吹です。曲は『夢芝居』。どうぞ」

舞台が真っ暗になった。イントロがはじまる。

「伊吹、大丈夫。行ってこい」

慈丹に励まされ舞台の中央まで進んだ。突然、スポットライトが当たった。暗い客席はぎっしり満員だ。落ち着け、大丈夫だ、と言い聞かせる。

歌がはじまった。俺は稽古通りに踊り出した。扇を右手に持っている。「要返し」ならなんとか普通にできる。くるくる、ひらひらと蝶《ちょう》が舞うように扇を返す。やりすぎてはいけない。シケと同じだ。

そして、目線だ。目線に気を付けなければ。慈丹の言うように「見てるようで見てない」眼で客席を見る。見ないつもりでも眼に入る。慌てて視線を移すが今度はそこでまた見てしまう。難しい。

思い切り首と背を反らし型を決める。帯の重みを感じた。客席から拍手が起こった。

無我夢中で踊るとあっという間に曲が終わった。俺は一礼して戻った。大きな拍手が聞こえてきた。客席がざわついている。

「伊吹、メチャクチャよかったで」慈丹が興奮して俺を迎えた。「お客さんも喜んでる。大成功や」

俺は声も出ず立ち尽くしていた。客の前で踊ったのだ、という事実がまだ理解できなかった。

「さ、もう一回戻って挨拶や」

ギラギラ光るマイクを持たされ、慈丹に連れられて舞台に出た。客席が沸いた。慈丹が草履を脱いで正座する。俺もその横に並んで座った。まず、慈丹が挨拶をした。

「ショーの途中ではございますが、少々、お時間を頂戴いたしまして、皆様に御紹介いたしたく存じます。ここに控えますのは、この度、我らが鉢木座に新しく加わりました牧原伊吹です」

ちら、と慈丹がこちらを見る。俺は緊張しながらもなんとか挨拶をはじめた。

「牧原伊吹と申します。先程は『夢芝居』で御挨拶させていただきました。まだまだ未熟ではございますが、一所懸命に精進いたしますので、どうぞよろしくお願いします」

俺は三つ指を突いて頭を下げた。客席から割れんばかりの拍手が聞こえる。顔が上げられない。慈丹がマイクで話を続ける。

「新しい座員を紹介できますことは、私どもにとっても大きな喜びでございます。鉢木座一同ともども、なにとぞ末永《すえなが》くご贔屓を賜りますようお願い申し上げます」

またまた拍手が起きる。慈丹が舞台袖に眼をやり、にっこり笑った。

「それでは、引き続きショーをお楽しみください。次は座長鉢木秀太のいぶし銀の踊りでございます」

舞台が暗転して「人生劇場《じんせいげきじょう》」のイントロが流れはじめた。俺と慈丹は一礼をして立ち上がった。慌てて草履を履こうとして転びそうになった。なんとか楽屋袖まで戻ると、もうふらふらだった。

「ようやった。伊吹」

慈丹が軽く背中を叩いた。それでなくても苦しいのに心臓が口から出そうになった。なんとか息を整え顔を上げると、正面の姿見には白塗りに真っ赤な紅を引き口をぱくぱくさせている女形がいた。これが俺なのか。俺は本当に女形として踊ったのか。俺はなぜここにいる。俺はなぜこんなことをしているんだ。

なあ、朱里。俺はなぜこんなことをしているんだ。

鏡の前で俺は混乱してしまい、そこからはほとんど記憶がない。いつの間にかラストショーも終わって送り出しになっていた。俺は慈丹のすぐ横に並ばされた。

「今度、うちに入った期待の若手です。どうぞご贔屓にお願いいたします」

慈丹が自分のファンに丁寧に紹介してくれた。すると、みな口々に俺に声を掛けてくれた。

「伊吹君ていうの？　良かったよー」

「若座長、いい子入って良かったねえ」

「伊吹君のおかげで楽しみがまた一つ増えたわー」

「ほんまに綺麗やったわ」

自分に掛けられた言葉なのにまるで他人事のように聞こえる。誰が褒められているんだろう。誰が綺麗だったんだろう。

そのとき、一人の客が手を伸ばしてきた。握手を求めてきたのだ。俺は知らぬふりをして頭を下げた。横にいる慈丹は別の客の相手をしていて気付かなかった。それからは俺は白く塗った手を腹の上で固く重ねてひたすらお辞儀をしていた。

その日は夜の公演でも踊った。たった一曲ずつ踊っただけなのにとにかく疲れた。夕食の後に舞台の隅でへばっていると、慈丹が紙パックのコーヒー牛乳をくれた。

「ありがとうございます」

「フルーツ牛乳がよかったら僕のと交換するで」

「いえ、コーヒーで」

二人でストローをくわえてじっとしていると、慈丹がしみじみと言った。

「伊吹、今日はほんまにありがとう」

いきなり大真面目に礼を言われて戸惑った。俺も慌てて頭を下げた。

「いえ、こちらこそありがとうございました」

「ほんまやったら、もっと派手にお披露目することもできたんや。ネットで告知してファンクラブにも頼んで盛り上げてもらって大型新人デビューみたいな」

「え、いや、そんな……」

「でも、そんなことしたらお手盛りになる。拍手もらうことも『お花』を付けてもらうことも、みんな最初から決まったことになる。それはそれで賑やかでええんやけど今回はしたくなかった。伊吹は絶対に受けると僕は思たから、お客の生の反応を見せて座長を納得させたかったんや」

慈丹は眼を輝かせ、また例の虫取り小学生のような顔をした。

「伊吹はその期待に応えてくれた。作戦成功や。客席のあの反応を見たら座長かてもう文句は言われへん。これからはバンバン出てもらうから自信持ってやってくれ」

慈丹の顔はカブトムシどころかオオクワガタでも見つけたみたいになっている。この顔には勝てない。こんな顔で熱く語られたら誰だってうんと言ってしまう。

「じゃ、明日は芝居にも出てもらうからな。昼は『へちまの花』で夜は『沓掛時次郎《くつかけときじろう》』や」

「え？」

「『へちまの花』はお姉さんが観てくれはった芝居やろ？　伊吹の初舞台はそれしかないと思たんや。供養やと思て頑張ってくれ」

もう慈丹は笑っていなかった。静かで、それでいて真っ直ぐな強い眼だった。俺が舞台に立つことが朱里の供養になると信じている。俺は黙ってうなずいた。やるしかなかった。


遠い雪の日、鶏が死んだ朝、俺は朱里に言った。

――朱里、大丈夫。一生、俺がそばにいる。

――うん。あたしも伊吹のそばにいる。

あのときは真剣に思っていた。この約束を違《たが》える日がくるなんて想像もしなかった。

だが、俺たちは離れてしまった。俺がそばにいれば朱里は死なずに済んだのだろうか。

俺がそばにいさえすれば朱里は喰われずに済んだのだろうか。

なあ、朱里。この鉢木座で舞台に立つことがお前の供養になるのなら、俺はいくらだって芝居して踊ってやるよ。

でも、朱里。知ってるだろ？　俺には致命的な欠陥がある。

俺は人に触れることができない、触れられることにも堪えられない。他人が近くにいるだけで怖くてたまらないんだ。修学旅行にすら行けなかったんだ。

なあ、朱里。俺は本当にここでやっていけるんだろうか。

第二章　お花

舞台デビューをしても俺が一番の下っ端の雑用係であるのは間違いない。これまでは雑用だけでよかったのが、今は自分の舞台の準備もしなければならない。毎日がいっそう忙しくなり目が回りそうだった。

翌日の芝居の稽古は夜の部が終わった後に行われる。台本なんてなくすべて座長の「口立て」での指導だ。矢継ぎ早に指示が出されて慣れない俺はついて行くのがやっとだった。

「そこで立ち回りや。伊吹、お前は私に斬られて転がって、憶えてろよ、と言うて逃げ出す」

三下の役で台詞は一言「憶えてろよ」だけ。殺陣と言っても斬られて転んで逃げ出すだけ。ただそれだけの芝居なのに俺はすこしもできなかった。上手に斬られて主役の邪魔にならないように転がらなければならないのだが、声の大きさ、台詞のタイミングがつかめない。

「阿呆、伊吹。なにカッコつけてんねん。もっとみっともなく逃げ出すんや」

座長は一切妥協しない。俺は何度も何度もやり直しをさせられた。

踊るよりも芝居のほうがよほど大変だ。なぜなら踊るときは一人だ。失敗が許されるわけではないがたとえ転《こ》けても一曲だけ、俺一人の責任で済む。だが、芝居はそうはいかない。俺のつまずきで全員に迷惑が掛かる。芝居そのものが潰れてしまう可能性だってある。責任重大だ。

しかも、芝居の外題は毎日替わる。俺は慈丹にレコーダーを貸してもらい座長の口立て稽古を録音した。全員での稽古が終わった後、録音を聞きながら一人でさらに練習するのだが、それでもやっぱり怒られてばかりだった。

「伊吹は踊ってるときは絶品やのになあ。でも、きっとセンスはあると思うから、いつか一皮剝けるはずや」

慈丹は厳しいだけではなくちゃんと励ましてくれる。だが、いつかとはいつだろう。それまで俺は保《も》つのだろうか。日に日に不安と焦燥がつのっていった。

ある夜、疲れ切って舞台の上に座り込んでいたら「斬られ役なら任しとけ」の万三郎さんが声を掛けてくれた。

「伊吹君、心配せんでええ。僕かてできるようになったんや。何回も斬られてたらそのうち上手になる」

「本当にできるようになるんでしょうか」

「なるなる。嫌でもなる。間違いない」

しみじみ慰められ本当に嬉しかった。その夜はすこし元気が出たような気がした。

だが、次の日のことだ。開演直前というときに、俺は大きな失敗をやらかしてしまった。小道具の煙草盆《たばこぼん》を準備するのを忘れ、急いで運び込もうとしたときにつまずき、舞台に設置してあった木戸にぶつかってしまったのだ。

木戸というのは門や玄関を表す骨組みだけのセットで、格子戸の上に屋根がついている。俺は勢い余って煙草盆を抱えたまま木戸ごと倒れた。ばたん、とやたら派手な音が鳴り響く。幕の向こうで満員の客席が一瞬静まりかえった。

「すみません」

起き上がって、慌てて木戸を起こした。だが、俺が押し倒したせいで木戸が歪《ゆが》んで格子戸が開かなくなってしまった。開演まであと十分しかない。俺は焦った。すると、座長が顔色一つ変えずに言った。

「棟梁《とうりょう》呼んで来い」

俺はすぐさま裏へ走った。劇場には専属の大道具担当の人がいて「棟梁」と呼ばれている。木戸が開かなくなって、と言うと、棟梁がなにも言わず駆け出した。俺もその後を走って戻った。

棟梁は開かない戸とすこし格闘したが、すぐにダメだと言った。

「これは五分やそこらでは無理や」そう言って無理矢理に格子戸を外枠から外した。

「座長。今回はこれでいってくれるか」

「わかった」座長は落ち着き払って答えた。

俺は唖然とした。格子戸がなくなると木戸はただの木枠だ。今回の芝居は戸を開けたり閉めたり出入りする情景が何度もある。どうするつもりだろう。

だが、座長も慈丹も動じる様子はない。しゃあないな、と言ってそれぞれの準備に戻った。ってしまった。

やがて、幕が開いた。客が格子戸のない木戸を見て少々ざわついた。芝居は順調に進んでいく。やがて、とうとう木戸から出入りをする場面が来た。慈丹は当たり前に手を伸ばし、格子戸を開けるふりをした。

なるほどパントマイムの要領か。さすがだ、と感心した瞬間、舞台上手の家の中にいる座長からまさかのツッコミが入った。

「おい、お前。なんにもねえところで一体なにやってんだよ」

途端に客席がどっと笑った。

「あら、あんた、ここにある格子戸が見えないの？」

「格子戸？　どこにあるんだよ、そんなもの」

「ガラガラ、ピシャン」慈丹がそう言いながら閉めるふりをした。「ほら、閉まった。あんた、これが見えないって言うなら眼医者に行ったほうがいいよ。ああ、また物入りだねえ。勘弁しておくれよ」

慈丹の白々《しらじら》しい演技に客席が爆笑する。

「そう言えば見えてきたような気もする……な」

「でしょ？」

ガラガラ、と言いながら戸を開け、慈丹は木戸をくぐって家の中に入っていった。

俺は息の合った親子の演技に感嘆していた。アクシデントも笑いに変える。すみません、と謝るだけの俺とは大違いだった。

他にも失敗は数え切れない。大衆演劇独特の用語がわからず戸惑うことばかりだ。たとえば、歌舞伎では「見得を切る」というのを大衆演劇では「気《き》っ張《ぱ》り」と言う。座長の気っ張りは年季が入っていて見事だ。客が大喜びして声を掛ける。客席が沸くと俺まで嬉しくなった。こんな気持ちは今まで感じたことがなかった。


大衆演劇の公演は過酷だ。スケジュールを見て驚いた。休演日は月に一日しかない。おまけにほぼ毎日、二回公演がある。舞台に出て、稽古をして、寝て、起きて、舞台に出て、と延々それの繰り返しだ。入座して半月はあっという間に過ぎた。

食事は昼は弁当で、夜は芙美さんが作ることが多い。夜は控室で雑魚寝《ざこね》だ。俺はとにかく人と離れたくてできるだけ隅っこで丸くなった。これは劇場によって違うそうで、ウィークリーの賃貸マンションや安い旅館に泊まるときもあるそうだ。

「健康ランドとか温泉旅館での公演は嬉しいんや。温泉には入れるし従業員用の部屋に泊まれるし」

今夜はカレーだ。すこし甘口の食べやすい味だった。慈丹が福神漬けとラッキョウをご飯の横に山盛りにしながら言った。

「昔はな、舞台の上で寝たり、客席が椅子やのうて土間やったからそこで寝たりな」

最年長の広蔵さんがカレーとカップ酒を交互に口に運びながら後を続けた。毎晩一本だけ飲むカップ酒が健康の秘訣《ひけつ》だそうだ。

「さすがに僕は土間で寝たことはないなあ」

そう言いながら慈丹がカレーライスにウスターソースを掛けた。俺はぎょっとした。

「若座長は『抱き子《だこ》』の頃は楽屋の隅に転がされてたんと違うか」広蔵さんがうひゃうひゃと笑って、俺のほうを見た。「抱き子、いうのは赤ん坊のときに抱かれて舞台を勤めることや。だから、若座長みたいに一座で生まれた子は歳がそのまんま芸歴や」

「すごいですね」

「旅役者いうのはそんなもんや。でも、旅興行でもええことはあった。村祭りに呼ばれて美味しいもんがいっぱい出て、酒も飲み放題で、村の綺麗どころと……」

「広蔵さん。ラッキョウどうですか？」

芙美さんがさりげなく話を変える。まだ小さい寧々ちゃんの耳には入れたくないようだ。広蔵さんはしまった、と苦笑いする。慈丹が咳払《せきばら》いをして真面目な顔になった。

「なあ、伊吹。僕らのショーを観てたらわかったと思うけど大衆演劇はなんでもありや。昔は演歌が多かったけど今はＪ－ＰＯＰでも洋楽でも踊る。新旧ごちゃ混ぜの闇鍋みたいなもんや」

「若座長、上手いこと言いますね」

「そやろ？」得意顔の慈丹は妙に子供っぽく見えた。

たしかに、大衆演劇には闇鍋めいた混沌《こんとん》とした魅力がある。得体の知れない世界だ。だが、座長は例外だ。絶対に演歌でしか踊らない。三波春夫《みなみはるお》の歌謡浪曲、北島三郎《きたじまさぶろう》や鳥羽一郎といった渋い曲が好みのようだ。

「そもそも若い人は演歌なんか知らんしな。伊吹かてあんまり聴いたことないやろ」

「いえ、うちが小料理屋だったもんで有線で演歌や古い歌謡曲を聴いてました。それに若座長だってまだ若いじゃないですか」

「もう二十三の子持ちや。ついこの間まで大学行ってた伊吹見てたら自分が年寄りみたいな気がする」カレーのお代わりをしながら慈丹がしみじみと言った。

慈丹と俺は三歳しか違わないが精神的な差は大きい。慈丹は中学校を出て舞台一筋に精進し、若座長として鉢木座を引っ張っている。おまけに結婚して五歳の子供もいる。

俺とは比べものにならない。

「俺がたんに幼稚なだけですよ」

「おいおい、自分で幼稚とか言うなや。でも、演歌に馴染《なじ》みがあるんはありがたい話や。じゃ、伊吹の一番好きな演歌はなんや」

「ど演歌っていうのではないですが『影《かげ》を慕《した》いて』が好きです」

「そら渋すぎや……」

思わず慈丹が噴き出した。他の人たちも笑っている。一番大笑いしているのが広蔵さんだった。

「なあ、伊吹。あんた、生まれる場所を間違えたんと違うか。どう見ても旅役者になるために生まれてきたように見えるで」

カップ酒片手に腹を抱えて嬉しそうだ。

「ねえ、伊吹君みたいな逸材が他にもいてるかもしれへんし、これからはどんどんスカウトしていったら？」

芙美さんが言うと、慈丹がうなずいた。

「たしかに。人数が増えたら大きな芝居もできるしな」そこで腕組みして困った顔になる。「でも、人を増やしても給料が出せるかどうか……」

みながうーん、という顔になる。そのとき、今まで黙っていた座長が口を開いた。水を飲み干し、言う。

「人ばっかり増やしても中身がスカスカやったら意味がない」

思わず息を呑んだ。みなが座長と俺の顔を交互に見て心配そうな表情をした。

「たしかに」

沈黙を破ったのは慈丹だ。大きくうなずいて、何事もなかったかのように福神漬けを口に運んだ。ポリポリと美味しそうに食べながら言葉を続ける。

「中身がスカスカやない伊吹が入ってくれて、うちはほんまにラッキーやった。ねえ、座長、そう思いませんか？」

座長は返事をせずにカレーを掻き込むとさっさと出て行ってしまった。

「伊吹、気にせんでええで。いつもあんなんやから」

慈丹は慰めてくれたが、俺のわだかまりは消えなかった。

食事を終えて劇場裏口から外へ出た。駐車場の低い柵に腰掛け深呼吸をする。生臭くて雑多な臭いがしたが気にせず吸いこんだ。肺に酸素が行き渡り全身へ流れていくのがわかる。手足の指先の痺れが消え俺は心地よさに思わず眼を閉じた。

座長の真意がわからない。普段の稽古を見ている限り筋の通らないことはしない人だ。少々ぶっきらぼうで頑固だが我が儘勝手はしない。なのに、不自然なほど頑《かたく》なに俺を認めようとしない。もちろん俺が不出来なせいもあるだろうが、なぜそこまで俺を拒むのだろうか。……いや、拒んでいるのは俺のほうか。

日に日に殺陣と芝居の稽古が辛くなる。当たり前だが殺陣と剣道はまったく違う。剣道なら一瞬で勝負が付く。つばぜり合いだって長くはない。だが、殺陣は違う。迫力を出すために、つばぜり合いで押し合ったままグルグルと回らされたりする。ここは舞台の上だ、これは演技だ、とわかっていても息苦しくなる。

芝居もそうだ。チンピラ、三下の役ばかりだから諍《いさか》いの場面が多い。殴られる、蹴られるはまだいい。だが、後ろから羽交い締めにされたりすると息が止まりそうになる。だから、一人で踊っているときが一番楽だ。舞台の上なら一人になれる。誰にも近づかなくて済む。誰にも触れずに済む。そこでなら息ができるような気がする。生きて行けるような気がする。

鉢木座の人たちはみないい人だ。だが、他人と一緒に暮らす毎日は緩慢な拷問に掛けられているようだ。一日に一センチだけ水嵩《みずかさ》が増す水牢《みずろう》の中にいるような気がする。このままではいつか俺は息ができなくなって窒息してしまうだろう。

本当にこんなことが朱里への供養になるのか。それとも、これは朱里が俺に与えた試練なのか。「普通の人のふりをして生きて行く」訓練なのか。

懸命に深呼吸を繰り返していると、後ろから子供の声がした。

「あー、やっぱここにいはった」

甲高い声に振り向くと、寧々ちゃんが重そうなスーパーの袋を提げてやってきた。

「伊吹……兄さん、いつも外にいてはるけど、タバコ休憩？」

どこでそんな言葉を憶えたのか、と苦笑する。きっと広蔵さんあたりだろう。

「いや。煙草は吸わないよ。ちょっと深呼吸してるだけ」

「深呼吸？　なんで？　ラジオ体操するん？」

寧々ちゃんは人懐こい。俺にも屈託なく話しかけてくる。大人の中で生活して子役として舞台に上がっているせいか、五歳にしてはずっと大人びて見える。そして、見えるだけでなく大人顔負けに働く。

「しないよ。……なにそれ？」俺はスーパーの袋をのぞき込んで話を逸らした。

「あっ、忘れてた。これ、差入れのジュース。寧々が配ってるねん」寧々ちゃんが袋の口を広げた。「リンゴ、ブドウ、オレンジ、ピーチ、どれがいい？」

「俺は残ったやつでいいよ。それより重たいだろ？　一緒に配りに行こう」

寧々ちゃんの手からスーパーの袋を取り上げた。こんな小さな子が働いているのに一体俺はなんだ。新入りのくせに「深呼吸休憩」なんて厚かましすぎる。

「ありがとう、いぶきに……いさん」

俺の名が言いにくいのか、噛《か》んだ。恥ずかしそうな顔をする。

「伊吹、でいいよ」

「そんなんあかん。伊吹兄さん、ってちゃんと言わな」寧々ちゃんが慌てて首を振った。

伊吹兄さん、伊吹兄さん、と繰り返してやっぱり困った顔をする。

「なんか言いにくい。いぶにー、でいい？」

「いいよ」

並んで歩き出すとふっと昔のことが思い出された。子供の頃、朱里とよく買い物に行った。俺たちは並んで歩いて買い物袋を交互に持った。二人ならどこまでも、いつまでも歩いて行けるような気がしていた。

控室の隅に響さんがいた。スマホを見ている。万三郎さんはその横でいびきをかいていた。

「あー、寧々ちゃん偉いねえ」袋に手を突っ込んで適当に二本取り出す。「伊吹君もありがとう」

次に広蔵さんを捜したが姿が見えない。響さんに訊くと煙草を買いに行ったという。

「じゃ、広蔵さんと細川さんには俺が渡しとくから。寧々ちゃんはお風呂行ってよ」

「わかった。ありがとう、いぶにー」

外へ出る口実ができた。ジュースの袋を提げて再び劇場を出た。一人になると途端に息が楽になった。

駐車場の隅で踊りをさらっていると、広蔵さんが戻って来た。ジュースを渡そうとしたがあっさり断られた。甘い物は苦手だそうだ。広蔵さんは真新しい煙草の封を切り火を点けた。

「僕の夢は座長になることやったんや。一座を旗揚げして日本中を回って大きな小屋を大入りにするんや。そう決心して修業のつもりでいろんなとこ渡り歩いた。でも、上手いこといかんでな、一度は足を洗《あろ》たんや。地に足の付いた仕事をしようと思て、スーパーで実演販売やったりセールスやったり。僕、実演販売は人気あってんで。口八丁手八丁で包丁売ってな。なんせ香具師《やし》の芸は慣れてたしな」

いきなり話をはじめた。今さら戻るわけにもいかないので俺は煙草の煙を避けながら聞くことにした。

「でもなあ、やっぱり芝居が忘れられんのや。なんやかんやで結局戻ってきてもうた。みっともない話やけどな」

「今からでも頑張ればいいじゃないですか」

「無茶言うなや。今、日本にどれくらい大衆演劇の劇団があるか知ってるんか」

こんな旧態依然とした旅芝居の劇団が、今の時代にそうたくさんあるとは思えない。見当がつかないからすこし多めに言った。

「さあ、二、三十くらいですか」

「なに言うてんねん。百、超えとるわ」

「え、そんなにあるんですか」

　思わず驚くと、うひゃひゃと広蔵さんが嬉しそうに笑った。

「今は大衆演劇ブームなんやで。若座長の人気はすごいやろ？」

「たしかに。若い女の子のファンがあんなにいてびっくりしました」

「若座長だけやないで。座長もモテるからな」

「年季の入ったご贔屓さんが多いみたいですね」

「年寄りばっかりやない。座長かて若い女の子にモテるんやで」広蔵さんがまたうひゃひゃと笑った。「ちょっと前やけどな、えらい別嬪《べっぴん》さんを泣かしてるの見たからな」

「若い女の子を泣かせるんですか。すごいですね」

　頑固で堅物そうに見えるのに意外だな、と思った。だが、座長は奥さんを亡くして一人身だ。別に若い女の子と付き合ってもなんの問題もない。それにしてもよく言われるように「女遊びも芸の肥やし」なのだろうか。

「でもなあ、若座長は堅いんや。酒は飲めへんというか飲まれへんし、女遊びもせえへん。博打《ばくち》もやれへん。あんこだけや」

「たしかにあんこ、好きですね」

「若座長のバースデーケーキは特大の饅頭《まんじゅう》なんや。ファンクラブが準備してくれる」

「え、あはは。すごいですね」

バースデーケーキか。笑い声が喉の奥で引っかかった。子供の頃、朱里が欲しがっていた。一体、いつから欲しがらなくなったのだろう。

「若座長は芙美さんと寧々ちゃんのこと、ほんまに大事にしてるやろ。ああいうのが最近の役者なんやろなあ。昔の役者はみんなムチャクチャしてたもんやけどな」

「座長もですか」

「いやー、座長は苦労人や。つぶれかけてた鉢木座を立て直したんやからな」

「鉢木座ってつぶれかけてたんですか」

「その昔、鉢木座には鷹之介《たかのすけ》いう人気の女形がおったんや。座長のお兄さんや。これが豪快な人で芸も派手やったが遊びも派手で。詳しいことは知らんが、その人のせいで鉢木座は借金抱えてえらい目に遭《お》うたらしいわ」

「それを座長が盛り返したんですね」

「そう。若座長かて幼稚園も行かんと舞台上がって、チビ玉チビ玉言われてお花もろて。健気な子やった」

聞けば聞くほど慈丹のすごさがわかる。俺とはたった三つ違いなのに、親と子ほどの精神年齢の差があるかもしれない。

「でもなあ、はなやか言うても所詮は、旅から旅への浮草人生や。僕はときどき寂しなるねん」広蔵さんがしんみりとした口調で言う。「この商売いつまでできるか。先のことは考えんようにしてる。怖いからな」

「俺もです」

鉢木座に入ってまだ一ヶ月も経《た》たないというのに俺はもう息苦しくて溺れそうだ。一体いつまでやれるだろう。息ができなくなって溺れて完全に水の底に沈んでしまったら、俺はどうなるのだろう。

「なに言うてんねん。若いときの怖さと歳取ってからの怖さは違うんやで。伊吹君もいずれわかるわ」

広蔵さんはまた、うひゃひゃと笑い、煙草を消して行ってしまった。

一人になった俺はもう一度大きく息を吸ってから、再び劇場に戻った。これだけ深呼吸をすればしばらく大丈夫だろう。真っ直ぐ大道具倉庫に向かう。細川さんが隅っこの小机でパソコンに向かっていた。

「細川さん。ジュース選んで下さい」

「うーん。どれにしようか。えーと」

かなり迷ってから「ピーチ」を選んだ。少女趣味でピンク好きの細川さんらしい選択だった。

細川さんは遠くから見てもすぐわかる。ちょっと太めの体形で、いつも花柄でフリフリの服を着て「ＰＩＮＫ　ＨＯＵＳＥ」のロゴが付いた大きなトートバッグを持っているからだ。

「新作の台本ですか」

細川さんは一時間の芝居を一晩で書けるという。座長の頭には百を超える外題が入っているが、今の時代に合わないものも多く新作は必要なのだ。老人クラブの団体が入る日は『清水次郎長』や『瞼《まぶた》の母《はは》』などベタな演目を掛けるが、ＯＬや学生ら若い人が多そうな日は新作で反応を見ることもある。

「ううん。今ねえ、グッズの追加発注かけてたとこ」

細川さんは鉢木座の公式サイトとファンクラブの管理をしている。様々なグッズを企画して楽しそうだ。

「ほら、若座長のグッズはねえ、すっごく売れるのよー」

手拭いにキーホルダー、クリアファイルに団扇、千社札など画面上に展開された慈丹の個人グッズを見せてくれた。慈丹の名だけの物もあれば顔のアップがプリントされている物もある。見ていると恥ずかしくなってきたので思わず眼を逸らした。

「わかる、その気持ち。最初はファングッズって恥ずかしいもんね。でも、すぐに慣れるよー」ふふふと笑って言う。「伊吹君も人気が出たらいろんなグッズ、作ったげるね」

勘弁してくれ、と思ったが笑ってごまかした。そして、ふと気付いた。朱里の部屋にはこの手のグッズは一つもなかった。つまり熱心なファンではなかったということか。

「俺の姉が鉢木座に通ってたかどうか、ってわかりますか?」

「お姉さん? うちのファンだったの?」なぜ本人に訊かないのか、という訝《いぶか》しげな顔だ。

「たぶん」

我ながら曖昧な答えだと思った。細川さんは一瞬眉を寄せたがすぐに仕事の顔になった。

「お姉さんの名前は?」

「牧原朱里です。朱色の朱、里はサトという字です」

「牧原朱里さんね……」細川さんは名簿を検索し、あちこち確かめた。「お姉さん、うちのファンクラブには見当たらないね。グッズの通販の履歴もないし」

「そうですか。じゃあ、一回観に来ただけみたいですね」

「変なこと訊くけど、お姉さん本人には確かめられない事情があるの?」

「去年、姉は亡くなったんです」

「え? あ、ごめんなさい。無神経なこと言って」

そこで、はっと細川さんが息を呑んだ。眼を見開いて俺を見つめて恐る恐る訊ねる。

「ねえ、もしかしたら、亡くなったお姉さんのためにうちに入ったの?」

「……よくわかりません。でも、若座長が熱心に誘ってくれたのが大きいです」

「そうなの？　さすがねえ。私なんか押しかけだよ？　羨ましい。あー、私も若座長に誘ってもらいたかったな」

細川さんは本当に羨ましそうな顔をしてパソコンを閉じた。

＊

ある日のショーで俺は舟木一夫《ふなきかずお》の「絶唱《ぜつしよう》」を踊った。選んだのは慈丹で「伊吹には昭和歌謡がよく似合うから」らしい。白無垢《しろむく》に綿帽子で踊りはじめると初老の女性が席を立って舞台の下へやってきた。

瞬間、心臓が跳ね上がった。

「お花」を付けてもらう作法は教わっている。俺は恐る恐る身をかがめた。女の手が近づいてくると一瞬、息が詰まった。女が俺の胸許に一万円札をクリップで留めた。そして、なんのためらいもなく手を差し出した。そうだ、お花を付けてもらった後は手を握らなければならない。

知らない人間の手を握るなんて俺にできるだろうか。怖くてたまらない。息ができなくなりそうだ。苦しい。倒れてしまいそうだ。懸命に俺は自分に言い聞かせた。ここは舞台だ。我慢するんだ。思い切って白塗りの手を差し出し女の手を握った。そして、必死で微笑んだ。女の顔は真っ赤だった。俺は立ち上がって再び踊りはじめた。音楽がよく聞こえない。客席も見えない。いや、そもそも踊っている感覚がない。

気がつくといつの間にか楽屋に戻っていた。

「やったな、伊吹」

慈丹が拍手で迎えてくれた。女郎蜘蛛《じょろうぐも》をイメージした真っ黒な着物を着たまま真っ赤な唇で嬉しそうに笑う。そろそろ見慣れたとはいえそれでも一瞬息を呑むほど色っぽかった。

「ありがとうございます」なんとか返事をした。

「よっしゃあ、僕も頑張らな」

袖で小さくガッツポーズをして気合いを入れて、慈丹が舞台に出る。曲は「紅蓮華《ぐれんげ》」だ。割れんばかりの歓声と拍手が響いた。

寧々ちゃんの着付けでてんてこ舞いの芙美さんが俺の胸許を見て声を上げた。

「伊吹君、お花付けてもろたん。よかったねえ」

「いぶにー。よかったねー。おめでとう」寧々ちゃんも続いて言う。

「こんな超有望新人ゲットできてほんまに最高やわ」芙美さんは満面の笑みを浮かべている。本当に嬉しそうだ。

「ありがとうございます。こんなに喜んでもらえるなんて……」

「一番喜んでるんは若座長やよ」帯を結ぶ手を止めずに言葉を続けた。

「はい」

そうか、そのとおりだ。後できちんと御礼を言わなければ。そう思いながら自分の身体が震えていることに気付いた。身体中がかあっと熱くなって自分でも信じられないほど動揺している。いや、舞い上がっているというべきか。

これほど人に喜んでもらえるのは生まれてはじめてだ。俺のことを喜んでくれる人がいるなんて。まさか、こんな俺を――。

次の瞬間、ふっと背筋が冷たくなった。「お花」を付けてもらうとは見知らぬ誰かが近づき俺に触れることだ。俺はその度に見知らぬ誰かの手を握ってにっこりと微笑まなければならない。そんなことが俺にできるだろうか。

だが、本当はとっくにわかっていたことだ。今まで考えないようにしていただけだ。

袖から慈丹を見た。すると、ファンが舞台の下で待っていた。「お花」かと思ったら違う。手渡されたのは着物だった。わっと客席が沸いた。慈丹はおおきに、と受け取ってしっかりと両手で握手をした。着物を手渡した七十手前の女は今にも泣き出しそうだった。

慈丹は着物を広げて客席に披露した。背中に慈丹と大きく名の入った、唐獅子牡丹《からじしぼたん》の柄だ。見るからに派手で豪華だった。

再び慈丹が踊り出す。受け取った着物をふわりと頭からかぶり、衣《きぬ》かつぎのようにして舞う。客席から割れんばかりの拍手だ。次に、肩から羽織って舞う。そして、片袖だけ通してまた舞い、最後に両の袖を通して、前をはだけた恰好で激しく舞った。

受け取った着物を使って咄嗟《とっさ》にこれだけの踊りができるのか。食い入るように慈丹を見つめていた。すると、御殿女中の恰好をした細川さんが横に並んだ。

「凄まじいでしょ？　これが鉢木慈丹なの」

「ええ。凄まじい」かすれた声しか出なかった。

「しょっちゅうもらえる物じゃないけどね。でも、座長や若座長はもう何枚ももらってるんだよ」

細川さんがバン、と俺の腕を叩いた。俺はびくりと跳ね上がった。

「ごめん、痛かった？　でも、いつか伊吹君もね」

にこにこ笑う細川さんの横で俺は激しく混乱していた。お花を付けてもらうのが怖い。客と触れ合うのが怖い。なのに、今見た慈丹の踊りに憧れている。あの凄まじさに魅了されている。自分もあんなふうに踊りたいと思っている。俺は我が儘だ。

その夜、控室の隅で横になってからもずっと悶々《もんもん》としていた。胸許に伸びてきた他人の腕を思い出すとまた息が詰まって肌が粟立《あわだ》った。なのに、心の奥がわずかに熱を持って痺れている。これまで、踊りの師匠に褒められても、テストで百点を取っても、剣道の試合で勝ってもこんなにも高揚を感じたことはなかった。

誰かに認めてもらえるのが嬉しくて、誰かに褒めてもらうのが嬉しくて、でも、誰かに触れられるのが怖い。「お花」が欲しくてたまらないのに「お花」を付けてもらいたくない。誰かの手なんて握りたくない。一体俺はどうしたいのだろう。

矛盾した思いをもてあましながら寝返りばかり打っていた。だが、毎日の疲れもあって知らぬ間に眠りに落ちていたようだ。

深夜、ふっと気配を感じた。誰かがそばにいる。心臓が跳ね上がって、ざわっと全身が粟立った。広蔵さんのいびきは聞こえているから別の誰かだ。寝ているふりをすると、その誰かは去って行った。そっと薄目を開けると暗がりで背恰好だけが見えた。

慈丹だった。

今のは一体なんだったのだろう。こんな夜中になにをする気だったのだろう。俺は混乱のあまり声を立てることも動くこともできず身を強張《こわば》らせていた。

慈丹は善人だ。俺によくしてくれる。だが、善人すぎるとも言える。本当は別の顔があるのではないか。まさか、朱里の死にも関係があるのか。

いや、そんなことがあるわけない。考えすぎだ。バカバカしい。朱里の死に納得できない俺の妄想だ。不審の種は俺の中にある。俺に問題があるんだ。身体を丸めて深呼吸を繰り返しながら、俺は懸命に疑惑を打ち消した。

一ヶ月の興行が終わりに近づき、次の芝居小屋に移動する準備がはじまった。空いた時間を見つけてすこしずつ楽屋を整理して荷物を詰めていく。もう使わない大道具は片付けて衣装や小物もケースにしまった。芙美さんはいっそう忙しくなり朝から晩まで慌ただしく動き回っていた。

とうとう千秋楽の日が来た。朝からみなの顔つきが違う。座長も慈丹も終始無言だ。無事に公演を終えほっとするはずなのに喜んでいるようには見えない。どこかピリピリしている。迂闊《うかつ》に話しかけられず俺は自分の支度に集中することにした。

化粧前で白粉を塗っていると芙美さんが話しかけて来た。すこし興奮しているように見えた。

「伊吹君、『乗り込み』、初体験やね」

「乗り込みってなんですか」

「次の小屋へ移動すること」

「新しい劇場に行くんですね。どんなだろう。ちょっと楽しみです」

「そう、楽しみやねえー」芙美さんがにやりと笑った。「今晩になったらわかるわ。楽しみにしとき」

ちょっと引っかかったが、すぐに舞台のことで頭がいっぱいになり忘れてしまった。

千秋楽のラストショーはこれまでで一番豪華なものだった。真夏の雪尽くし、ということで雪、雪、とにかく雪だ。

俺は「粉雪《こなゆき》」で踊った。慈丹は「雪《ゆき》の華《はな》」で玉三郎《たまさぶろう》の鷺娘ばりの美しさだ。座長は「風雪《ふうせつ》ながれ旅《たび》」で渋い舞を見せた。いつもの二倍の紙雪を降らせて送風機で吹雪を演出する。雪まみれの座長は刃のような凄みがあった。

「また、来年もここに呼んでいただけるよう、精進いたしたいと思います」

満員の客席に向かって座長が頭を下げた。割れんばかりの拍手で幕が閉じた。その後はいつもの送り出しだ。千秋楽なので別れを惜しむ客が多く普段よりも時間が掛かった。ようやく客の送り出しが終わると座長の顔が急に厳しくなった。みなを見渡し低い声で言った。

「……よし、やるで」

すると、俺の横にいた慈丹が振袖姿で拳を振り上げた。

「よおっしゃあ」

女形のままの顔で大声で返事をする。俺は思わずびくりとした。慈丹は俺のほうに向き直り、やたらと迫力のある顔をした。

「伊吹、乗り込みや。やるで」

「はい」勢いに押されて俺も大声で返事をした。

化粧を落とす暇なんてない。衣装だけ脱いで駆け出した。まずは掃除だ。舞台に降らせた大量の紙雪を片付ける。派手に送風機を回したせいで集めるのが大変だ。舞台の掃除が済むといよいよ撤収作業開始だ。劇場裏に借りてきた大型のトラックが駐《と》まっている。大道具、小道具、衣装に鬘など、何往復もしてトラックに積み込んでいく。俺と慈丹は二人で大道具を運んだ。松や桜の木、鳥居、書き割り、様々な遠見幕《とおみまく》など嵩張る物がいくらでもあった。

すべてを積み込んで芙美さんの運転するトラックが出発したのは深夜だった。次の劇場に着いたのは明け方だ。すぐさま荷物を下ろして初日の昼公演の準備に掛かるという。

「伊吹、すごいやろ。旅芝居の一座はこれが毎月あるんや」

木戸を運びながら白粉にジャージの慈丹が笑う。多少崩れてはいたが化粧はまだしっかり残っていた。俺はというと、さっきトイレで見たら白粉が汗で流れて凄まじい顔になっていた。

「たしかにすごいです。若座長の化粧。ちゃんと残ってる」

「なんや、そっちに感心してるんか。あとで座長見てみい。もっと綺麗に残っとる」

「さすがですね」

普通に喋ったつもりが息切れした。慈丹が俺を見てにこっと笑う。

「すぐに慣れるて。それから崩れん化粧もコツがある。また今度詳しく教えたる」

みな一睡もせずに働き続ける。男たちは協力して大荷物を運んだ。芙美さんと細川さんは膨大な数の衣装と鬘を楽屋に運び込んで整頓していく。簪や扇など様々な小物を収めた収納ボックスが壁に沿って積み上げられていった。

ふと外を見ると、まだ朝の九時なのに劇場の前には行列ができていた。

「初日は大抵オール明けや。ボロボロやけど、ああやって並んでくれてはるお客さん見たら、頑張らな、て思うんや」

立ったままおにぎりを頬張りながら慈丹が笑った。

今度の劇場は商業ビルの八階にある新しい小屋だった。昨日までの戦後すぐ建てられたような芝居小屋から、いきなり近代的な設備になって戸惑った。客層も少し変わって若い人が増えたように思う。

ここでも慈丹の人気は凄まじかった。慈丹は袴姿にブーツを履いて坂本《さかもと》龍馬《りようま》スタイルで踊ったりする。小道具はピストルだ。懐から取り出して指の先でくるくる回すと、客席から本当に「きゃー」と黄色い声が上がった。

「要返しの要領やから難しいことはない」

なんでもありだとわかっていてもさすがにびっくりする。それがつい顔に出てしまって、慈丹が笑った。

「ほんまにお前は頭が固いなあ。なんでもありなんやから、なんでもありや。僕より若い子はなんでもやるで。ブレイクダンス、ヒップホップ。着物にフード付けるなんて当たり前やからな」

「着物にフードって……あの頭にかぶるやつですか」

「そうそう。パーカーに付いてるやつや。フードを深くかぶって出て来て顔は見せずに踊る。で、ここぞというときにパッと上げてお客さんに顔を見せるんや。カッコええで」

瞬間、胸が押し潰されたような気がした。全身が冷たくなり、総毛立った。水を吸ったフードは首に絡みつく。暗い、冷たい、溺れる――。

返事ができないでいると、それを不服と取ったのか慈丹が呆れたような顔で俺をなだめた。

「まあ、なんでも人の言いなりになるよりは、自分で考えて選んでいくほうが後々ええ。伊吹自身が納得できる踊りをやれや。でも、忘れたらあかん。とにかくお客様ファーストやで。一人よがりはなしや」

白玉ぜんざいが食べたいんや、と調子外れの謎の歌を歌いながら慈丹は再び舞台へ出ていった。

俺は鏡を見た。きっと血の気が引いているはずだが白塗りのせいでわからなかった。

なんでもありや、とうそぶく慈丹は自分に自信を持っている。どれだけ奇抜な衣装を着け、どれだけあざとい演出をしても、踊りが崩れないという自負がある。子供の頃からそれだけの努力をしてきたからだ。

俺はどうだろう。たとえフードをかぶって踊ってもそれは誰かの真似《まね》だ。俺自身が工夫したものでもないし納得したものでもない。俺には自信を持ってできるものなんてない。踊りも芝居も中途半端だ。

慈丹はなぜ俺を鉢木座に誘ったのだろう。俺は鏡の中の俺を見つめ続けた。白塗りの女形ではなく白塗りの幽霊に見えて身体が震えてきた。

俺はいつか慈丹の期待を裏切るだろう。遅かれ早かれきっとそのときが来る。俺はそれが怖かった。


新しい小屋での公演も無事に進んでいった。

俺は頻繁に「お花」を付けてもらえるようになったが、どれだけ経験しても慣れることはなかった。「お花」の度に自分に言い聞かせなければならなかった。我慢しろ。お客様の手を握ってにっこり微笑むんだ。これも芝居だと思うんだ。演技だと割り切って笑うんだ、と。

だが、日ごとに胸がふさがっていくのがわかった。どれだけ深呼吸をしても息が入っていかない。瓶の底に澱《おり》が溜《た》まるように胸の奥底に俺の浅ましさが溜まっていくからだ。

俺は嘘をついている。俺の微笑みは偽物だ。「お花」を付けてくれるお客様と、それを自分のことのように喜んでくれる鉢木座の人たちを騙《だま》している。俺は卑怯《ひきょう》だ。後ろめたく思っているのにどうすることもできない。

劇場が替わって一週間過ぎた頃だった。昼公演が終わり昼食の時間になった。配達された日替わり弁当をみなで食べるのだ。一昨日《おととい》は鯖《さば》の塩焼き弁当、昨日は豚の生姜《しょうが》焼き弁当だった。美味しかったので楽しみにしていると、今日はチキンカツだった。

俺はチキンカツを見下ろしながらじっとしていた。前の劇場のときは弁当の種類を選べた。でも、今回は全員同じ「日替わり弁当」だ。鶏料理は避けられない。

箸を持ったものの手をつけられずにいると、慈丹が顔をしかめた。

「なんや、伊吹、具合でも悪いんか？」

「すみません、俺、鶏肉《とりにく》が食べられないんです。ちょっとアレルギーで」

「鶏アレルギーなん？　そりゃ大変やわ」芙美さんが真っ先に反応した。「チキンコンソメとか鶏ガラの素とかは」

夕食は芙美さんが作ることが多い。だが、大皿で出るのでこれまでは鶏肉だけ食べずにごまかしてきたのだ。

「大量に食べなきゃ大丈夫です。コンソメとか鶏ガラスープくらいならなんとか」

「そう、ならええけど」

芙美さんがほっとした顔をした。その横で慈丹がため息をつく。

「じゃあ、焼き鳥とかあかんのか。残念やな、いつか伊吹と飲みに行こと思てたのに」

「あれ、若座長、下戸《げこ》では？」

「酒は飲まれへんけど、居酒屋メニューは好きなんや」慈丹が立ち上がって隅の冷蔵庫を開けた。「チキンカツ除《の》けたらオカズなくなるやろ。……昨日、差入れで美味《うま》そうなやつもろたんや」

戻って来た慈丹がテーブルに瓶詰めを置いた。鮭《さけ》とイクラを一緒に漬け込んだものだった。

「いいんですか。高そうな瓶詰めですけど」

「かまへんかまへん」

鮭もイクラも美味しかった。だが、味を楽しむことができなかった。俺はまた嘘をついた。鶏アレルギーなんかじゃない。鶏が食べられないだけ、ただの我が儘だ。

「お茶漬けもできるから」芙美さんが熱いお茶を淹《い》れてくれた。

「ありがとうございます」

芙美さんだけではない。慈丹も寧々ちゃんも広蔵さんも、みんなにこにこしている。こんな良い人たちに嘘をつく自分がたまらなく嫌になった。

座長がひとつ咳払いをした。ふと見ると一人だけ仏頂面だ。なんだかほっとした。

昼食の後、慈丹に夜の稽古をつけてもらっていると、芙美さんがしみじみと嬉しそうに言った。

「ツインタワーやねえ」

「ツインタワー？」慈丹が訊き返した。

「そう。若座長と背恰好が同じくらいやろ。遠目には双子か兄弟に見えるくらい。並んで立つと迫力があって、すごく見栄えがするねん」

「ツインタワーか。それええな。……よし、夜は二人で踊ってみよか」

「え？　いきなりですか」

「僕が合わせるから伊吹はいつも通りに踊ったらええ。僕のことは気にせんでええから」

軽く慈丹が言う。不安だったが断ることはできない。早速、その夜、慈丹と踊ることになった。

やがて、夜公演がはじまった。俺は舞台袖で緊張していた。さっき軽く一度合わせただけだが慈丹を信頼して踊るしかない。曲は例の「夢芝居」だった。

まず俺が出た。慈丹に言われた通り普段のように踊る。一番が終わったところで慈丹が出て来た。予想していなかった客が悲鳴のような叫び声を上げ、拍手が起こった。俺も慈丹も着物は黒だ。二人で並んで踊りはじめると、なにがそんなに嬉しいのか客席がやたらと興奮しだした。

　すると、いきなり慈丹が俺の手を取った。予想外の演出に驚いて一瞬手を引っ込めそうになった。だが、ここは舞台の上だ。懸命に堪えて恋人同士のように手を繋いだ。すると、慈丹が俺をじっと見つめた。さらに大きな歓声が上がった。調子に乗った慈丹が俺の頰に顔を寄せてきた。歓声は「きゃー」を通り越して「ぎゃー」になった。

　もう我慢ができなかった。急に吐き気がした。俺は反射的に慈丹の手を振りほどいて逃げた。それも演出だと思ったのか、客席がまたさらに沸いた。

　慈丹と離れても吐き気は治まらなかった。俺は懸命に踊りを続け、曲が終わると慌てて袖に引っ込んだ。楽屋に戻ってからも息苦しさが止《や》まない。倒れないように立っているのがやっとだった。

「伊吹君、どうしたん？」芙美さんが心配げに声を掛けてくる。

「……いえ、大丈夫です」

　なんとか返事をしてペットボトルの水を飲んだ。追い掛けるように戻って来た慈丹が怒鳴った。

「阿呆。伊吹、お前、なに逃げてんねん」

「すみません。いきなりだったのでびっくりして……」

「は？　今さらなに言うてんねん。そら男に手え握られたら気持ち悪いか知らんが、舞台の上ではにっこり笑《わろ》て我慢せえや」

早口の大阪弁でまくし立てる。慈丹がこれほど怒りをあらわにするのは、はじめてだった。白塗りの女形の化粧のままで地声で怒鳴るから余計に凄まじい。思わず身がすくんだ。

「すみません」俺は頭を下げた。

「今度やったらしばくぞ」

言い捨てて慈丹が背を向けた。立ち尽くす俺に芙美さんが声を掛けた。

「ほら、早《は》よして。ラストは『お祭《まつ》りマンボ』や」

全員が揃いの法被《はっぴ》で踊る。俺は後列で踊った。真ん中で踊る慈丹はムーンウォークを披露した。客席の手拍子がひときわ大きくなった。

送り出しが終わると、慈丹に呼び出された。

「お前、ラストショーもボロボロやったやないか。一体どうしたんや。ちょっと手え繋いで顔寄せたくらいでなんやねん。あんなんただの演出やないか」

「ただ並んで踊るだけだと思ってたから……まさか、あんなことまでするとは思わなくて」

「あんなことまで？　阿呆。なに上品ぶってるねん。お客様は喜んではったやろ。なにが不満なんや」

「いえ……」

大衆劇団の若座長としての慈丹の言うことは正しい。慈丹は最初から言っていた。お客様ファースト、と。

「僕らがあそこまでやっても、お客様からしたら『普通に楽しい』だけや。でも『普通に楽しい』を続けててもあかん。すぐに飽きられてまう。そやから、僕らは常に工夫せなあかん。あんなこと以上、あそこまで以上のことをやって行かなあかんのや」

「……はい」

「納得してへんみたいやな。なら、お前は一生一人で鏡の前で踊っとれ。気が済むまで自分の芸を追求しとけや」慈丹は言い捨てて背を向けた。

俺は劇場を出て裏口に座り込んだ。いくら深呼吸をしても肺が押し潰されたような息苦しさは治まらなかった。

今度の劇場は街中だから、人通りが多い。みな、化粧をしたままの俺をじろじろ見る。男子大学生のグループが通り過ぎて行った。かなり酔っていて、俺を指さし笑った。

俺は一体なにをしているのだろう。田舎の町で暮らしても大阪で劇団に入っても馴染めない。大学も退学し、役者としても中途半端だ。そして、酸欠の金魚みたいに口をぱくぱくさせている。息苦しい、息苦しい、と。

もう九月なのに大阪の蒸し暑さは異常だ。だらだら汗を掻きながら座っていると、細川さんがやってきた。

「伊吹君、差入れのスイカ」

「ありがとうございます」

紙皿に載った三角形のスイカだ。俺は膝の上に皿を載せたままじっとしていた。

「若座長に怒られてへこんでる？」

「はい、まあ」

「絡みを恥ずかしがることないって。すっごく綺麗だったから」細川さんがぽっと顔を赤らめる。

慈丹も細川さんも俺が手を振り払ったのは恥ずかしかったからだと思っている。それならそれでいい。いや、むしろそう思ってほしい。俺はその方向に話を向けた。

「あの、お客さんはなにがいいんですか。俺も若座長も女形でしょう？　舞台の上ではどっちも女なわけです。それが絡んだところでなにかが起こるわけではないし」

「伊吹君。わかってない」細川さんが大きなため息をついた。「女形は男が女を演じてる段階でもう倒錯してるの。その倒錯した女形が女同士で絡む、つまり百合《ゆり》ね、百合。さらにもう一段上の倒錯になるの。背徳感バリバリでなおかつ美しい世界。最高でしょ」

突然熱く語り出したので俺は呆気にとられた。細川さんはさらに熱弁を振るった。

「タカラヅカだって男役同士が絡むダンスはファンが大喜びするの。うちとは裏返しのパターンだけど意味は同じね」

「細川さん、タカラヅカも好きなんですか」

「大衆演劇のファンになる前はタカラヅカのファンやってたの。あっちはあっちで濃いのよ。客層が全然違うけどね」

「はあ」

間の抜けた返事をする俺を、細川さんは眼を細めて見ていた。

「伊吹君はまだすれてないから。若座長なんて、お客さんに受けることばっかり考えてる自分が嫌になるときがある、て言ってるくらい」

慈丹の話題になるとまた細川さんは顔を赤らめた。

「若座長は好きで受けることを考えてるんだと思ってました」

「旅芝居なんてキツい商売、好きなだけではできないでしょ。もちろん、嫌いでもできないけどね。要はバランスね、バランス」

喋りすぎた、恥ずかしい、と言いながら細川さんは帰っていった。俺は三角形のスイカにかぶりついた。あまり甘くなかった。甘さにムラのある切り方だからか。

「……ハズレだ」

思わず呟くとまた吐き気がした。

その夜の稽古が終わった後、改めて慈丹に謝りに行った。慈丹は楽屋の隅で歌舞伎の

DVDを観ていた。俺に気付くとDVDを止めて顔を上げた。

「今日はすみませんでした」

「いや、僕も言い過ぎた」

慈丹が素直に詫《わ》びる。俺は余計に苦しくなった。次の言葉を探していると、慈丹が小さなため息をついた。

「なあ、ちょっと思たんやけど伊吹は真面目過ぎるんと違うか。勝手に縛り入れて不自由になってる。僕はもっといい加減でええと思うねん。面白かったらええ、ってふうに肩の力を抜いてみたらどうや」

「はい」

「自分の稽古も大事やけど他の舞台も観るべきや。歌舞伎でもタカラヅカでもミュージカルでもなんでも勉強になる。それぞれのええとこ取りするんや」

「わかりました」

慈丹が観ていたのは『三人吉三《さんにんきち》廓《さくるわの》初買《はつがい》』だった。また虫取り小学生の顔になって俺に語りかける。

「これな、昔から人気のある外題やけど、うちではやったことがないねん。和尚《おしょう》吉三、お坊《ぼう》吉三、お嬢《じょう》吉三いうて吉三が三人出て来る。座長と僕と伊吹で丁度ええやろ」

「どんな話なんですか」

「庚申丸《こうしんまる》いう刀を巡るドロドロの人間模様やな。強盗とか殺人とか禁断の恋とか」

慈丹が『三人吉三』について、簡単にあらすじを説明してくれた。

刀商の手代、十三郎《じゅうざぶろう》は名刀庚申丸の代金百両をなくしてしまう。夜鷹《よたか》のおとせがそれを見つけて十三郎に届けようとするが、大川端《おおかわばた》で女装の盗賊「お嬢吉三」に奪われた。そして、おとせは川へ投げ込まれて行方《ゆくえ》知れずに。その様子を見ていたのが浪人の「お坊吉三」だ。百両を巡って二人の吉三が争っていると、「和尚吉三」が現れて仲裁をする。三人の吉三は義兄弟の契《ちぎ》りを結んで三人で悪事を働くようになる。

一方、川へ投げ込まれたおとせは父、伝吉《でんきち》のもとで十三郎と再会して惹《ひ》かれあう。伝吉にはもう一人息子がいて、それが「和尚吉三」だった。つまり、おとせと「和尚吉三」は兄妹《きょうだい》だったのだ。さらに、十三郎とおとせが双子だったことまでわかる。だが、二人は互いが双子とは知らず愛し合うのだった。

俺はぞくりとした。ふっと朱里の顔が浮かんだ。両手を広げて城の石垣から飛び立つ姿だ。ただの歌舞伎の外題とわかっていても居心地が悪い。

「伊吹？　どうしたんや」

「なんか、ややこしい話で」

「そやろ？　観てたらメチャメチャ面白いんやけど口で説明すんのは大変なんや」

慈丹はそばにあった喜八洲《きやす》のみたらし団子の包み紙を引き寄せ、裏に相関図を書きはじめた。

庚申丸の代金百両を巡って争いは続き、「お坊吉三」に伝吉は殺された。やがて、悪事が露見し、三人の吉三は十三郎とおとせを殺して身代わりの首とし、逃れようとする。だが、追い詰められ、壮絶な死を遂げるのだった。

「最後の見せ場でな、火の見櫓《やぐら》に登って『お嬢吉三』が太鼓を叩くんや。『八百屋《やおや》お七《しち》』のパロディやな」

またふっと朱里の顔が浮かんだ。真っ赤な浴衣を着て火の見櫓に登っている。太鼓を叩く代わりに手にした赤い提灯《ちょうちん》をゆらゆらと揺らしていた。

「最初の大川端のシーンで有名な台詞があるんや。……月も朧に白魚《しらうお》の、ってやつ。こいつあ春から縁起《えんぎ》がいいわえ、って聞いたことないか」

「ああ、なんかあるような気がします」

「歌舞伎をそのまんま真似してもしゃあないから、細川さんに派手に色を付けた脚本を書いてもらおうと思うんや」

慈丹の嬉しそうな顔を見ていると俺もやる気が出てきた。とにかくこのままではいけない。俺は大衆演劇の女形だ。お客を楽しませるのが勤めだ。手を繋ぐぐらいなんだ。今こそ他人に触れられないという欠点を克服するチャンスだ。そう自分に言い聞かせた。

だが、そう簡単に問題は解決しなかった。次の日の昼公演で再び慈丹と絡むことになった。俺は我慢して懸命に慈丹と手を繋いだ。頬を寄せられても逃げずになんとか最後まで踊りきることができた。だが、気持ちの入らない踊りが慈丹の逆鱗《げきりん》に触れた。

「阿呆、眼が死んどるやないか。別に僕と手を繋ぐのが楽しいと思え、と言うてるんと違う。ふりでええんや、ふりで。役者やろ。中途半端なことすんな」

　今度こそしばくぞ、と慈丹が捨て台詞を残して背を向けた。

　その日の夜公演で、俺は慈丹と手を繋ぎ懸命に笑顔を作り見つめ合った。頬を寄せられると吐きそうになったが、なんとか最後まで踊った。だが、やはり慈丹は俺の踊りに納得できなかったようだ。怒鳴りはしなかったが、楽屋に戻ってからも険しい顔をしていた。

　俺は夕食がほとんど食えなかった。自分の不甲斐《ふがい》なさに腹が立ってどうしていいかわからなかった。慈丹も黙りこくっていた。芙美さんと細川さんは心配そうな顔をしている。いつも穏やかでみなを気遣う慈丹の機嫌が悪いと一座の空気が途端に悪くなる。寧々ちゃんもしゅんとしていた。座長はなにも言わない。俺のことは慈丹に任せている。トラブルは自分で解決しろ、ということだ。

　夜の稽古が終わった後、芙美さんがやってきた。ちょっと話があるから、と深夜営業の居酒屋に連れていかれた。

「ビール飲める？」

「ええ、まあ」

芙美さんとカウンターに並んで座った。狭い店なので肘が当たりそうになる。もう息苦しい。芙美さんは生ビールと枝豆とポテトフライを頼んだ。

「若座長のダメ出しが続いてるんやて？」

「はい」

「よかったやん」

能天気な言い方に思わずむっとした。好きで手が繋げないのではない。俺だって懸命に努力している。

「それはどういうことですか」

「だって、褒められてるだけやったらバカにされてるのと一緒やからね。徹底的に怒られてなんぼやよ」

「じゃあ、これまで俺はずっとバカにされてたんですか」

ここ数日の緊張の糸が切れたような気がして、思わず強い調子で言い返した。才能があると褒めてくれたのは嘘だったのか。俺がはじめて「お花」を付けてもらったとき喜んでくれたのは嘘だったのか。

「まあ、落ち着きや。バカにされてるってのは言い過ぎた。褒められてるだけ、っていうのは要するに認められてないってこと。よくできまちたねー、って赤ちゃんを褒めてるのと同じ」芙美さんは言葉を選びながらすこしゆっくりと話した。「若座長は自分と同じレベルのことを伊吹君に要求してるんやよ」

「そんな、無理です」

「今は無理でも、いつかはできるようにならなあかん。あのね、伊吹君は若座長のライバルにならなあかん。若座長に――伊吹が憎い、伊吹に嫉妬する、って言われるくらいにならなあかんの」

「できるわけないです。俺が若座長に敵《かな》うわけない」

最近わかってきたことがある。大衆演劇の舞台は上手いだけではダメだ。客の心をつかむなにかが要る。それは「華」だったり「オーラ」だったり「貫禄」だったりする、眼に見えないなにかだ。

慈丹の場合は「華」と「人間性」だと思う。一緒に暮らすようになって思い知らされた。慈丹は「人間ができて」いる。いつだって他人のことを気遣っている。俺のような卑屈で利己的な人間とは比べものにならない。

「なに言うてんの」芙美さんがぴしりと言って俺をにらんだ。「若座長が望んでるんは仲良しこよしやない。お互い競い合える相手や。舞台に上がったらたとえ親子であってもしのぎを削るライバルやねんよ。座長と若座長を見てみいや」

たしかに、座長と若座長が舞台にかける情熱は凄まじい。この前は台詞回しに関して怒鳴り合いのケンカがあった。じっくりと芝居を見せたい座長とテンポを重視したい慈丹で揉めたのだ。

『遠山の金さん』で、悪人たちとの立ち回りの途中で片肌脱いで桜吹雪を見せるお約束の場面だ。

——この金さんの桜吹雪、見事、散らせるもんなら散らしてみろ。

派手な効果音が入って、遊び人の金さんが気っ張りを決める。そこで、慈丹が文句を付けた。

——座長、そこ、粘りすぎや。殺陣のテンポが悪なる。迫力もなくなるし若いお客さんが白ける。

——阿呆か。お前はなにもわかっとらん。ここはきっちり刺青《いれずみ》を見せなあかんのや。

——くどすぎる。そんなに気っ張りやりたいんやったら、後のお白州《しらす》で好きなだけやればええ。

——なんやと？

ほんのわずかのタイミングの違いだ。それでも二人は真剣にやり合っていた。

「でも、座長も若座長も旅芝居の一座に生まれた、ある意味サラブレッドです。俺とは比べものにならない」

「サラブレッド？　そんなええもんと違うよ」

芙美さんがジョッキをぐいっと傾け、半分ほど一気に飲んだ。

「今でこそお客さんが入るようになったけど、若座長が小さい頃は鉢木座は潰れる寸前やってんよ。衣装も小道具もボロボロ。演出に掛けるお金もない。客席はガラガラ。ほんまに惨めな時代があったんやよ。それを一所懸命舞台を勤めて、やっとここまで来たんや」

「すみません」

俺はジョッキを握り締めたまま、うつむいた。

「若座長はね、ほんまに伊吹君に期待してる。それを忘れんといてほしいねん」

「はい」

芙美さんの言う通りだ。俺は浅ましい。自分一人が苦労しているような気になっていた。

「でもな、舞台下りたら慈丹の友達になってほしいねん」芙美さんは眼を伏せ、しみじみと言った。「旅役者の宿命やけど、子供の頃から転校ばっかりで慈丹は友達がおれへん。他の劇団に知り合いは仰山《ぎようさん》いてるけどあくまで仕事や。同年代で腹割って話せるほどの人はおれへん。でも、伊吹君の話するときはほんまに嬉しそうやねん。はじめてできた友達なんやよ」

「買いかぶりです。俺は若座長みたいに人間ができてないし……」

「慈丹は仏さんみたいやけど、それはこういう旅芝居の家に生まれたせいもあるんや」

「どういうことですか?」

「さっき言うたみたいに子供の頃から転校ばっかりしてたわけ。そやから、どこへ行っても他人とうまくやれるように、にこにこ気を遣う癖がついてる。でも、あれはあれで悩んだりしてる。それをわかってあげてや」

「芙美さんはなんで若座長と知り合ったんですか」

「幼馴染みやねんよ」

「え? だって、日本全国を旅してるんじゃないんですか?」

「旅はしてるよ。でも、うちの実家が大阪の劇場近くで喫茶店をやってたんやよ。で、楽屋に出前を持っていくんは、あたしの仕事やっててん。で、慈丹とはずっと顔馴染みやってんよ」そこで芙美さんは赤面し、それをごまかすように、うははと豪快に笑った。

「中学校出たら無理矢理押しかけて、まずは裏方として雇ってもろたわけ」

「芙美さんまで押しかけだったんですか。でも、ファンに相当怨《うら》まれたんでは」

「まあ多少はね。でも、そんなんどこにでもある話やから」

一瞬、芙美さんの顔が曇った。多少という言葉の意味はかなり重そうだった。芙美さんはしんみりした口調で続ける。

「伊吹君は絶対にもっと人気が出る。でも、そのときは気い付けてね。ファンに手え出してトラブルになるのは御免やよ」

「まさか、そんなことしませんよ」

「うん。伊吹君は真面目そうやから大丈夫やとは思うけど、向こうから押しかけて来る場合もあるし」

「芙美さんみたいに？」

　すると、芙美さんが苦笑して決まりが悪い顔になったが、すぐに開き直って今度は大きな声で笑った。

「そうそう。だから、迂闊に手え出すと責任取らなあかんことになるよ」

「わかりました、気を付けます」

「とにかく、伊吹君には期待してるねん。女形の二枚看板になってもらうから」

「……はい」返事はしたものの、どこか力のない声になった。

「そんな弱気でどうするん？」

　芙美さんがぐいっと身を乗り出して迫ってきたので、思わずのけぞった。構わず芙美さんが鼻息荒く言葉を続ける。

「若座長かて化粧落としたらただのオッサンやん。でも、舞台に上がったらメチャクチャ綺麗になる。女形なんてもともとの顔は関係ない。化粧と努力や」

「わかりました。頑張ります。……でも、やっぱり若座長はもともとイケメンですよ」

「そう？　あんなんでも？」

首をかしげながらも芙美さんは嬉しそうだ。しばらくニヤニヤしていたが、ふっと真顔に戻った。

「伊吹君、失礼なことかもしらんけど、もしかしたらパーソナルスペース、広い？」

「パーソナルスペース？」

「他人が入ってきたら嫌な距離。舞台観てて思てん。若座長と二人で踊ってたら、なんか間延びして見えるんやよ。重なるシーンでちゃんと重なってへん。妙な隙間があるねん」芙美さんはじっと俺を見た。「さっき、あたしがちょっと顔近づけたらすごい勢いで離れたやん。ほら、今でもそうや。普通に話してるときでも心もち遠ざかってる。腰が引けてるっていうか、のけぞってるっていうか」

「俺はよくわかりませんが」

「若座長が手を繋いだときも一瞬顔色が変わった。あれ、お客さんが見てもわかったと思う。あれはあかんわ。嫌々やってるように見える。もっと言うたら、あんたと若座長は仲悪いんかと思われる」

　俺はなにも言えなかった。芙美さんの言っていることは慈丹と同じだった。黙り込んだ俺に、芙美さんがすこし口調を和らげた。

「それを注意しようかと思てたんやけど、今、わかった。そもそもパーソナルスペースが広いんやわ。他人にベタベタされるの苦手なんと違う？」

「自分ではよくわかりませんが」

どきりとした。とうとうバレたのか。なんとかごまかさなければ。俺は懸命に笑顔を作った。

「潔癖症なんかもね。綺麗好きやし。若座長なんかほっといたらすぐ散らかすけどね」

「別に綺麗好きってわけじゃないです。でも、座長も若座長も整理整頓と掃除は大事だ、っていつも厳しく言ってるじゃないですか」

パーソナルスペースから話が逸れてほっとする。

「座長が言うてるから若座長は気を付けて努力してるんやよ。ほんまはだらしない人やの」

「そんなふうには見えませんが」

「ほんま。昔はすごかったんやから」

そこで芙美さんはほんの一瞬遠い眼をして笑い、それから真剣な表情になった。

「若座長は努力してるんやよ。だから、あんたも甘えてたらあかん」

「はい。わかりました」

甘えているのは俺だ。わかっているからきちんと返事をした。だが、やっぱり心の中で思っている。無理だ。俺は一生、他人に触れられない、と。

「でも、よかった。若座長が強引に伊吹君を誘ったんは正解やったわ」

「どういうことですか?」

「最初ね、伊吹君は死にそうな顔をしてた。死相が出てた、っていうか」

「死相?」

はっと芙美さんを見た。芙美さんはもう笑っていなかった。

「うん。死相。礼儀正しくて、行儀がよくて、舞台でも綺麗。ほんと優等生。表面上はすごく上手にやってるように見える。でも、なんか突然消えてしまいそうな感じがした。今の今まで横で笑《わろ》てたのに気がついたら死んでた、みたいな」

俺は呆然《ぼうぜん》としていた。とんでもないことを言われているのはわかっている。なのに、すこしも違和感がない。当然のことを言われている気がする。芙美さんの言っていることは正しい。生きている実感がなければ死んでいるのと同じだ。俺はただ、慈丹の言うとおりに芝居をして踊って普通の人間のふりをしていただけだ。

「だから、伊吹君が入ってしばらくの間、若座長はすごく心配してた。これは内緒の話やねんけど、深夜、伊吹君が寝てるとこ何回ものぞきに行ってた。いなくなってないか、ちゃんと息してるか、って」

深夜、慈丹が俺の寝ているところまで来たことがあった。あのとき、俺は慈丹に不審の念を持った。朱里の死の原因があるのでは、と疑ったのだ。だが、なにもかも誤解だった。俺は恥ずかしくてたまらなくなった。

「つまり、俺が勝手に出て行ったり、自殺したりしてないか心配してたってことですか」

「そう。それくらい伊吹君は酷《ひど》い顔してた。若座長が無理矢理に伊吹君をスカウトしたのは才能を見抜いたこともあるけど、あのまま帰したら絶対に死ぬ、と思たからやよ」

そのとおりだ。あのままだったら俺もきっと石垣から飛んでいた。慈丹に命を救われたようなものだ。だが、それは正しい選択だったのか。飛んでいたほうがよかったのではないか。今でも迷いが消えない。

「心配かけてすみません」

「謝らんでええよ。最近、ほんまに伊吹君は明るなった。ちゃんと生きてる人間の顔になってきた。とにかく伊吹君は鉢木座期待の女形なんやよ。ツインタワー女形」

「でも、俺なんかまだまだ」

「なに言うてるん。お客さんの喜ぶことするんが大衆演劇やよ。幸い伊吹君は踊りもできるし殺陣もできる。芝居はまだまだやけど、そんなんこれからや。できたら、ずっとうちにいてほしい」

「先のことはわかりませんが、今のところ出て行く予定はありません」

「よかった。でも、今日の話、若座長には内緒やよ」芙美さんはにっこり笑って、残ったビールを飲み干した。「じゃ、そろそろ帰ろか。あたし、お風呂入らなあかんし」

芙美さんと店を出て劇場に戻った。

慈丹を捜したが見当たらない。寧々ちゃんは一人で寝ている。楽屋では座長が香盤とにらめっこしていた。

「なんか用か？」顔も上げない。

「すみません。若座長を見ませんでしたか」

「靴持って出てった。ガード下やろ」

靴持って？　よくわからないが、とにかく近くの高速道路のガード下へ向かうことにした。途中のコンビニで冷やし白玉ぜんざいとお茶とコーラを買う。さすがに深夜なので、多少は気温が下がって涼しくなったような気がした。

しばらく歩くと、遠くからかすかに軽快な音が聞こえてきた。はっと気付いた。「靴持って」の意味がわかった。これは靴を鳴らす音だ。足を速め俺はガード下に急いだ。

やがて、眼の前に高速道路が見えてきた。

俺は足を止めた。薄暗い落書きだらけの橋脚の前で慈丹のシルエットが弾んでいる。頭の上からはひっきりなしに車の音が降ってきた。そこに、カンカンと小気味のいい音が跳ねて響く。

俺はすこし離れた縁石に腰を下ろした。ジャージ姿でタップを踊る慈丹を見ていると胸が熱くなってきた。化粧もせずくたびれたジャージで懸命に練習を続ける慈丹は舞台とはまったく違う意味で美しかった。ライトなんて当たっていないのに飛び散る汗が見えるかのようだった。俺は黙って慈丹を見ていた。いつの間にか息苦しさは消えていた。

ひとしきり練習が終わると慈丹が振り向いた。

「なんや、おったんか」

「若座長、これ」俺はコンビニの袋を差し出した。

「え、ありがとう」慈丹は冷やし白玉ぜんざいを見て嬉しそうな顔をする。「こんなん夜中に食うたらあかんねんけど」

そう言いながら、俺の隣に腰を下ろして、早速食べはじめた。しばらく黙ってあんこを楽しんでいる。俺はコーラを一口飲んだ。

「タップダンス、舞台でやるつもりなんですか」

「まあな。そこまでやるか、と思てるんやろ」

「若座長はそこまでやるんだな、と思ってます」

すると、ははは、と慈丹が笑った。そして、ひとつ伸びをする。

「北野武《きたのたけし》の『座頭市《ざとういち》』で集団でタップを踊るシーンがあって迫力あるんや。あれ、やってみたくてな」

「そうなんですか。俺、『座頭市』は勝新《かつしん》しか観てなくて」

「へえ、あっちを知ってるんか」慈丹が嬉しそうな顔をする。「今の若い人で勝新知ってる人なんかおらへんで。あれはあれで凄みがあるよな。どっちか言うと座長向きや」

慈丹が白玉を一つ口に放り込んだ。俺はコーラのボトルを握り締めた。そうだ、勇気を出せ。自分から言うんだ。

「あの、俺もタップダンス、練習してみようと思って」

「ほんまか？」慈丹が驚いて俺の顔をまじまじと見た。

「タップのことなんてまったく知らないけど、それでも大丈夫ですか」

「大丈夫。伊吹やったらすぐに上手になる。勘がええから」ぜんざいを搔き込み、立ち上がった。「ああ、楽しみやな。二人でタップができたらフレッド・アステアとジンジャー・ロジャースみたいになれる」

聞いたことのない名前だがきっとタップダンスの世界では有名な人なのだろう。

「伊吹のシューズを買わなあかんな。……時間ないからネットで注文するか」

慈丹は少々浮かれているようだ。つられて俺までなんだか浮かれてきた。

「北野武の映画のほうも観ようと思います」

「うん。なんでも勉強や。僕ももう一回観てもええな……」そこで、はっと慈丹が真顔に戻った。「伊吹。もし無理やったら遠慮せんと言うてくれや。あれもこれもと無理したらかえって続けへんしな」

「俺のケツ叩いてるのは若座長でしょう」

「はは、ばれたか。でも、僕が暴走してるだけやったら悪いからな」

「そんなことないです」

　慈丹の舞台にかける熱意は嘘ではないと感じられる。慈丹だけではない。座長も芙美さんも広蔵さんも、みんな「大衆演劇」という世界で懸命に生きている。その意味が俺にもようやくわかってきたような気がする。もしかしたら、俺だってここで生きていけるかもしれない。

「僕の使《つこ》てた練習用のシューズやったらあるけど、他人の履いてた靴なんか汚いやろ」

　一瞬、心臓に杭《くい》でも打たれたような気がした。俺は慌てて空を見上げて深呼吸をした。雨でも雪でも降ってくれたらいいのに、俺を隠してくれたらいいのに、と思うが街は煌々《こうこう》とネオンが輝いて容赦がない。

「……若座長は汚くなんかないですよ」

「いやいや、無理せんでええで」

「はは。汚いのは俺ですよ」

　冗談めかして誤魔化したつもりだった。だが、慈丹が真顔で俺を見た。そのまま黙っている。俺はまた息苦しくなってきた。なにもかも見通されているような気がする。

「なあ、伊吹。お前、相当無理してるやろ」

「え？」

「メシの後とか稽古の後とか、時間が空いたらすぐに一人になるやろ。駐車場とか客席とか、とにかく人がおらんとこにいてる。お前、ほんまに他人が苦手なんやな」

慈丹がしみじみとした口調で言う。どう反応していいかわからず返事ができない。

「そのくせ僕らと一緒にいるときは、いつもにこにこして控えめで礼儀正しい。真面目で熱心。優等生で好青年や」

「いえ、そんな」

「あれ、全部演技やろ」

慈丹が鋭い眼で俺を見た。俺は返事ができなかった。

「無理して返事せんでええで。どうせ、いい子ちゃんの返事するんやろ」

血の気が引いて動悸《どうき》がしてきた。羞恥《しゅうち》と恐怖で逃げ出したくなる。

「芝居下手なくせにそんなとこだけ上手なんや。最初、ほんまに騙されたわ」

俺は黙って歯を食いしばった。すると、慈丹がふっと微笑んだ。

「なあ、伊吹。もっと楽にせえや。先は長いんや。これから僕らはずっと一緒なんやで。ええ恰好してもしんどいだけや。素の伊吹でおったらええんや」

返事をしなくていいと思うと、急に肩の力が抜けた。黙って、間抜け面《づら》で慈丹を見ていた。ほんのすこし息が通ったような気がする。でも、やはり動悸は収まらない。素の俺とは本当の俺ということか？　だが、本当の俺を知ったら慈丹はなんと言うだろう？　それでもまだよくしてくれるのか？　いやだ。本当の俺なんて知られたくない。

「他人が苦手なんやったら苦手でええ。僕らの前では無理せんでええんや」

俺はぼんやりと慈丹を見ていた。こんなにもよくしてくれる人間を信じられない。そんな浅ましい人間、それが俺だ。

慈丹が最後の白玉をプラスチックの透明スプーンに載せ、口に運んだ。つるりと柔らかな白玉は慈丹によく似ていた。すこしも押しつけがましくなくて穏やかでまろやかだ。瞬間、羨ましくてたまらなくなった。

「ベタな言い方やけど旅芝居の一座は家族みたいなもんや。もっと楽にしてくれや」

慈丹が笑った。俺は思わず胸を押さえた。一座は家族か。鉢木座は俺の家か。途端にまた息苦しくなったような気がした。


その夜、夢を見た。

遠くでカラン、コロン、と音が聞こえたかと思うと、赤い浴衣を着た朱里が赤い灯籠を提げて俺の枕許にやってきた。

「ねえ、伊吹。あたし、お露《つゆ》さんになったの」

灯籠には赤い牡丹が描かれている。ああ、『牡丹灯籠《ぼたんどうろう》』のお露か。そう言えば朱里は子供の頃からあの話が好きだった。

布団から起き上がることができない。口の中がからからだ。干涸《ひから》びた舌を動かし懸命に叫ぶ。

「朱里。やめとけ。幽霊なんかやめとけ」

すると、朱里は哀しげな眼で首を左右に振った。

「仕方ないの、伊吹。あたしはもう幽霊になってしまった。だから、取り殺すことしかできないの」

「朱里、朱里」

叫んでいるのに声が出ない。俺は横たわったまま大きく眼を見開き朱里を見ている。気がつくと朱里の服装が変わっていた。婚約が決まって内藤と三人で食事をしたときの白のワンピースだ。あの夜、長い髪を下ろして薄く化粧をした朱里はみなが振り返るほど綺麗だった。朱里と内藤はどこから見ても幸せそうなカップルだったのだ。

朱里が俺に向かって微笑む。髪が風でふくらんだ。

「お露さんになるのはやめた。あたし、やっぱり飛ぶことにする」

いつの間にか、俺と朱里は城の石垣の上にいた。眼下に雪化粧をした町が広がっている。冷たく澄んだ空気が胸の中を一杯に満たしていた。

俺の横で朱里が大きく両手を広げた。

「伊吹も飛べば綺麗になれるのに」

そう言うと無造作に朱里が飛んだ。あっという間の出来事だった。

「朱里、俺を置いていくな。俺を一人にするな」

俺は叫んで手を伸ばした。だが、届かない。朱里は大きく羽ばたきながら澄み切った冬の青空のどこか遠くへ飛んでいった。白鷺《しらさぎ》そのものだった。

ああ、たしかに綺麗だ。朱里、お前は綺麗だ。なあ、俺も飛べば綺麗になれるのか。なあ、朱里。俺も飛べばよかったのか。

そうだ。俺も飛べばいいんだ。飛ぶだけでいいんだ。

俺も手を広げた。石垣から一歩踏み出すだけでいい。そうすれば白鷺のように飛べるだろう。

なにもない宙に足を出した。ふわりと身体が浮いた、と思った瞬間あたりが真っ暗になった。墜《お》ちる――。

「……おい、伊吹、おい」

乱暴に揺り起こされた。眼を開けるとすぐそこに慈丹がいた。俺の肩をつかんでいる。反射的に払いのけた。

「大丈夫か、伊吹」

はっと我に返ると俺の顔は涙でぐしゃぐしゃだった。枕代わりの座布団も濡《ぬ》れている。

「えらいうなされてたから心配になっただけや。起こしてすまんな」

慈丹が落ち着いた顔と声で言う。だが、まだ頭がはっきりしない。心臓が激しく打って、息が切れたままだ。

「すみません……」ようやく声が出た。

「とりあえず水でも飲めや」

慈丹がペットボトルを差し出した。礼を言って受け取った。一口飲むとヒリヒリと喉に沁みた。

「なにかあったんか」

「姉の夢を見たんです。それだけです」

慈丹が眉を寄せた。なにか言おうとしてやめたのがわかった。俺は笑ってみせた。

「はは、大丈夫です。ただの夢です」

もう一度笑った。慈丹の気遣わしげな眼が余計に息苦しくさせる。

「すみません、若座長」俺は笑い続けた。「もう大丈夫です」

慈丹が俺をじっと見ている。そのとき、廊下で寧々ちゃんの声がした。トイレに行くようだ。慈丹の注意が逸れたので俺は軽く言った。

「すみません。俺、寝ます」

「……ああ、おやすみ」

慈丹は眉を寄せたまま背を向けた。俺は再び横になった。眼を閉じると雪景色が見えた。

　誰も足跡を付けていない小学校の校庭だ。俺と朱里は二人並んでさくさくと歩いて行く。あのとき、俺たちはこの世には自分たち二人しかいないような気がして、とても哀しくて嬉しかったのだ。

第三章　鶏

先に生まれたのが朱里でその三十分ほど後に生まれたのが俺だ。雪のちらつく寒い夜だったという。母が語ってくれたのはそれだけだった。

俺たちが住んでいたのは、岐阜県の山間《やまあい》にある小さな町だった。町の真ん中を突っ切るように川が流れ、いつでもごうごうと水の音が聞こえている。いたるところに細い水路がはりめぐらされていて、そこでは洗い物をしたり飲み物や野菜を冷やしたりしていた。

町外れの山の上には小さな城があった。見事な石垣で知られていて観光客と写真好きが訪れる。春は桜、夏は青葉、秋は紅葉、冬は雪だ。

俺たちが暮らす家は城から見て川の向こうにあった。ぐるりと山茶花《さざんか》の生け垣をめぐらした古い二階建ての一軒家で、裏に小さな庭がある。酔芙蓉《すいふよう》が何本も植わっていて夏から秋にかけて見事な花を咲かせた。山茶花の生け垣の向こうには細い水路があって、暑い日にはジュースやスイカを冷やしたり流れる水に足を浸して涼んだりした。

裏庭からは山と、山の上にそびえる城がよく見えた。城は春も夏も秋も美しかったが、俺が一番好きなのは冬だった。雪で真っ白になった城を見上げるとぱっと胸が割れて開くような気がした。白くて冷たい清浄な空気が胸に流れ込んできて、そこから身体中に行き渡る。自分まで清められたような気がして満足した。


俺の最も古い鮮明な記憶は「おままごと」だ。

よく晴れた陽射しの暖かな冬の日だった。空はどこまでも高く澄んで輝いている。それでも、やっぱりときどき突然冷たい風が吹く。俺は空を見た。今年は雪が遅い。ダントウのようだ、とテレビの天気予報で言っていた。ダントウは寒くなくて嬉しいが雪が降らないのはつまらない。雪化粧した城が早く見たい、と思っていた。

その日は日曜で保育園は休みだった。俺と朱里は裏庭で遊んでいた。

「あなた、晩御飯ができました」

朱里が真っ赤な頰でアイスのカップを差し出した。どんぐりが半分ほど入っている。

「いただきます」

俺はアイスのスプーンでどんぐりを掻き込む真似をした。そして、すぐに朱里に突き出す。

「おかわり」

「はい。あなた、どうぞ」

朱里がどんぐりを足してくれた。山盛りでこぼれそうだ。気をつけてそろそろと受け取り、再び搔き込む真似をした。

「美味い、美味い」

「よかった。あなた、お酒は？」

「ビールがいいな」

するると、朱里がプラスチックのコップに土を入れ、裏の水路から汲《く》んできた水を入れた。木の枝の箸でかき混ぜると黄土色のビールができた。

「はい、あなた。お疲れ様」

これは保育園で憶えた「ラブラブおままごと」だ。西尾和香《にしおわか》というませた女の子が流行《はや》らせた。

他の家ではこんなふうに食事をするのか、と俺は不思議に思っていた。うちでは無言で食事をする。父も母も必要最低限のことしか口をきかない。

「本当に他の家ではこんなことを言ってるの？」

俺が訊ねると、朱里は眉を寄せた。

「和香ちゃんは言ってたよ。テレビでやってた、って」

「テレビの中だけ？　他の家は本当にしてない？」

「たぶん」

ほっとしたのでままごとの続きに戻った。ビールを一気に飲み干す真似をして、ぷはあ、と言う。

「ああ、朱里の作った飯は本当に美味いなあ」

「あなた、嬉しい」そこで、朱里がわざとらしく傍らのクマのぬいぐるみを見る。「あら、赤ちゃんにもリニュウショクをあげないと」

「忘れてた。そうだ。リニュウショクをあげないと」

リニュウショクという言葉も保育園で流行っている。意味はわからないがとにかく赤ちゃんにあげるご飯のことだということになっていた。

朱里がクマのぬいぐるみを抱き上げ、口許にスプーンでどんぐりを運んだ。

「はい、あーん」

もぐもぐ、と自分で言いながら食べさせる。クマのぬいぐるみをあやしながら朱里はにっこりと笑った。

「いい子ですねー。かわいい赤ちゃんですねー」

「いい子ですねー」

俺も真似をして言い、朱里と顔を見合わせ笑った。もうそろそろ、ままごとも終わりに近づいている。最後の台詞は決まっていた。

「愛してるよ、朱里」

「私もよ、伊吹さん」

そのとき、急に手許が暗くなった。夢中だった俺たちは気付かなかったが、いつの間にか父がそばに立っていた。父の顔を見上げて俺と朱里は硬直した。父は凄まじい形相をしていた。俺と朱里は思わず悲鳴を上げそうになった。

「やめろ」

父が恐ろしい声で怒鳴った。鼓膜が震えて身体中がびりびり痺れた。普段は物静かで俺たちにはまったく無関心な父だ。怒られたのは生まれてはじめてだった。

「やめろ、やめるんや」

父は朱里の手からクマのぬいぐるみを引ったくって地面に叩きつけた。それから、ままごとの道具を足で蹴飛ばした。泥水ビールの入ったコップが俺を直撃して顔と胸が泥まみれになった。

朱里が慌ててぬいぐるみを拾い上げた。守るように胸に抱きかかえる。その仕草を見た父が再び怒鳴った。

「しょうもない遊びすんな。阿呆」

父がぬいぐるみを取り上げようとしたが朱里は懸命に抵抗した。

「お父さん、やめてよ」

俺は泥だらけの顔と手で父を止めようとした。すると、父が金切り声のような怯えた声で叫んだ。

「触るな、汚い」

次の瞬間、俺は父に蹴られて吹っ飛んだ。泥まみれのまま地面を転がって山茶花の垣根前でようやく止まった。

俺は地面に倒れたまま動けなかった。蹴られた痛みは感じなかった。それよりも父の言葉が何度も何度も頭の中で聞こえていた。

触るな、汚い。触るな、汚い。汚い――。

朱里はぬいぐるみを抱きしめて泣きじゃくっている。父は背を向け足早に去っていった。

翌日、保育園から帰ってくると、ぬいぐるみがなくなっていた。朱里はあちこち捜し回ったが見つからないので、母に訊ねた。

「泥だらけだったから捨てた」母は朱里の眼を見ずに答えた。

朱里は一瞬、大きく眼を見開いた。瞬《まばた》き一つしない。唇を強くかみしめたまま血の気のない顔で、凍り付いたようにじっと母を見上げている。その顔は哀しんでいるのでもない。怒っているのでもない。黒々とした大きな瞳はなにも見ていないように思えた。

「お母さん、なんでそんなことするんや。朱里がかわいそうや」

俺が代わりに抗議すると母の顔色が変わった。しまった、間違えた、と俺は思った。

「伊吹、違うやろ。――なんでそんなことするの？　朱里がかわいそうだ、やろ？」

母は眼をつり上げ、俺をにらんでいる。俺は慌てて言い直した。

「……なんでそんなことするの？　朱里が……かわいそうだ」

「仕方ないんや」

吐き捨てるように言うと母は部屋を出ていった。その間、朱里は身動き一つせず立ち尽くしていた。やがて、その眼から一粒だけ涙がこぼれた。涙が頰を伝い顎から落ちて消えてしまっても、まだ朱里はじっとしていた。俺は声を掛けることもできず、ただ朱里のそばにいた。朱里はその日一日、口をきかなかった。

これが父と会話をした最初の記憶だ。

――触るな、汚い。

以来、父が死ぬ日まで俺は父と会話をした記憶がない。


両親は家から歩いて十分ほどの場所で「椀久《わんきゅう》」という小料理屋をやっていた。店は赤い橋のたもとにあって、裏にある石段から川まで降りることができた。山が近いせいで見た目よりも流れは速い。河原には大きな岩が転がっていて観光客の恰好の撮影スポットになっていた。

父は穏やかな板前で母は愛想の良い女将だった。常連は父を「良次《りょうじ》さん」、母を「映子《えいこ》ちゃん」と呼んだ。父の作る料理は繊細で美しかった。特に凝ったことをしたり斬新な物を作るわけではないが、とにかくセンスがいいと言われていた。特に宣伝をしないので客はほとんどが地元の人で、たまに飛び込みの観光客が来る程度だった。店はそれなりに繁盛していて家族四人が暮らすのには問題なかった。

　父は端整な顔立ちではじめて見た人がはっとするほどの美形だった。だが、それは左側から見ているときだけだ。父の右頬には、眼の下から顎にまで達する壮絶な傷跡があった。右眼はほとんど視力がなく、ものを見るときにすこし顔を傾ける癖があった。年配の常連客からは「丹下左膳《たんげさぜん》」とか「切られ与三《よさ》」と呼ばれていた。父も母も傷の由来に関してはなにも言わなかった。

　母もやっぱり美人で、すこし目尻の吊《つ》り上がった切れ長の眼が印象的だった。地味な着物を粋に着こなし、母を目当てに通う客もたくさんいた。「椀久」は美男美女の営む洒落《しゃれ》た小料理屋ということになっていた。

　俺たちの夕ご飯はいつも店の賄いだった。俺たちは夕方になると家を出て店に向かった。厨房《ちゅうぼう》の奥に二人分の賄いが用意してある。父と母が店で働いている間、俺は朱里と二人で黙って賄いを食べ、また家に戻った。

　店での父と母は家で俺たちに接するときとはまるで違っていた。

　――映子ちゃん、映子ちゃん、ま、ここ来てちびっとでええから飲みなや。

　自分の隣を示して酔った客が言う。

——あら、そんなこと言うたら、うちのが黙ってませんよ。

客はちらと父を見て首をすくめる。

——良次さんを怒らしたら恐ろしそうで。やめとくかいの。

——うふふ。冗談ですよ。じゃ、一杯だけ、いただきます。

母はにっこりと笑い客と乾杯した。これだけで客は浮かれ、上機嫌で酒を追加注文してくれた。

また、父に向かってこんなことを言う客もいた。

——良次さん、おまはん、ええ男じゃの。

——そうですか。

——高倉健《たかくらけん》の出とる映画みたいじゃ。昔、極道じゃったが、ちーとしたことで人を傷つけてまった。そのどえらい顔の傷はそのときにできたんじゃろ。

——そんないいもんやないですよ。

——ご亭主は関西の人じゃろう？　大阪、神戸と言えばヤクザの本場じゃ。

——いえいえ。

——きっと刑務所に行きなさったんじゃ。ほんで、出てきたら映子ちゃんがずっと待っとったんじゃ。ようけ黄色いハンカチ干してじゃ。それで、おまはんは足を洗《あろ》て料理人になって、この店を出したんじゃろ？

──残念ながら、そんなお芝居みたいな話はないですね。若い頃は仕事を転々としてました。たまたま料理人が性に合《お》うたんです。

父は穏やかに客をあしらった。客は誰も納得していないようで、この話題は何度も繰り返された。客は勝手に父と母に映画のような関係を期待していた。それほど、両親はこの田舎町では目立つ存在だった。

ある夜、俺と朱里は厨房の奥で賄い飯を食べていた。その日の賄いは和風コロッケだった。明太子《めんたいこ》と肉じゃがの二種類のコロッケだ。文句なしに美味しいはずなのにあまり味がわからない。店から聞こえてくる話し声が気になったからだ。

酔った客が父と母の過去を詮索していた。いつものヤクザ話だ。だが、父も母も笑ってあしらっていた。

「……嘘つき」

コロッケに添えられたキャベツを食べながら朱里がぼそりと呟いた。すこし怒ったような表情だ。

「誰が？」わかっていながら訊く。

「お父さんに決まってるでしょ？」

「じゃあ、お父さんは昔ヤクザだったたって言うの？」

「違う。でも、刑務所に入ってたとかじゃないけど、お父さんとお母さんには誰にも言えないなにかがあるんだと思う」

きっぱりと言い切る。俺は朱里の顔を見つめた。最近、どんどん母に似てきたと思う。でも、口には出せない。そんなことを言ったら朱里はどれだけ嫌がるだろう。

「誰にも言えないなにかって？」

「さあ？　でも、お父さんとお母さんが仲良く見えるのは演技でしょ」

もちろん、俺だってわかっていた。だが、はっきり言われると傷ついた。

父と母は評判のおしどり夫婦だった。だが、それはあくまで店の中だけの演技だった。俺は家で父と母が笑っているのを見たことがない。ほとんど口もきかない。でも、互いに無視しているようにも見えない。父と母はただ静かだ。そして、互いを疲れ切った眼で見るだけだった。

演技をしていたのは父と母だけではない。俺たちもそうだ。傍目《はため》には評判のよい家族に見えただろう。おしどり夫婦と行儀のいい双子で仲がいい。だが、それはみな嘘っぱちだった。

父と母は関西弁で話した。なのに、俺たちが真似して関西弁を使うと母は血相を変えて叱った。かといって地元の言葉を話しても叱られた。幼い頃から俺は母に標準語を強要され、何度も言い直しをさせられた。普段は無視されている朱里も同様だった。言葉に関してのみ母は厳しく朱里を躾《しつ》けた。その理由は「伊吹が影響されると困るから」だった。

俺たちの言葉は親と同じでもなく、町の人たちと同じでもない。だから、俺たちはずっと自分たちが間違った場所にいるような気がしていた。間違った言葉を話し、間違った物を食べ、間違った空気を吸っているのだ。

「誰だって演技くらいしてるよ」

「そうね」

それきり無言で俺たちは賄いを食べた。朱里は食欲がないようでコロッケを半分残したので、俺が無理して全部食べた。食べ終えて皿を洗って片付けると裏口から店の外に出た。石段で川のすぐそばまで降りて適当な石の上に腰を下ろす。

暗い川面《かわも》には両岸に立ち並ぶ家々の灯《あか》りが映っている。流れが速いから灯りは水に引き込まれてぐちゃぐちゃに引き裂かれるように見えた。

「朱里、まだ気分悪いのか？」

「ううん。大丈夫。ここにいれば平気」

朱里は今日、体育の授業の後で気分が悪くなって保健室に行った。午後からはずっと寝ていたのだ。

「体育の授業って、ほんとに嫌。嫌っていうより怖い」

体育の授業は簡単な組体操だった。他の子供と手を繋いだり、肩を組んだり、密着してポーズを取ったりしなければならなかった。

朱里は堰《せき》を切ったように話しはじめた。

「体育だけじゃない。怖いの。学校に行くのが嫌なの。毎日我慢してるけど、本当は教室なんか入りたくない。同じ部屋に二十人も人間がいるなんて堪えられない。逃げ出したくなる。本当は、他の人が近くに来るだけで気持ち悪くて吐きそうになる」

朱里は今にも泣き出しそうだった。俺はそれだけで胸が痛くなった。朱里がかわいそうで、でも嬉しかったからだ。

「同じだ」

「え？」

「朱里と同じ。他人が近づいてきたら逃げ出したくなる。怖いんだ」

「伊吹も？　そうなの？」

川面の灯りでぼんやり見えるだけだが、朱里の顔が輝いたのがわかった。

「そうだよ。ずっと黙ってたけど、他の人間が怖いんだ。近くに来るだけで怖い。触れられるなんて堪えられない」

誰にも言ったことはない。他の誰かから指摘されたこともない。だから、俺たちが黙っていれば誰にもわからない。他人が怖くてたまらないなんて黙っていれば隠し通せる。

朱里がそっと俺の手を握った。

「不思議。伊吹なら触っても触られても大丈夫なんだよね」

「うん。朱里だったら大丈夫だ」

「よかった。伊吹がいてくれて」朱里がうなずいた。「もし、伊吹がいなかったら、あたし、誰にも触れられないもん」

「俺だってそうだ。朱里がいなかったら誰のそばにも寄れない」

保育園の頃、二人組になって手を繋げと言われたら必ず朱里と手を繋いだ。小学生になると、体育の時間、二人一組になって柔軟体操をやらされた。俺は歯を食いしばって他人の手を握っていた。我慢しろ、と自分に言い聞かせながらだ。でも、そのことは誰にも言わなかった。朱里にさえ言わなかった。心配させたら悪いと思ったからだ。

「一人でいても息が苦しいんだ。家にいても学校にいても息苦しいんだ。深呼吸しても全然酸素が足りないような気がするんだ」

「そんなに苦しいの？」

「うん。間違った空気を吸ってるからかもしれない」

俺は石の上に立ち上がり、大きく手を広げた。胸を開いて深呼吸をする。湿った水の匂いのする空気が肺の中に入ってきた。これは正しい空気だろうか。それとも間違った空気だろうか。わからないけれど今はこれを吸うしかない。

朱里も立ち上がった。俺の真似をして深呼吸をはじめる。俺たちは、すう、はあ、と大きな息を何度も繰り返し吸ったり吐いたりし続けた。

あの頃、俺たちはずっと幽霊だった。父の眼には見えない透明のなにかだった。だが、透明でも空気ではない。俺たちが空気のように当たり前の存在だったら父はただ無視するだけで済んだはずだ。だが、父が俺たちに向けたのはひやりとした冷たさを伴うはっきりとした嫌悪だった。

一方、母が俺たちに向けたのはもっと複雑なものだった。母はちゃんと俺たちを育ててくれた。生活する上で不自由はなに一つなく、最低限だったが会話もあった。なのに、俺たちは母が苦手だった。いっそ父のように無視してくれたらいいのに、と思うことすらあった。ときどき、母は俺たちを光のないどろりとした眼で見た。それは俺よりもどちらかというと朱里に向けられているような気がした。

＊

毎週日曜の朝、俺はお城の横の武道場でやっている剣道教室に通っていた。それは母の強い希望によるものだった。

城までは車一台がやっと通れる急な山道が曲がりくねって続いている。麓から歩くと二十分ほど掛かるが、ときどき近道をして斜面を突っ切ったりしていた。

稽古はいつも朱里が一緒だった。朱里は道場の隅っこに座り、俺が汗臭い防具を着けて掛かり稽古をする様子を飽きもせずに見ていた。俺との仲の良さをからかわれても気にする様子はなかった。

「退屈だろ？　別に無理して付き合ってくれなくてもいいよ」

「無理してない。家にいたくないだけ」

俺はもう一つ習い事をさせられていた。それは日舞だ。母は剣道よりもこちらに熱心で、家でもよく稽古をさせた。

踊りには男舞と女舞がある。男が踊るから男舞、女が踊るのが女舞というのではない。男を踊るか、女を踊るかの違いだ。男舞なら大きく脚を広げて外股で踊る。豪快だし楽しい。剣道をやっているので袴姿に抵抗はない。でも、女舞は苦手だ。内股で身体をひねる所作は難しい。

母は女舞にうるさい。最初のうちは黙って見ているが、やがて我慢しきれず口を出してくる。

「目線はもっと上。指がいい加減になってる。頭のてっぺんから足の先まで、すべてを意識せな。指の一本一本、爪の先までやよ」

母の注意は的確だった。いや、むしろ踊りの師匠よりも厳しく容赦がなかった。俺は繰り返し「要返し」を練習させられた。

「ごく自然に扇が返っているように見えなあかん。『要返し』をやってます、と思われたらあかんのや」

母が好きだったのは座敷舞より歌舞伎舞踊だった。「櫓《やぐら》のお七《しち》」や「鷺娘」なんて激しい曲を俺に聴かせてこう言った。

「ちゃんと稽古を続けたら大きい曲が踊れるようになるんやよ」

なぜ、母はそこまで日本舞踊に拘《こだわ》るのだろう。身の回りに日舞をやっている人なんていない。朱里だってやっていない。なぜ俺だけが、とずっと疑問だった。

一度、母に訊ねたことがある。すると、母の顔がさっと赤くなった。そして、激しい口調で言った。

――黙って稽古するんや。あんたは踊らなあかん。

とりつく島もなかった。俺は言われたとおり稽古を続けた。踊ることそのものは嫌いではなかったからだ。

でも、踊りを続けた本当の理由は母に褒めてもらうためだ。

――今の踊りはよかったわ。

自分でもわかっていた。俺は母に一言、声を掛けてもらえるだけで嬉しかった。踊ってさえいれば母に自分を見てもらえる。俺はそのためにだけ踊りを続けていた。

だが、朱里のことを思うと申し訳なくなった。朱里は俺と一緒に日舞をやりたがった。

だが、母はまったく相手にしなかった。じゃあ剣道を、と言ったがやはり同じだ。母は朱里にはまるで興味がなくそれを隠そうともしなかった。

代わりに朱里は学習塾へ通わされていた。おかげで成績はクラストップだ。

「あたしも伊吹みたいに着物着て日本舞踊をやりたい。普通は女の子がやるものでしょ」

「俺もそう思う」

他のお弟子さんは女性ばかりで、男は俺一人だ。また、日本舞踊をやっていると学校で言うと他の男子にからかわれた。以来、自分からは言わないようにしていた。

「じゃあ、なんであたしは習わせてもらえないの？」朱里が食い下がってきた。

「朱里は頭がいいから。いい高校へ行って、いい大学へ行って、ってお母さんは考えてるんだよ」

答えになっていないことはわかっていた。なぜ、母は俺と朱里に差を付けるのだろう。小さい頃からずっとだ。俺は父に無視されているが、朱里は父と母の両方に無視されている。同じ双子なのにどうしてだろう。

「あーあ、あたしもやってみたいな」

朱里は諦め切れないようだった。俺は申し訳なくなった。朱里の気持ちが痛いほどわかったからだ。朱里は「日本舞踊」が習いたいのではない。俺と同じだ。母に自分を見てもらいたいのだ。

俺は何度も母に頼んだ。

「俺の代わりに朱里にやらせてあげてよ。だって、朱里はずっとやりたいって言ってるよ。それに、日舞なんて女の人がやるもんだよ。他のお弟子さんはみんな女の人だし」

だが、母は聞き入れなかった。とうとう俺は宣言した。

「朱里がやらないなら辞める。二度とお稽古には行かない」

そう言った途端、母が思い切り俺の頬を平手で叩いた。ぱあん、と風船が破裂したときのような音がした。これまで、母が俺に手を上げたことなんて一度もない。俺は一瞬わけがわからなかった。よろめきながら母を見た。母は凄まじい形相で俺をにらんでいた。

「辞めるなんて許さへん。稽古をするんや。あんたは踊るんや。踊るんやよ」

鋭く尖《とが》った声が俺を抉《えぐ》った。母の眼はぎらぎらと赤く光って見える。俺は思わずその場所に尻餅をついた。

――邪見の刃に先立ちて此世《このよ》からさえ剣の山。

母の好きな「鷺娘」の一節が頭の中で響いた。踊るときには、ここで大きく背中を反らす。見せ場の一つだ。そんなことを思いながら俺は恐ろしい苦痛を感じていた。そう、母の声が全身に突き刺さる。今、俺は鋭く尖った刃の上にいる。剣の山だ。

「もし今度辞めるって言うたら、殺したるから」

俺は畳の上で震えていた。母がおかしくなったのだと思った。立ち上がることもできず母を見上げていると、母の後ろに父がいるのに気付いた。父はじっと母と俺を見ている。殴られた息子を心配する様子なんてない。ただただ、凄まじい嫌悪が眼に溢《あふ》れていた。

――触るな、汚い。

父の声が蘇《よみがえ》った。俺は息ができなくなるような気がした。思わず喉に手をやったとき、気付いた。違う。今、父が嫌悪しているのは俺ではない。母だ。俺が呆然としていると、父はなにも言わず顔を歪めて立ち去った。

入れ替わりに部屋に駆け込んできたのは朱里だった。倒れている俺を見ると慌てて俺に駆け寄った。

「伊吹、どうしたの」

「なんでもない」

俺はなんとか返事をした。朱里が俺と母を交互に見た。母は無言だ。朱里と母はしばらくにらみ合っていたが、やがて母も無言で部屋を出ていった。

俺は身体を起こして座り直した。まだ足が震えていて立ち上がることができなかった。

あのとき、本当に母は鬼のようだった。「黒塚《くろづか》」に出てくる安達ヶ原《あだちがはら》の鬼女だ。殺されるかもしれない、と思った。

そして、保育園の頃を思い出した。ままごとをしていたら父が激怒した。わけもわからず叱られ蹴り飛ばされた。あのときと同じことが起こったのだ。

結局、俺たちは父にも母にも嫌われている。その理由はわからない。父も母も俺たちに怒りをぶつけるだけで理由を教えてくれない。俺たちのどこが悪いのだろう。俺たちのどこがおかしいのだろう。

いつか、わかる日が来るのだろうか。もし、理由がわかって俺たちがそれを直すように努力したら、父も母も俺たちを好きになってくれるのだろうか。

「なあ、朱里。努力したら……いつか普通の子供になれると思うか」

朱里はしばらく黙っていたが、やがて疲れ切った声で言った。

「……努力したらなれるかも」

朱里自身がその言葉を信じていないのは明らかだった。でも、俺はうなずいた。努力したらいつか俺たちは普通の子供になれるかもしれない。そう思いたかった。

一つ気になったのは、疲れ切った朱里の声が母にそっくりだったことだ。

＊

小学校五年生のときのことだ。

お城のある山の麓には古い神社があった。毎年、賑やかに夏の祭礼が行われる。境内には露店が並び盆踊りと提灯行列が観光客にも人気だった。

夜になって家族揃って祭りに出かけた。父は薄い灰色の縮みの浴衣に濃茶《こいちゃ》の帯を締めていた。頰の傷があるが故に本物の時代劇スターのように見えた。母は落ち着いた臙脂《えんじ》色《いろ》の浴衣を着ていた。胸許と裾周りに描かれているのは夕顔で翡翠色《ひすいいろ》の帯が鮮やかだった。普段よりずっと若く見えやっぱり女優のように綺麗だった。二人とも周りの人が振り返って見るほど目立っていた。

「すごいね。普通の家族に見える」

こそっと俺の耳許で朱里がささやいた。真っ赤な牡丹の浴衣に爽やかな水色の帯だ。

「うん。本物の家族みたいだ」

俺は濃紺の浴衣に白の帯を締めていた。朱里の皮肉に同意した。傍《はた》から見れば揃って祭りに来る仲のいい家族だろう。だが、実際は違う。父と母は商店会の係で祭りの世話役だから店を休んで来ただけだ。別に、俺たちを祭りに連れていこうとしたわけではない。それがわかっていても俺はなんだか浮き立っていた。いつもの息苦しさを忘れるくらい舞い上がっていた。

あたりにはお神楽の音が響いている。参道にはたくさんの屋台が並んでいた。焼きトウモロコシの焦げた醬油《しょうゆ》の匂い、焼きそばのソースの匂いが漂って、歩くだけでお腹《なか》がぐうぐう鳴った。

商店会のテントは夫婦杉《めおとすぎ》の下に張ってあった。この夫婦杉は根元で二本に分かれた杉の巨木だ。小さな祠《ほこら》があってお賽銭箱《さいせんばこ》が置いてある。由来が書かれた木製の立て札が立っているがボロボロだ。釘《くぎ》はみんな赤く錆びているし字は褪せてなんと書いてあるか読めない。

父と母がテントに顔を出している間、俺と朱里はかき氷の屋台の行列に並んだ。列は長く、買うまでにずいぶん時間が掛かった。俺たちがかき氷を買って戻ってきたとき、父と母は夫婦杉の立て札の前でなにか話をしていた。

俺と朱里はかき氷を持って父と母に近づいた。そのとき、ふっと一瞬、お神楽の音が途絶えて母の声が聞こえた。

「卑怯者」

どきん、と心臓が暴れて息苦しくなった。なぜか、俺はその言葉が自分に向けられたような気がした。だが、すぐに思い直した。母は父に向かって言っているのだ。では、父は卑怯者なのか。父は一体母に何をしたのだろう。

横目で朱里を見た。朱里も俺を横目で見た。朱里の顔も強張っていた。二人ともなにも言えずその場から動けなかった。

母も父も俺たちに気付いていない。母は父に向かってさらに言葉を続けた。

「あたしたちは同罪やねんよ」

母の声は普段とはまるで違っていた。やたらかすれて刺々《とげとげ》しくて苦痛に満ちた声だった。普段なら人前ではおしどり夫婦を演じるはずだ。なのに、今夜は一体どうしてしまったのだろう。

「わかってる」

父の返事は小さかった。言いたくないのに無理矢理言わされたような声だった。母はそれに納得しないようだった。

「本当にわかってるん？　あたしらはもう離れられへん。行き先は一緒なんやよ」

「……やかましい。わかってる」

父がうつむいたまま吐き捨てるように言った。軋《きし》るような声が胸に刺さった。横の母がびくんと震えたのがわかった。瞬間、俺は立て札の錆び釘を思った。元は尖っていた。でも今は脆《もろ》くて簡単に折れる。父も母も赤く錆びた釘のようだ。

「なあ、朱里。今の、どういうこと？」

「さあ」朱里の声も震えていた。

俺たちは動くことができず、すこしの間、しめ縄を張った夫婦杉のたもとに佇んでいた。かき氷がどんどん溶けていくのがわかった。

突然、朱里が言った。

「ねえ、伊吹。大正池《たいしょういけ》って知ってる?」

「知らない」

「前にね、ポスターを見たことがあるの。一面の雪景色でね、遠くに白い山が見えてる。で、池の中にね、やっぱり雪の積もった枯木が立ってた」

「ふうん。それがどうかした?」俺は朱里の言いたいことがわからなかった。

「あれを見た時ね、あたし、お父さんとお母さんを思い出した。冷たい水の中に立ってる枯木」朱里が夫婦杉を見上げた。「お父さんとお母さんはいくらおしどり夫婦に見えても夫婦杉じゃない。雪の中に立ってる夫婦枯木なんだと思う」

なるほど。夫婦枯木か。錆び釘より雪の中の枯木のほうが綺麗だ。俺は感心した。赤く錆びるより白く立ち尽くすほうがいい。雪に覆われて凍り付くほうがずっといい。

朱里は言い終わると何事もなかったかのように父と母に近づいていった。俺もその後を追った。朱里は聞かなかったふりをするつもりだ。じゃあ、俺もそうしよう。

父と母は俺たちを見てなにも言わなかった。俺と朱里は急いでかき氷を食べた。半分溶けていたので食べ終わる頃にはほとんど水だった。

祭りの最後は提灯行列だった。棒の先に真っ赤な提灯が吊り下がっていてそこに蠟燭《ろうそく》を灯《とも》す。提灯行列は神社を出発して町の中を練り歩き、また神社へ戻ることになっていた。

俺と朱里は一つずつ提灯を持った。朱里は真っ赤な浴衣に赤い提灯をゆらゆらさせていてまるで金魚みたいだった。

母は朱里を見て懐かしそうに眼を細めた。

「そうやって赤い提灯持ってると『牡丹灯籠』のお露みたいやね」

父が顔を歪めた。頬の傷が歪むほどだった。そこには、あの「ラブラブおままごと」のときに見た表情があった。

——触るな、汚い。

俺は急に息が苦しくなって動けなくなった。喉の奥に塊がつかえて呼吸を妨げている。思わず喉を押さえると提灯が手から滑って落ちた。蠟燭の火が提灯に燃え移る。真っ赤な炎が立ち上った。

俺も朱里も父も母も、みな黙って燃える提灯を見ていた。夜の闇にゆらゆらと赤い炎が揺れる。それを見つめるみなの顔も火に照らされて赤い。みなが息を詰めて見守る中、提灯は見る見るうちに焼けて灰になった。

提灯が完全に焼け落ちても誰もなにも言わなかった。ただ、母が長い息を吐いただけだった。その吐息はどこかしら満足げに聞こえた。

俺は奇妙な一体感を覚えていた。火を見つめている間、家族の心は一つになったような気がした。俺は燃え尽きた提灯の灰を見下ろしながら思った。——そう、父も母も、俺も朱里もみんな同罪なのだ、と。

祭りから数日経った夜だ。

俺と朱里はいつものように店で賄いの食事を食べて家に戻った。俺はすぐに湯を浴び、その後は水路で冷やしてあったコーラを縁側で飲んでいた。

裏庭の酔芙蓉はもう萎《しぼ》んでいる。夏の終わりに咲く酔芙蓉は一日花《いちにちばな》だ。朝開いて夜には萎む。面白いのはその間に色を変えることだ。開いたときには白花だが昼には薄紅色になり、夕方には濃い赤になる。俺と朱里の夏休みの自由研究は毎年「酔芙蓉の観察」だ。

蒸し暑い夜だ。手許に団扇がなかったので座敷にあった舞扇《まいおうぎ》で風を送った。くるくると要返しをしていると風呂上がりの朱里がやってきた。髪からはまだ滴《しずく》が落ちている。

「ねえ、お露って幽霊なの」

「は？」

「ほら、お祭りの夜、提灯を持ったあたしを見て、お母さんが『牡丹灯籠』のお露みたいって言ったでしょ。あれから気になって調べたの」

「ふうん、偉いな」

「でしょ？」ぱっと嬉しそうな顔をする。「お露はね、新三郎《しんざぶろう》って男の人を好きになって、死んだ後も幽霊になって毎夜毎夜会いに来るの。カランコロンと下駄《げた》を鳴らして牡丹の絵を描いた灯籠を提げて」

朱里は沓脱《くつぬ》ぎ石の上にあった下駄を突っかけて石の上でカランコロンと鳴らしてみせた。

「ふうん。それだけ？」

「結局、お露は新三郎を取り殺してしまうの」

「取り殺す？　好きだったんじゃないのか」

「好きだから殺したんでしょ」

よくわからない、と思ったが背筋が勝手にぞくぞくした。父はなぜあんな顔をしたのだろう。次の瞬間、はっと思いついた。

「もしかしたら、お母さんがお父さんに言ってた『同罪』って誰かを取り殺したことなのか」

自分で言っていることがバカバカしいのはわかっていた。母は生きている。幽霊じゃない。誰かを取り殺すことなんてできない。いや、そもそも「幽霊」とか「取り殺す」とか大真面目に考えることが変だ。

だが、俺以上に朱里は変だった。すとんと俺の横に腰を下ろすと真剣な顔で俺をのぞき込む。眉を寄せて重々しい口調で言った。

「かもしれない。お母さんが誰かを取り殺して、お父さんがそれを手伝ったとか」

「誰かって誰だろう」

「わからない。でも、そのときにお父さんの顔の傷ができたんじゃない？　きっと関西で事件を起こしたんだと思う。ほら、昔、店のお客さんが言ってたでしょ？　あれ、もしかしたら当たってるのかも」

朱里の推理はもっともなように思えた。だが、気付いた。

「だとしたら、お父さんとお母さんが関西弁を使うのはなんでだろう。関西での事件を隠したいんだったら関西弁を使わないと思うんだ。なのに、自分たちは関西弁を話して俺たちに使うなと言うのは変だよ」

「そうね、変だよね」朱里が考え込んだ。「じゃあ、お父さんとお母さんは別の地方で起こした事件を隠すため、わざと関西人のふりをしてる。だから卑怯者なんだよ」

「だとしても、俺たちに関西弁を使うな、っていう理由にならない」

「あたしたちが一緒の言葉を使うのが嫌なんだよ。それだけ」

急に温度が下がったような気がした。さっきまではあんなに蒸し暑かったのに今はひやりと冷たい風が吹いている。

俺は大きく深呼吸をした。それでもやっぱり酸素が足りないような気がする。俺は朱里の手を握った。ぎゅっと力をこめて包み込むようにする。

「大丈夫。俺たち二人いるから、嫌なことは半分になる」

朱里がはっと俺を見て、それから泣きそうな顔でうなずいた。

「伊吹、ありがとう」

朱里が抱きついてきた。俺も朱里を抱きしめた。誰かに抱きしめられるのも誰かを抱きしめるのもはじめてだ、と思った瞬間涙が出てきた。

俺の腕の中で朱里が言った。

「ねえ、もしかしたら、お母さんが殺したのはお父さんなのかも」

「バカ。お父さんは生きてるじゃないか」泣いているのを悟られないよう懸命に軽く明るく答える。

「だから、お父さんは実は幽霊なの」

朱里がきっぱり言い切った。吐息が俺の胸に掛かった。熱くて気持ちがよくてまた涙が出た。

＊

俺たちは小学校六年生になった。

声変わりがはじまって、俺は自分の声が気持ち悪いと感じた。朱里が「ダイニジセイチョウ」と冷やかすが、そんな朱里だって生理がはじまっていた。

「生理なんてすごく嫌。大人になりたくない。子供のままでいい」顔をしかめて言う。

「いつもは、早く大人になりたいって言ってるくせに。矛盾してる」

「早く大人になってお金を稼いで、自分の力で生きていきたい。誰かの世話になって生きていたくない。子供のままで大人になりたい」

「無茶言うなよ」

子供のままで大人になりたい、と願う朱里はどんどん大人びて女らしくなってきた。特に変わったのが胸だ。朱里の胸は日に日に大きくなるような気がする。服の上からでもはっきりと大きさが目立つようになり、すれ違う男がじろじろ視線を送った。

母譲りで美人の朱里を周りは放ってはおかなかった。朱里が店の手伝いをすると美人母娘《おやこ》だと客が喜んだ。お愛想で「まるで姉妹にしか見えない」と言う客もいた。そんなからかいをされても朱里はにこにこと店を手伝った。父と母がおしどり夫婦を演じるように、朱里は完璧に母と仲のよい娘を演じた。

きっと朱里が懸命に家事や店の手伝いをするのは母に褒めてもらいたいからだ。俺が踊りを続けた理由と同じだ。

男の子は普通母親に似るという。だが、俺の顔は美形の父に似た。自分では意識しなかったが俺の顔も整っているらしく、女の子にはモテた。バレンタインにはたくさんチヨコをもらった。

一番豪華なチョコをくれたのは保育園から一緒の西尾和香だった。明るくてかわいい女の子でクラスでは派手めのグループにいた。落ち着いた朱里とは正反対で、いつも賑やかで思ったことはなんでもすぐ口にするタイプだった。

西尾和香から手渡されたのは手作りのチョコケーキとフェルトで作ったマスコット人形だ。人形のモデルは俺らしく剣道着と袴という恰好だった。

「あたし、伊吹君のこと、好きなんやって」

西尾和香にそう言われて困ってしまった。きっといい断り方を教えてくれるだろう、と俺は朱里に相談した。なにせ朱里は俺よりもずっとモテる。まだ小学生だというのに中学生から告白されたことが何度もある。

「伊吹はどう思ってるの？」

「どうって言われても、ただのクラスメイトとしか。付き合う気なんかない」

「なら、早いうちに断らないと。このままほっといたら、和香ちゃん、勝手にＯＫだと思うよ」

ホワイトデーまで待たずさっさとお返しをして断ることにした。朱里にクッキーを選んでもらってバレンタインの一週間後の放課後に和香を呼び出した。人目につかないよう校舎裏で会うことにした。

ここは除雪もされずいつも日陰の場所だから雪が深く積もったままだ。西尾和香は足許を気にしながらやってきた。緊張した面持ちだ。

「西尾さんとはクラスメイトとして友達でいたい。だから、付き合えない。ごめん」

泣かれたらどうしよう、と恐る恐る言った。和香はショックを受けたふうでしばらく黙っていた。

「他に好きな女の子がいとるん?」

「そんなのいない。でも、今はまだ女の子と付き合うなんて考えられないんだ」

「ほんなら、あたしのこと、嫌いやないいん?」

「嫌いなわけじゃない」

「よかった」和香が涙を溜めた眼で笑った。「なんか、ごめんやで」

「いや、こっちこそごめん」

なんとかわかってもらえたようだ。ほっとしていると、和香がおずおずと言った。

「じゃあ、証明してや」

「え?」

「あたしのこと、嫌いやないって証明して」

「証明って言われても……具体的にどうすればいい?」俺は困惑した。

「キスして。他の子はみんな経験しとるから」

「え?」

「まだしとらん子も、ホワイトデーにお返しのプレゼントとキスをもらう、って言うとる。伊吹君にキスもらえんかったら、あたし、ドベや」

和香が一歩距離を詰めてきた。俺は思わず後退《あとずさ》りした。

「そんなこと言われても……」

「一回だけでええから。ほうしたら、もうしつこくせんから」

鳥肌が立った。西尾和香の顔は真剣だった。大きな丸い眼でじっと俺を見ている。ぽてっとした唇が不自然に赤くて濡れたように光っていた。男子はみんなかわいいと言う。でも、俺がそのとき感じたのは生理的な恐怖だった。

「やめろよ。そんなことを言われても無理だ。……じゃあな」

俺は慌てて逃げ出した。

他人と唇をくっつけるなんて想像しただけで血の気が引いた。手を繋ぐのだって苦しいのだ。ましてやキスなんて絶対に堪えられない。俺のどこがいいんだ。父に似ている顔か？　理解できない好意は心を波立たせるだけですこしも嬉しくはなかった。

俺は家まで逃げ帰ると縁側に腰を下ろした。垣根の山茶花を眺める。満開の赤い花が西尾和香の唇を思い出させる。思わず身震いした。

西尾和香が普通の女の子だということはわかっている。ここは小さな田舎町だ。遊ぶところなんてないから男女交際が最大の娯楽になる。祭りをきっかけに付き合いだして高校を出たら結婚するというパターンが多い。狭い人間関係が大人になっても続いているのだ。

いつか、この町の誰かとキスをするのだろうか。そして、結婚するのだろうか。俺は山茶花の遥《はる》か遠くにそびえる雪の城を見上げた。夕闇に浮かぶ城は紫の混じった灰色だった。俺は大きな息を繰り返した。キスなんて到底できるとは思えなかった。

西尾和香の件はそれで終わりではなかった。一週間ほどして和香の母親が「椀久」にやってきたのだ。店には父と母、それに手伝いの朱里がいた。娘の様子がおかしいのは俺のせいだ、と文句を付けた。そして、俺を呼び出せ、とごねた。地元の人間とトラブルになっては困るので無下にもできない。朱里が俺を呼びに来た。

「あんた、うちの和香に本当になんもしとらんの」西尾和香の母はケンカ腰だった。

「してません。女の子と付き合うなんて今は考えられない、と言っただけです」

キスをねだられたとは恥ずかしくて言えなかった。

「伊吹はプレゼントのお返しも渡しました。それから断ったんです。和香ちゃんに失礼なこととなんてしてません」朱里も俺に加勢してくれた。

「ほやけど、和香はショックで毎晩泣いとるんや」

あまりしつこいので腹が立ってきた。すると、俺たちの会話を黙って聞いていた母が横からやんわりと言った。

「もう一度娘さんとよく話をされたらどうですか。このくらいの歳やと女の子はませて大人ですけど男の子はまだまだですから」

言い方は優しかったが薄笑いを浮かべた母は思わず肌が粟立つような凄みがあった。さすがの西尾和香の母親も圧倒され悔しげに口をぱくぱくさせた。

「今度、うちの娘に近づいたら、あんたのこと担任に言うから」

明らかに納得はしていなかったが捨て台詞を残して引き上げていった。

とりあえず用件は片付いた。店も暇になったので俺と朱里は家に帰ることにした。

気分は最悪だった。むしゃくしゃして真っ直ぐ帰る気がしない。店の裏手の石段から川に降りた。このあたりは遊歩道が途切れて大きな岩がゴロゴロしている。岩場の陰に残った雪が凍って足の下でばりばりと音を立てた。

俺は石の上に腰を下ろして暗い水の流れを眺めた。朱里も無言で俺の横に腰を下ろした。水の近くに来ると気温が何度か下がったような気がした。湿気を含んだ二月の終わりの風が耳に痛い。

「なにかした、ってなんだよ。変な想像してさ。おかしいのはあっちだろ」

西尾和香も西尾和香の母親も気持ち悪くてたまらなかった。朱里は相変わらずなにも言わない。ただ、ごうごうという水の音だけが聞こえる。腹の中をかき回されているような気がした。

「西尾和香に言われたんだ。キスして、って」

俺は思い切って言った。口に出すだけでも気持ち悪かった。

「え？」朱里が驚いた声を上げた。

「他の女の子はみんなやってるんだって。一回したら、それでもうしつこくしないって。それで、あんまり気持ち悪くて、つい怒鳴ったんだ」

「……そうなの」

しばらく朱里は黙ってうつむいていた。それから不意に顔を上げて言った。

「だったら、一回だけと思ってキスしたら？」

「なに言うんだよ。そんな気持ち悪いことできるわけないだろ？」

「いつかはしなくちゃならないんだったら、今のうちに練習してできるようになったほうがいいんじゃない？」

朱里の声は冷静そのものだった。あんまり落ち着いているので腹が立つほどだった。

「別に一生しなくていいよ」

「でも、普通の人はする。たとえそれが演技で我慢してるとしても、ちゃんとキスしてる。現にクラスの女の子も結構してる」

普通の人、という言葉がずんと胸に響いた。そうだ、俺は学校では我慢して教室に座っている。同級生と話すときも体育の時間にペアを組むときも平気なふりをしている。

キスをするのは普通の人のふりをするということか。

だが、手を繋ぐのもやっとなのに唇をくっつけるのはあまりにもハードルが高かった。

「でも、やっぱり無理だ。できる自信がない」

「できないなら練習しなきゃ」

朱里が俺の顔をじっと見た。川岸に並ぶ灯りが川面に反射している。朱里の顔も輝いていた。俺ははっと息を吞んだ。

「練習って……朱里と？」

「そう。だって、あたしたち双子でしょ。いやらしいことになる心配はないから」

たしかに朱里の言うとおりだ。西尾和香にキスをねだられて気持ち悪く感じるのは赤の他人だからだ。朱里相手ならいやらしくなる可能性なんかない。

「実はあたしも練習しておきたいの。普通の人のふりをする稽古」

すこし早口だった。落ち着いたふりをしていても朱里もやっぱり緊張しているのだ。それがわかるといっぺんに気が楽になった。

「わかった。じゃあ、やろう」

俺は緊張しながら朱里の顔に自分の顔を近づけた。朱里が眼を閉じた。俺は朱里の唇に触れようとした。でも、すぐに気付いた。お互いの顔が正面を向いて真っ直ぐだと、鼻が邪魔だ。唇と唇をくっつけるにはどちらかが角度をつけないと難しい。

俺は首を傾け朱里の唇に自分の唇を付けた。ひんやりと柔らかい。どれくらいこうしていればいいのだろう。俺は心の中で数を数えた。一、二、三、四と五まで数えて唇を離した。

「……どう？　気持ち悪かった？」朱里の声がすこしうわずっていた。

「いや、気持ち悪くなかった。なんともない」

「そう。あたしも同じ」朱里が大真面目にうなずいた。

「でも、朱里とできても意味がない。他の人とできないと」

「そりゃそうだけど……」朱里がむっとした顔をした。「じゃあ、もっと練習する？」

朱里が顔を寄せてきた。俺はもう一度、唇を付けた。また数を数える。今度は十まで数えることにした。

俺はもう緊張していなかった。それどころか、自分でも驚くほど深い安心感を覚えていた。息を止めているのに息苦しくない。朱里とならどこだって触れることができる。なんだってできる。たとえ父に無視されようと、気持ち悪くて他の人間に触れることができなくても朱里がいれば平気だ。大丈夫。もう心配いらない――。

八まで数えたとき、いきなり背後から肩をつかまれた。乱暴に朱里と引き離される。驚いて振り向くと父が立っていた。遊歩道の街灯で見える父の顔は憤怒《ふんぬ》の形相だった。

次の瞬間、俺はいきなり頬を叩かれた。容赦のない一撃だった。俺は吹っ飛んで岩の上に倒れた。着ていたパーカーのフードの紐が頬に鞭《むち》のように当たった。

わけがわからず呆気に取られていると父がパーカーの胸許をつかんだ。俺を乱暴に引き起こすと川に投げ込んだ。あ、と思う間もなく俺は水に落ちた。次の瞬間、心臓が破裂したかのように痛んだ。

二月の水は冷たすぎた。先の尖った氷で身体中を突き刺されているような気がする。流れに引きずり込まれるようにして頭まで沈んだ。鼻と口から大量の水が入って眼の奥に激痛が走る。息ができない。怖い。水を吸ったフードが首に絡みついている。

夏なら水遊びをする川だ。橋の上、岩の上から飛び込んだことだってある。だが、今は二月の夜だ。このままでは溺れる。死んでしまう。

俺は懸命に手足を動かした。ようやく頭が水の上に出た。だが、すぐに渦に巻き込まれた。濡れたフードのせいで首と肩が重い。水から頭を出すので精一杯だ。

流れに逆らうな。パニックになるな。どこか岩をつかむんだ。手を伸ばせ。

だが、伸ばした手は虚《むな》しく水をつかんだだけだ。いや、つかんでいないのかもしれない。もうほとんど感覚がないからだ。

暗い。なにも見えない。苦しい。息ができない。身体が痺れてきた。手も足ももうまく動かない。俺は死ぬんだ。ごめん、朱里。

朱里、ごめん。

そのとき、ぐいっと上半身が水の上に出た。俺はなにかに引っ張られているようだった。身体の感覚がないから、それ以上はわからない。ただ、されるがままになっていた。気付くともう水の中ではなかった。川岸に上げられている。俺は転がって咳《せ》き込み水を吐いた。眼も鼻も喉も痛くて涙があふれた。

「大丈夫？　伊吹」

朱里が懸命に背中を撫《な》でてくれる。俺は涙と鼻水でぐしゃぐしゃの顔で咳き込み続けた。

俺は助かったのか。朱里が助けてくれたのか。咳き込みながら顔を上げた。落ちたところからはすこし下流の遊歩道の上だった。

俺は父に川に投げ込まれたのか。殺されかけたのか。父はそれほど俺が嫌いなのか。俺が憎いのか。いや、憎いに決まっている。嫌いに決まっている。とっくにわかっていたことだ。

そのとき、すこし離れたところにずぶ濡れの父が見えた。じゃあ、助けてくれたのは父か。どういうことだ。俺を殺そうとしたのではなかったのか。俺は混乱した。

お父さん、と言おうとしたが、唇も舌も寒さで強張ってなかなか声が出なかった。父は俺を怯えたような眼で見ていた。

「……お父さん、なんで……助けてくれたの」

父に話しかけるのは何年ぶりだろうか、俺は歯の根も合わないほど震えながらなんとか言葉を絞り出した。なぜ殺そうとした、とは訊かなかった。なぜ助けた、と訊いた。

すると、父が突然吠《ほ》えた。うおお、と獣の唸《うな》り声《ごえ》のような悲鳴を上げて暗い空を仰いだ。それから、がくりと膝を突いて顔を覆った。俺と朱里は呆気にとられて父を見た。父は号泣していた。凄まじい痛みにもがき苦しんでいるように見えた。

「さっさと行けや。こっちを見んな」父が泣きながら怒鳴った。

俺と朱里は父を置いて駆けだした。全身に風が吹き付けると身体が引きちぎられるような気がした。強張った身体で無様に駆ける。濡れたパーカーが貼り付いて靴は一足ごとにぐちゅぐちゅと音を立てた。

たしかに俺は朱里とキスをした。怒られて当然だ。でも、別にすこしもいやらしい気持ちはなかった。ただ、俺たちは普通の子供のふりをするためにキスの練習をしただけだ。でも、その言い訳をする前に問答無用で殺されかけたのだ。

すぐに息が上がって俺は駆けるのを止めた。よろめきながら歩き出す。

父は俺を殺そうとした。それほどまでに俺を憎んでいたのだ。無視するだけでは我慢ができなくなってとうとう殺すことにしたのだ。俺は父に憎まれている。でも、そんなこと、とっくの昔にわかっていたはずだ。なのに、俺は今、なぜこんなに苦しい？

雪のないところを歩くとカランコロンと音が聞こえる。すぐ後ろを朱里がついてくるからだ。店を手伝うときに履く下駄を履いているのだ。

あの幽霊はなんと言っただろう。好きな男を取り殺す女の幽霊。牡丹の灯籠を提げて下駄を履いている幽霊だ。

俺は神社を抜けて城へと続く暗い山道を登り続けた。山腹を蛇のようにうねりながら続く道だ。一応舗装はされているが車一台がやっと通れる程度の幅しかない。片側には高い石垣がそびえている。もう片側は崖で雪をかぶった木々が視界を遮っていた。

俺はできるだけ雪の少ない轍《わだち》の部分を選んで歩いた。朱里は下駄が雪に埋まって歩きづらいだろうにそれでも黙ってついてきた。

とうとう本丸まで来た。俺は石垣の上に立って町を見下ろした。ぽつぽつと小さな灯りが点在している。灯りのない真っ黒な帯のような部分は川だ。さっき俺が落とされた氷のように冷たい川だ。

ここから飛んだらどこまで行けるだろう。町も川も飛び越えてどこかずっと遠いところまで行けるだろうか。誰も俺を知らない人たちの住む町まで飛んで行けるだろうか。俺が息ができる町はどこにある？　山の向こうか海の向こうか。本当にこの世界のどこかにあるのだろうか。

横に朱里が並んだ。なにも言わずに俺の手を握った。ああ、そうだ。間違ってた。俺が、じゃない。俺たちが、だ。俺が飛んだら朱里も飛ぶだろう。二人並んで飛んだら一人で飛ぶよりずっと遠くまで飛んで行けるだろうか。

満天に星が輝いている。眼下の町なんかよりもずっとずっと明るかった。飛ぶなら空へ飛びたい。どこの町にも降りたくない。空のずっと高いところへ、星の輝くところへ上っていきたい。

全身ずぶ濡れで震えが止まらず歯がガチガチと鳴った。凍える手で朱里の手を強く握り締めると朱里も握りかえしてきた。そして、はっとした。朱里の手は温かかった。俺のように冷たく凍ってはいなかった。俺が死ぬのは勝手だ。でも、俺が死ぬと朱里も死ぬ。俺が朱里を殺すことになってしまう。

「朱里、ごめん。もう大丈夫」

大きく深呼吸をして石垣から下りた。すると、朱里がうつむいたまま言った。

「伊吹はまだマシ。あたしなんか叩かれたこともないから」

俺は上手く返事ができなかった。俺は父に蹴られたことも殴られたこともある。母に日舞の稽古をつけてもらったこともある。だが、朱里にはなにもない。父は完全に無視しているし、母は朱里がどれだけ一所懸命に店を手伝っても褒めたことも感謝したこともない。

「……あたしは忌み嫌われている」

イミ嫌われているという言葉の意味はよくわからなかった。だが、単なる嫌いではなくて、なにかもっと陰湿な感情が付け加わっているのはわかった。

「あたしは、じゃない。あたしたちは、だ」

俺たちは町へと山道を下りはじめた。今度は朱里と並んで歩いた。足許が暗いから一歩一歩確かめながらゆっくりと歩く。

朱里が俺の手を強く握った。

「伊吹、あたしたちはいつも一緒だから」

俺は黙ってうなずいた。その言葉だけで充分だった。

その夜、父は帰ってこなかった。見つかったのは翌日の早朝だった。犬の散歩をしていた人が見つけたのだ。

父は川縁《かわべり》の松で首を吊っていた。遺書はなかった。俺たちは前夜の出来事を誰にも話さなかった。父はもう死んでしまったのだ。殺されかけたと訴えてなにが変わるというのだろう。

自死ということもあって父の葬儀はひっそりと行われた。それでも商店会の人たちが何人も来てお悔やみを述べていった。母は涙一つ見せずに気丈に応対した。喪服を着た母は映画やドラマの中に出てくるような完璧な未亡人だった。

俺も朱里も泣かなかった。ただ二人並んで椅子に座って眼の前にある父の柩《ひつぎ》を眺めていた。読経を聞きながら俺は父のことを思い出していた。結局、俺が父に掛けられた言葉は二つだけだった。「触るな、汚い」と「さっさと行けや。こっちを見んな」だ。

なぜ、父は死んだのだろう。本当に苦しんでいたのは俺たちではなく父だったのだろうか。俺たちよりもずっとずっと父は苦しんでいたのだろうか。もしかしたら、一番苦しんでいたのは父なのだろうか。

遺影の父は斜めから撮影されていてちょうど傷が隠れていた。すこし昔の二枚目俳優に見えた。母は父の遺影をじっと見ている。かすかに唇が動いた。

――卑怯者。

そう聞こえたような気がして、俺は父のことをかわいそうだと思った。


葬儀の翌日、母が言った。

「もうやることはなにもないから、学校へ行きなさい」

俺と朱里は黙ってうなずいた。ちょうどよかった、と思った。その日は飼育当番に当たっていたからだ。俺たちは朝食を早々に済ませるといつもよりも三十分早く家を出た。

細かい雪の降る朝だった。屋根や木々には新しい雪が積もり除雪の終わったアスファルトだけが黒々としていた。小学校に着くと一番乗りだった。

「うわあ」

思わず声が出た。雪で覆われた校庭は誰の足跡もなく山奥の白い湖のようだった。

「綺麗」

朱里も横で声を上げる。俺たちはしばらくの間じっと動かずに雪の校庭を見ていた。俺も朱里も学校を楽しいと思ったことがない。他人と近い距離で過ごさなければならない学校は拷問部屋みたいなものだったからだ。これほどまでに学校で胸が弾んだのは、はじめてだった。

「雪さえ降れば、学校もこんなに綺麗に見えるんだね」

「ああ。雪ってすごいな」

せーの、で俺たちは一歩足を踏み出した。行進のように朱里と呼吸を揃えて歩いていく。雪を踏むと足裏が気持ちいい。さくさく、きゅっきゅと音をさせながら俺と朱里は得意気に校庭に足跡を付けた。

途中で俺は振り返って足跡を確認した。校庭を斜めに突っ切る二人分の足跡が綺麗に平行して続いていた。

朱里も振り返って見る。

「すごいね、完璧」

たしかに俺と朱里は完璧に平行だった。俺たちは満足して飼育小屋に向かった。錆びたボロボロの屋根にも雪がうっすら積もってクリスマスのオモチャのように綺麗だった。

俺は入口の錠の雪を手で払い落として扉を開けた。

鶏が群がってなにかを突いていた。えさ入れではない。床に落ちているなにかだ。白くて赤い点々のあるなにかだ。どきりと心臓が縮んだ。嫌な予感がする。俺は確かめようと小屋の中に一歩足を入れた。次の瞬間、息が止まった。

死んだ鶏を、他の鶏が突いて喰っていた。一心不乱に喰っていた。

瞬間、全身に痛みを感じた。喰われているのは鶏ではなく俺だ。鋭いくちばしが俺の皮膚を、肉をついばむ。身体に穴が開いて血が噴き出し、眼がえぐり出される。助けてくれ。痛い、痛い——。

すると、横からぐっと朱里が俺の腕をつかんだ。朱里は真っ直ぐに小屋の中を見つめていた。

「弱い鶏は喰われてしまうんだね」

朱里は眼を大きく見開いて一心に共食いの鶏たちを見つめていた。平気なのか、と思ったが朱里の手は震えていた。俺は朱里の手を握った。朱里の手は熱くて汗ばんでいた。冷え切った俺の手を溶かしてしまいそうだった。俺は朱里の手に灼《や》かれる心地よさに思わず声を上げそうになった。

そのとき、気付いた。小屋の止まり木の奥にまだ若い小さな鶏が二羽、寄り添って震えている。

「ほら、あれ」

俺が示すと、朱里がはっと息を呑んだ。それから、黙ってうなずく。

俺と朱里は手を握ったまま、じっと小さな鶏たちを見つめていた。二羽は互いをかばい合うようぴったりとくっついていた。

忘れるな、と俺は自分に言い聞かせた。俺たちはどんなに望んでも喰う側にはいけない。喰われる側だ。でも、あの二羽の鶏のように寄り添っていれば喰われずに生き延びられるかもしれない。

俺たちはしっかりと手をつないで、飼育小屋の外に出た。

「朱里、俺たち、二人で頑張ろうな。喰われるのは真っ平御免だから」

俺は大真面目に言ったのに朱里が笑った。

「真っ平御免、って。伊吹ってときどき凄く古臭い言葉遣いするよね。合点承知の助、とか」

「仕方ないだろ。お父さんは時代劇が好きだったから」

そう、父は時代劇が好きだった。今からはもう過去形にする。父のことなんてなにもかも昔話にする。俺が殺されかけたことなんてもう過ぎたことだ。そう思うとすこしだけ楽に言葉が出た。

「そうだね。お父さんは時代劇が好きだった」

朱里が空を見上げた。ちらちらと雪が落ちてくる。髪に、肩に雪が積もって「鷺娘」のようだった。歌に出てくる娘は禁じられた恋に身を焼き、挙げ句、地獄に堕《お》とされ獄卒に責められる。

あれの歌い出しはなんだったろう。そう。たしか「妄執の雲晴れやらぬ朧夜の　恋に迷いしわが心」だ。そして後半はどんどん激しくなって「等活畜生衆生地獄　或《あるい》は叫喚大叫喚　修羅の太鼓は隙《ひま》もなく」だ。

そこで、ふっと思った。「修羅」と「朱里」は似ているな、と。

「朱里、大丈夫。一生、俺がそばにいる」

そうだ。たとえ修羅の太鼓に追い回されようと俺は朱里のそばにいる。

「うん。あたしも伊吹のそばにいる」

「朱里が他の鶏に喰われないように俺が守るから」

「あたしも伊吹が喰われないように守る」

遠くから登校してくる子供たちの声が聞こえてきた。俺たちは飼育小屋を離れて校庭に出た。あれほど美しかった校庭の雪はすっかり踏み荒らされていた。朝、朱里と付けた足跡、綺麗に平行して続いていた足跡が見つけられない。俺たちの足跡はどれだっただろう。俺は懸命に探した。

「大丈夫。あたしはちゃんと憶えてる」

なにも言わなかったのに朱里にはすべて通じていた。俺は黙ってうなずいた。

第四章　誕生日

鉢木座に入って三ヶ月経った。

公演ごとに俺にもファンがつき、その数がすこしずつ増えていく。「お花」も珍しくはなくなり、プレゼントをもらうこともしょっちゅうだった。

特に熱心なファンの一人に坂本《さかもと》美杉《みすぎ》がいた。来るたびに俺に「お花」を付けてくれる。金額は五千円が多かったが、ときどきは万札を付けてくれることもあった。プレゼントに入っていた手紙を読むとまだ高校生とのこと。童顔に濃い化粧がアンバランスで見ていて痛々しい。俺は懸命に笑って手を握るが、高校生から「お花」をもらうことが日ごとに後ろめたくなってきた。

思いあまって慈丹に報告すると顔をしかめた。

「美杉ちゃんてまだ高校生なんか。あんなしょっちゅうお花付けるなんて、ちょっと問題やな。お小遣いかバイト代か知らんけど、まっとうな仕事で稼ぐんやったら一万円は大金のはずや。分別のある大人が自分の責任でお花を付けてくれるんはええけど……家の人は知ってはるんやろうか」

「あの子、平日の昼公演にもよく来てるんです。あんまり学校に行ってないのかもしれません。もしかしたら、学校に行くふりしてこっちに来てるのかも」

「そうなんか。あの子の家の事情までわからへんけど困ったもんや。機会を見つけて話をしたほうがええんかなあ……」うーん、と唸ってから、慈丹は真顔で俺に釘を刺した。

「伊吹。絶対に間違いを起こしたらあかんで」

「わかってます」

慈丹の心配はもっともだ。役者が熱心なファンに手を出して……というのは非常にありふれた話だ。だが、俺にはそんな間違いなんて起こりっこない。間違いが起こせるくらいなら苦労しない。

それから数日経ったある夜、稽古の後で楽屋に呼ばれた。行ってみると、座長と慈丹が待っていた。

「伊吹、お前、来月誕生日やったな」座長がじろりと俺を見た。

「え?」思わずすこし顔が強張った。

「誕生日や。来月と違うんか?」

「あ、はい。十二月十日です」

誕生日は朱里の命日でもある。普通なら一周忌の法要をして仏壇に手を合わせるのだろう。だが、俺は実家に帰るつもりはなかった。母に会いたくないし、仏壇なんて形だけだ。朱里を悼むならこの鉢木座の舞台に立つほうがよほどの供養だ。

「誕生日公演、なにがやりたい？」

「なにがって……？　誕生日公演ってなんですか」

わけがわからず訊ねると、横で慈丹がしまったという顔をした。

「ああ、そうか。伊吹ははじめてやった。悪い悪い。なんか昔からいるような気がしてた。まだ来て三ヶ月やったな」

誕生日公演とはなんだろう。そんな疑問とは別に、俺は誕生日という言葉そのものに胸苦しさを感じていた。俺と朱里は親に誕生日を祝ってもらったことがない。子供の頃から一度もだ。一生、俺たちには無縁なものだと思っていた。戸惑っていると慈丹が説明してくれた。

「座員の誕生日には、その座員のためにスペシャル公演をするんや。いろいろ演出をして舞台を盛り上げる。ファンも楽しみにしてるイベントや」

スペシャル公演と言われても実際に観たことがないからぴんとこない。演出が派手になるのだろうか。スモークの量が倍になったり、どんどんキャノン砲で紙雪をまいたりするのだろうか。

「誕生日公演の外題はできる限り本人の希望を聞くのが慣例や。お前、なにがやりたい？　遠慮なく言うてみい」座長が仏頂面で訊ねた。

だが、外題と言われても座長のように百も頭に入っているわけではない。すぐには答えられなかった。

「希望と言われても、これがやりたいと言えるほど外題を知らないので」

正直に答えると、ああ、と慈丹がうなずいた。

「僕の意見やけど、伊吹は王道をやるべきやと思うねん。はじめての誕生日公演やからなおさらや。ちゃんと芝居ができる、てお客さんにアピールしたい。座長、どう思います？」

ちゃんとした芝居か。そもそも一番それが難しい。王道なら安心という面と王道だから比べられるという面がある。

座長は腕組みして、しばらく考えていた。それから口を開いた。

「王道をやるんは賛成や。……なら、まずは『滝《たき》の白糸《しらいと》』の白糸。それから『梅川《うめがわ》忠《ちゅう》兵衛《べえ》』の梅川。どっちがええ？」

また返答に困った。王道なのでタイトルくらいは聞いたことがあるが、よくは知らない。やっぱり正直に答えることにした。

「あの、俺、不勉強で。それぞれどんな話なんですか」

「そうか。僕は生まれたときから旅芝居の世界にいるから自然と憶えるけど、普通の人は知らんで当たり前やな。じゃ、ざっくり説明するな」

慈丹は笑ってあぐらを組み直すと、あらすじを教えてくれた。

『滝の白糸』は泉鏡花《いずみきょうか》の原作を脚色したもので、新派の舞台が有名だ。

白糸は水芸で売れっ子の女芸人《おんなげいにん》だったが商売敵である寅吉《とらきち》という芸人と諍いになる。それを救ってくれたのが乗り合い馬車の若き御者、村越欣弥《むらこしきんや》だった。以来、白糸は欣弥のことが忘れられない。あるとき、白糸は偶然に欣弥と再会する。欣弥が貧しさ故に学業を断念したことを知り学費を援助することにした。

やがて、白糸の人気にも翳《かげ》りが見え金に困るようになった。白糸は苦労して金を工面するがそれを寅吉に奪われてしまう。我を失った白糸はたまたま開いていた家に侵入し、老夫婦を殺して金を盗んでしまった。

だが、捕まったのは寅吉だった。白糸は証人として出廷するが、検事はあの村越欣弥だった。白糸は自分の罪を告白して自害する。そして、村越欣弥もピストルで命を絶つのだった。

『梅川忠兵衛』は近松門左衛門《ちかまつもんざえもん》の『冥途《めいど》の飛脚《ひきゃく》』のことだ。大店《おおだな》の養子、忠兵衛が遊女梅川に入れあげたことから悲劇がはじまる。忠兵衛は梅川の身請けを阻止するため店の金に手を付ける。梅川と忠兵衛は追っ手から逃げて旅に出た。忠兵衛の生まれ故郷に向かい、雪の中、実父の孫右衛門《まごえもん》の姿を陰からこっそり見る。

雪に足を取られ転んだ孫右衛門を梅川が助ける。出て行くことのできない忠兵衛は物陰で泣いている。梅川を見て事情を悟った孫右衛門も息子を思って嘆き悲しむ。やがて、二人は捕らえられ、縄を掛けられて雪の中を引いて行かれるのだった。

どちらもとんでもなく濃い話だ。聞いているると頭がくらくらしてきた。すると、慈丹がなんだか嬉しそうな顔で台本を差し出した。

「座長。僕からの提案ですが、うちではやったことがない外題やけど『三人吉三廓初買』はどうかと思うんですが」

「なに？」座長の顔色が変わった。

「細川さんが面白い脚色してくれたんです。伊吹はお嬢吉三でどうかと思て」

「その話はあかん。なしや」

座長は見もせずに言い切った。慈丹がむっとして言い返す。

「なんでですか？　メチャメチャ面白いですよ。とにかく一回読んでください」

「あかん言うたらあかん。鉢木座ではその外題は掛けん」

「だから、なんでですか、て訊いてるんです」

「やかましい」座長が突然怒鳴った。「理由は座長の私が嫌いやからや。文句は受け付けん。この話はこれで終わりや」

座長は立ち上がって、足音荒く出て行った。慈丹も俺も呆気にとられた。

舞台のことで言い合いになるのは珍しくない。怒鳴り合いのケンカだってする。だが、座長は決して理不尽なことは言わない。好き嫌いを押しつけたりはしない。

「一体なんやねん。理解できへん。ほんまに面白いのに勿体《もったい》ない」慈丹が悔しそうに髪をかき上げた。「それより伊吹の誕生日のほうが大事や。どないしよ」

誕生日か。やはり馴染まない言葉で肌が粟立つのがわかった。俺は身震いを悟られないよう、笑顔を作った。

「もうすこし考えさせてください」

「そうか。じゃあ、僕も伊吹に合いそうなやつ、考えとくから」

慈丹の許を辞して劇場の外に出た。ここは雑居ビルの五階にある小屋で眼の前はすぐ電車の高架橋だ。駅が近いので、あたりには飲食店や商店、古いビルが立ち並んでいる。

俺は大きく深呼吸をした。秋の風はひやりと冷たくかすかに酒と油の匂いがする。ちょうど電車が通り過ぎていった。この時間だとそろそろ終電か。俺は今さらながらに感興を覚えた。故郷の町では終電は十時台だった。子供の頃は日付が変わってもなお電車が走っていて、しかもそれが混雑しているなんて想像したこともなかった。

もう一つ、子供の頃、想像しようとしたけれどできなかったことがある。それが誕生日だ。

あの町の保育園では月ごとにまとめて「お誕生会」があった。俺と朱里も十二月に祝ってもらったが全然ぴんとこず、あくまで保育園行事の一つとしか思えなかった。

すこし大きくなると他の子供たちから話を聞くようになった。毎年の誕生日には自分の名前の書かれた丸い大きなケーキを買ってもらって蠟燭を立て、親からプレゼントをもらうのだ、と。

俺と朱里は懸命に想像しようとした。食卓に「しゅりちゃん　いぶきくん　おめでとう」と書かれた丸いケーキがある。火の点いた蠟燭が立っていてハッピーバースデーと歌ってからそれを吹き消す――。

じゃあ、その食卓には誰がいる？　俺と朱里と母か。まさか父もいるのか。母と父がハッピーバースデーと歌うのか。みなで声を合わせて歌うのか。ありえない。

どれだけ頑張っても想像できなかった。まだ「ラブラブおままごと」のほうがありうるような気がした。それでも、俺たちは完全には誕生日を諦めることができなかった。だから、ある日勇気を出して母に訊ねた。

――お母さん、僕たちの誕生日はやらないの？

だが、母は返事をしなかった。ただささくれた眼で俺たちを見た。俺も朱里も身体中をざりざりと削り取られるような気がした。俺たちは二度と誕生日という言葉を口にしないと決めた。

幼い頃は誕生日を祝ってもらえないことに傷ついた。すこし大きくなると恥ずかしくなった。さらに成長すると今度は慣れた。いつの間にかこう思うようになっていた。自分たちには誕生日を祝ってもらう資格がないのだ、と。

また、電車の音が近づいてきた。さっきのが終電だと思ったが違ったようだ。一体いつまで走っているのだろう。一体どれだけの人が乗っているのだろう。もしかしたら、あの中には一人くらい、今日誕生日を迎えた人が乗っているのだろうか。

吐き気がした。俺は慌ててまた深呼吸をした。朱里がわざわざ誕生日を死ぬ日に選んだ気持ちがわかったような気がした。たぶん、朱里も自分の誕生日を気持ち悪いと感じていたのだろう。だから、誕生日を命日で上書きしたのかもしれなかった。

次週の昼の公演にはやっぱり美杉が来ていた。

学校はどうしたのだろうか、と不安になる。俺が「千本桜《せんぼんざくら》」を踊るとまたお花を付けてくれた。一万円。ラインストーンで飾ったコンコルド型のクリップだ。俺は美杉の手を握ってにっこり笑う。すこし顔がひきつった。次のお客様がまたお花を付けてくれたがやはりそのときも上手く笑えなかった。

毎日、見知らぬ誰かが俺に触れる。俺は見知らぬ誰かの手を握ってにっこり笑う。ちゃんと握らなければ、ちゃんと笑わなければとわかっているのにどんどんできなくなる。自分でも限界が近づいているのがわかる。

袖に引っ込むと、慈丹が険しい顔をした。

「阿呆、なんや、あの顔。お客様に失礼やないか」

「すみません」

しばくぞ、と言い捨て舞台に出て行った。しばくぞ、というのは慈丹が怒ったときの口癖だ。普段は温厚だから本当に怖い。

昼公演がはねて「送り出し」になった。美杉が両手で俺の手をぎゅっと握る。背の低い子だ。百五十センチないかもしれない。俺を見上げて言う。

「写真、いいですか？」

「はい、もちろん」

俺は懸命に笑顔を作る。俺の隣にいた広蔵さんが美杉のスマホを構えた。

「はい、撮りますよ。……チーズ」

いきなり美杉が俺の腕に抱きついた。驚きのあまり思わず美杉を振り払ってしまった。

「……え……」

美杉は愕然《がくぜん》とした表情で立ちつくしていた。やがて、その眼に涙がふくれ上がったかと思うと、広蔵さんの手からスマホを引ったくって走り去ってしまった。並んでいた客たちが、その様子を注視していた。しまったと思ったがもう遅い。慈丹と座長の顔色が変わっているのがわかった。

送り出しが終わるとすぐに楽屋裏に呼び出された。座長は難しい顔で黙りこくり、慈丹はいきなりケンカ腰だった。

「伊吹。一体なんや。今日のこと、説明しろや」

「いきなり抱きつかれて……反射的に振り払ってしまったんです」

「それだけか」

「それだけです」

「自分が送り出しをしている、いう自覚はあったんか。お客様への御礼と御挨拶やという自覚はあったんか」

「ありました」

「じゃあ、抱きつかれたくらいでなんでや」

　それは、と俺は口ごもった。俺にとっては抱きつかれたくらい、ではない。お花を付けてもらうときお客様の手が近づいてくるだけで怖いのだ。実際に手が触れたりしがみつかれたりするのがどれだけ苦痛か。

「……すみません。ちょっとびっくりして」

「は？　びっくりしてお客様を振り払うんか。あんな小柄な女の子を？　ありえへんやろうが」

　興奮して慈丹が早口でまくしたてた。俺が答えられずにいると、今まで黙っていた座長が口を開いた。

「伊吹、お前、お花を下品やと思てるんやないか」

え、と思わず座長の顔を見た。たしかに、最初は驚いて戸惑ったし、しばらくは馴染めなかった。だが、今は違う。お花は応援してくれるファンの気持ちだ。感謝こそすれ下品だなんて思っていない。

「いえ、そんなことは思ってません」

「料亭かどっかでタニマチとか上流階級のパトロンとかが、百万、一千万とぽんと出してくれる金は上品で、そのへんのおばちゃんが胸に付けてくれる一万円は下品。そんなふうに思てるんと違うか」

「いえ、そんなことは」

座長は勘違いをしている。俺が美杉を振り払ったのはお花ではなく俺自身に原因がある。だが、それを口にしたくはなかったし、たとえ口にしてもわかってもらえるとは思わなかった。

「嘘つけ。なら、なんであんなに顔が強張ってるんや。お前は踊ってるときはええ顔してるのに、お花を付けてもらうときになったら安物の人形みたいな笑い方してる。気持ち悪いんや」

座長の追及は苛烈で容赦なかった。気持ち悪いんや、という言葉に一瞬血の気が引いた。

「それは……まだ、慣れないだけです」

「慣れないだけか。そんなら、お花を付けてくれはったお客さんの手を振り払ったらどうするつもりやったんや。お客さんに謝って済む問題やない」

「そのときは俺が責任を取って辞めます」

「阿呆。お前一人が辞めて済む問題でもない。お前の問題は鉢木座の問題や」座長が怒鳴った。

「なら、俺は今すぐ辞めたほうがいいです。問題が起きてからじゃ遅い」

「このど阿呆が」

いきなり座長に頰を張られた。頰がじんと痛む。恐ろしく重い平手打ちだった。そこで、慈丹が割って入った。

「座長、待ってください。もう一度僕に話をさせてください」

「慈丹、こいつは使いものにならん。いくら踊れて華があっても役者としては価値がない。旅芝居の役者いうのは客を喜ばしてなんぼの商売や」

「わかってます。でも、伊吹を入れたのは僕です。僕が責任持って面倒見る、言うて預かったんです。そやから、ここから先は僕に任してください」

「この先、なんかあったらどうするんや。取り返しのつかへんことをしたら？」

「僕が責任を取ります」

「阿呆が二人か」

座長は吐き捨てるように言うと席を立った。俺も慈丹も黙って座長を見送った。座長が出て行くと、慈丹が大きなため息をついた。それから、自分で自分の肩を揉み、凝った首筋をほぐす。しばらく一人で首のマッサージをしていた。

俺は正座したまま膝の上の自分の手を見ていた。こんな手、いっそ切り落としてしまえたら、と思う。そうすれば誰にも触れずに済む。

「なあ、伊吹。前に僕がタップの練習をしてたときのことや。あのとき伊吹は……汚いのは俺だ、て言うたな。つまり、自分で自分のこと汚いと思てるということやな」

はっと顔を上げると、慈丹がマッサージをやめてじっとこちらを見ていた。

「ええ、まあ」

「そんなこと思うようになった理由はわかるんか？」

俺は返答に窮した。理由はわかっている。だが、言えない。黙っていると慈丹が焦《じ》れたように訊ねた。

「返事する気、あるんかないんかどっちや」

「大昔のバカバカしいことなんです」

「バカバカしいかどうかは聞いてみなわからへんやろ」

淡々とした口調だったが有無を言わさぬ力があった。到底ごまかせそうにない。俺は覚悟を決めて話すことにした。

「保育園の頃です。家の裏庭で双子の姉とままごとをして遊んでたんです。どんぐりとか葉っぱとかで。そうしたら、父が突然怒って、俺に向かって汚いって怒鳴ったんです」

「なんでや？　もっと詳しく説明してくれ」

「俺にもよくわかりません。父は普段は静かな人間なのにそのときは血相変えて怒って、ままごとの道具を足でメチャクチャにしたんです。泥水ビールがかかって俺は泥だらけになりました。さらに、父は姉が抱いていたぬいぐるみを取り上げようとしました。姉は嫌がって泣きだしました。俺は泥だらけの手で父を止めようとしたんです。すると、父が凄まじい形相で怒鳴りました。……触るな、汚い、って。そして、俺は父に蹴り倒されて転がりました。以来、俺は汚いということに過敏になってしまって」

慈丹が唖然とした顔で俺を見た。みるみる頬に血が上っていくのがわかった。

「信じられへん。こんなん言うたら悪いが、親父《おやじ》さんクソやろ。伊吹とお姉さんはままごとしてただけやろ？　怒る理由がわからへん。八つ当たりか。いや、たとえ理由がわかったとしても許されへんけどな」

慈丹が顔を真っ赤にして吐き捨てるように言った。俺は嬉しいような哀しいような気持ちで怒る慈丹を見つめていた。慈丹なら絶対に父のようなことはしない。わけのわからないことで寧々ちゃんを怒鳴りつけたり蹴り倒したりはしない。こんな男の子供に生まれてきたらどれだけ幸せだっただろう。たとえ辛い旅回りの暮らしだったとしても子供を嫌悪する親の許に生まれるよりずっとマシだ。

「汚いと言われてショックだったんですけど、でも納得したところもあるんです。ああ、そうだったのか、って」

「それはどういう意味や？」

「俺も姉も、父から無視されてたんです。話しかけられたこともないし遊んでもらったこともない。触れてもらったことがないんです」

「無視って酷いな。それ、育児放棄とか虐待とかいうやつか」

「金銭的に不自由したり日常的な暴力があったわけじゃない。でも、父にとって俺たちは幽霊だったんです。まるで見えていないかのようでした」

「つまり、親父さんは子供に興味がなかったということか」

「そうじゃないと思います。完全に興味がなければ怒ることもないでしょう。父はわざと見ないふり、見えないふりをしていたような気がします」

「ようわからへんな……」

慈丹が困惑して首をひねった。わからないと言いながらも、それでも忍耐強く俺の話を聞こうとしてくれる。本当に頭が下がる、と思った。

「俺にもわかりません。大げさな言い方に聞こえるかもしれないけど、父は俺たちを忌み嫌っていた、っていうのが正しいような気がします」

「忌み嫌うって……。でも、実際にそう言われたわけやないやろ。気のせいかもしれへんやないか」慈丹が途方に暮れたような顔をした。

「気のせいかもしれません。でも、俺たちはそう感じてたんです」

「じゃあ、おふくろさんはどうやったんや。双子を育てて世話したんやろ。触らへんなんてありえへん」

「ちゃんと育ててくれたんだと思います。母は俺に熱心でした。踊りも剣道も母が無理矢理にやらせたんです」

「習い事に熱心かどうか訊いてるんやない。ちゃんとかわいがってくれたんか」

「たぶん違うと思います。かわいがる、っていうのは若座長が寧々ちゃんに対してするようなことだと思います。そういうのはうちにはなかった。実際、母は姉が死んだときも平気でした。哀しむふりさえしなかったんです」

「なんやねん、それ……」

慈丹の声はすこし震えていた。よほど衝撃を受けたのだろう。親から汚いと怒鳴られることはそれほどのことなのだ。

「以来、俺は自分が汚いような気がして、他人に触れたり近づいたりするのが怖いんです。でも、そんなのはみんな言い訳です。世間では通用しない」

やはり言うべきではなかった。俺は顔を上げて笑ってみせた。この話はこれで終わりだ。どうせ誰にも理解されない。人を不快にさせるだけの話だ。

「おい、ちょっと待てや。そんな心にもないこと言うな。理解できへん僕が悪いみたいや」

「若座長が悪いなんて思ってません」

「いや、思ってなくても、思ってるのと一緒や。僕は今、切り捨てられたような気がした。……こいつに話しても無駄や、て」

慈丹は真剣に怒っていた。俺は思わず眼を逸らした。

「無駄なんて思ってません。でも、わかってもらえないことをくどくど言うのはみっともないだけです」

きっと、朱里も同じ経験をしたはずだ。そして、婚約者に話しても無駄だと思い、一人で死を選んだ。

「みっともないなんて誰が言うた？　人を切り捨ててカッコつけるほうがよっぽど根性悪いやろ」

慈丹が声を荒らげた。俺は苛々してきた。慈丹の親切が今はうっとうしかった。

「別に若座長を切り捨てたわけじゃない。これは俺の問題です。俺自身が折り合いをつけていくしかないんです」

「へえ、なるほど。お前が言いたいのは要するにこういうことやな。……これは俺の問題です。他人がいちいち口を出さないでください。迷惑なんです――」

　慈丹が怒りを込めて嘲るような口調で言った。瞬間、思わず俺は怒りに身体が震えた。思わず大声で言い返してしまった。

「誰がなにを言おうと俺は自分が汚いとしか思えない。それが不愉快なんだったら出て行きます」

「阿呆。逆ギレすんな。そんなこと言うてるん違うやろ」慈丹が眼を吊り上げて怒鳴った。

「違いません。これ以上、俺にどうしろと言うんですか」

「落ち着いて聞くんや。自分のことを汚いなんて言うのはよほどのことや。しかも、親にそう思われてた、て言う。そんな酷い話があるか。だとしたら、僕にできることはなんやろう？　今、僕はこの阿呆な頭で必死に考えてるんや」

「頭で考えたって無駄です。これは生理的な感覚です。見た目の清潔さのことじゃない。熱いとか冷たいとか痛いとかと同じです。ここにいるだけで、息をしているだけで、座ってるだけで感じるんです。俺たちは汚い、って。それ以外に言葉が見つからないんです」

　一瞬、慈丹が息を呑んだ。呆然と俺を見る。だがすぐに俺を正面から見据えてきっぱりと言い切った。

「でも、伊吹、お前は汚くない。そんなん全部お前の思い込みや」

どこまでも真摯な声だった。俺はふいに涙が出そうになった。本気で俺を心配してくれているのがわかる。だからこそ辛かった。俺だって努力しなかったわけではない。自分が汚いなんてただの思い込みだ。気にする必要はない。何度もそう思おうとした。だが、一度もうまくいかなかった。

「すみません、若座長。俺が悪かった。ただの愚痴です。今の話、忘れてください」

そう言うと、さっと慈丹が顔を歪めた。

「ええ加減にせえや。忘れろ、て言われて、はい忘れます、てなるわけないやろ。そんな今にも死にそうな顔で言われてほっとけるか」

「すみません」

俺はそれだけ言って頭を下げた。本当にすまないと思った。だが、どうしようもないことだ。

頭を上げられないままじっとしていた。慈丹もなにも言わない。しばらく沈黙が続いたが、やがて慈丹が立ち上がった。

「……今、お前に辞められたら困るんや。誕生日公演の外題、考えとけや」

吐き捨てるように言うと楽屋を出て行った。一人残された俺はのろのろと頭を上げた。

鏡に映る自分の姿を見る。

鉢木座に入って女形として一歩踏み出して、自分を変えられたような気がしていた。

だが、それは間違いだった。俺は俺でしかない。一生、俺は俺のままなのだった。


数日して、夜の稽古の後、再び座長と慈丹に呼ばれた。

叱責の続きかと思ったらまるで何事もなかったかのように誕生日公演の話になった。

「どうや。やりたい外題決まったか」慈丹が訊ねる。

あれから外題をいろいろ調べた。そして、自分なりに答えを出した。

「『牡丹灯籠』はどうでしょうか」

「『牡丹灯籠』か。真冬に怪談というわけか。でも、なんでまた？」

「姉が好きだったので」

「……そうか」座長がふっと眼を逸らした。「なら、『牡丹灯籠』で決まりや。お露は伊吹、新三郎は慈丹。あとは……」

俺は思い切って言ってみた。

「お米《よね》は寧々ちゃんでどうでしょうか」

お米というのはお露の乳母《うば》の役どころだ。年齢的にはかなり無理がある。だが、いつも慕ってくれる寧々ちゃんに名のある役を付けてやりたかった。それに、寧々ちゃんは来春から小学生だ。一座を離れて芙美さんの実家から小学校に通うという。スペシャル公演で大きな役をやればきっといい記念になるだろう。

「あれは年増の役や。子役がするもん違う」座長が首を横に振った。

「寧々ちゃんに真っ赤な振袖着せて灯籠を持たせて俺の前を歩いてもらうんです。それだけで舞台が華やかになる」

すると、慈丹が顔をしかめた。

「伊吹、子役の怖さを知らんな。客は年配のご婦人方が多い。孫みたいな年齢の子供が出て来たらそっちに釘付けや。お前が喰われる可能性があるんやで」

「構いません」

「わかった。そういう演出もええやろ。その代わり喰われたときは覚悟しとけや」座長がよっこらせ、と立ち上がった。「若座長、お前がしっかり面倒見ろや」

「わかりました」

慈丹と二人揃って頭を下げた。

『牡丹灯籠』はもともとは中国の古典だ。明治時代、三遊亭圓朝《さんゆうていえんちょう》の噺《はなし》で有名になり、後に歌舞伎でも上演されるようになった。過去の因縁や仇討《あだう》ちを絡めた長い話だが怪談として有名なのは前半部分だ。舞台では圓朝の噺とは少々違った筋立てになっている。

あるところに新三郎という若い浪人がいた。旗本の娘お露と知り合い互いに一目惚れをする。二人とも思いをつのらせるが逢《あ》う機会がない。やがて、お露は叶《かな》わぬ恋に焦がれ、患って死んでしまう。その後を追うように乳母のお米も亡くなった。

なにも知らない新三郎の許にお露が毎夜やってくるようになった。カランコロンと下駄を響かせ、真っ赤な牡丹灯籠を提げたお米を連れて会いに来るのだ。新三郎はお露に夢中になるが次第に衰弱していく。死相が現れている、と人相見に見抜かれ、お露もお米もすでに死亡していることを知った新三郎は恐怖を覚える。

新三郎は戸に御札を貼って家にこもった。御札のせいで入ることのできないお露は家の周囲をぐるぐる回り嘆き悲しむ。新三郎は震えながら懸命にお経を唱えていた。

やがて期限の日がきて夜が明けた。朝だ、という声がして新三郎は御札を剝がして外へ出た。だが、外はまだ暗かった。騙されたのだ。新三郎はお露に取り殺されてしまう――。

「単純な話やからみんな自分なりに解釈を工夫するんや。最近の演出で一番違いがわかりやすいんはハッピーエンドにするやつやな」

「え、どうやってハッピーエンドにするんですか」

「お露は新三郎に恋狂うあまりに幽霊になったわけやろ？　その思いに新三郎は応える決意をするんや。お露に会うために自分から御札を剝がして外に出る。そこで、幽霊になったお露と一緒になってめでたしめでたしや」

「めでたしめでたし、って……要するに新三郎は死ぬってことですよね」

「そう。死ぬことで永遠に結ばれるんやな。で、伊吹はどうする？　どっちのラストがええんや」

「本来のほうでお願いします。お露は男を取り殺すんです。ハッピーエンドはいらない」

カランコロンと朱里がやってきて俺を取り殺してくれたらいい。そうすれば、俺だけが生きているという後ろめたさから逃れられる。

「わかった。王道で勝負や。……よし、頑張ろな。伊吹」

慈丹が俺の眼を見てうなずいた。良い舞台にしたい、お客様に喜んでもらいたい。ただそれだけの真っ直ぐな眼だった。俺は自分の浅ましさが恥ずかしくなった。


やがて、他の配役も決まった。お露の父親の旗本、飯島平左衛門《いいじまへいざえもん》は座長、人相見は広蔵さん。平左衛門と因縁のある黒川孝助《くろかわこうすけ》は万三郎さん、平左衛門の妾《めかけ》のお国《くに》は細川さん、黒川の妻は響さんだ。

それからというもの、俺は毎晩必死で『牡丹灯籠』の稽古をした。通常の稽古が終わってから行うからどうしても時間が遅くなる。それでも、慈丹は必ず付き合ってくれた。

一度、衣装を着けてやってみた。俺は文金高島田に振袖、緋縮緬《ひぢりめん》の長襦袢に繻子《しゅす》の帯という出《い》で立《た》ちだ。慈丹とは背恰好がほぼ同じだから女物の鬘を着けた俺のほうがどうしても高くなる。芙美さんは俺たちを見て感心したように言った。

「またえらいダイナミックな『牡丹灯籠』やねえ」

ダイナミックとは褒めているだけではない。雑で色気がないという意味もあるのかもしれない。俺は慈丹との絡みでは叱られてばかりだった。

たとえば、二人が互いの気持ちを確かめ合う場面がある。

——わたくしはあなたより外に夫はいないと存じておりますから、たといこのことがおとっさまに知れて手打ちになりましても、あなたのことは思い切れません。お見捨てなさると聞きませんヨ。

そう言って、お露は新三郎の膝にもたれかかる。ここがうまくいかない。

「伊吹、なんやそのへっぴり腰は。コントと違うんやで。もうとっくにお露は死んでるんや。幽霊やけど一途《いちず》で初々しくて、なおかつ、男を取り殺すほどの色気がある、ていう感じを出さなあかん」

慈丹の指示は理解できる。でも、それを自分の芝居に反映することができない。その夜も何度もやり直しをさせられへとへとになった。シャワーを浴びて眠ろうとすると楽屋の化粧前に慈丹がいた。こんな夜中に電熱コンロで餅を焼いている。傍らにはゆであずきの缶があった。

そっと後ろを通り抜けようとすると、ふいに呼び止められた。

「この前の話やけど、僕も言い過ぎた。悪かった」慈丹は餅を見つめたままだ。

はっとした。この前の話というのは俺が自分を汚いと思っていることについてだ。

「いえ、若座長が謝ることじゃないです」

「なあ、お前、自分のこと汚いと思うから僕とよう絡まんのか。よう抱き合わんのか」

慈丹は焼き網の上の餅を見つめている。あっ、と小さな声を上げすこし右に頭をかしげた。餅が右に大きくふくらんで網の上を転がる。箸で餅を戻し、まだ焦げ目のついていない面を下にした。

「おい、なんか返事してくれや」

慈丹の声は淡々としている。穏やかな角のない声だ。俺には背を向けたままじっと餅を見ていた。

「すみません」

「すみません、て……なんやそれ」

そこで慈丹がため息をついた。丁寧に餅を裏返して焼き目を確かめると、皿に取った。

「しかし、もうちょっと色気が欲しいな。お前はほんまに綺麗やねんけど青臭いっていうか堅いっていうか……まあ、そこが伊吹らしさなんやけどな。僕が思うに、色気ってていうんは結局は誰かに好かれたいという欲や。誰かを捕らえて自分のものにしたいと思う厚かましい心や。伊吹は無欲というか……他人に関心が薄いところがあるからな」

俺はなにも言えずに立ち尽くしていた。慈丹は精一杯言葉を選んだ。本当に言いたいのはこういうことだ。――伊吹、お前は他人に興味がない。自分のことだけや、と。

「とりあえず『牡丹灯籠』は伊吹のやりたいようにやれや。色気を出そうと思て下手くそな科《しな》なんか作ったら、伊吹のええとこがなくなって下品になるだけかもしれん」

慈丹がゆであずきの缶を開ける。こちらをちらとも見ない。

「わかりました」

「とにかく、しばらくの間ショーでの僕とお前の絡みはなしや。それでええな」

「え、でも、いいんですか。あれは受けるからって……」

「阿呆。あんな中途半端な絡み、お客さんに見せられるか」

「……すみません」

慈丹はそれきり黙って餅を食べはじめた。俺が行こうとしたら、鋭い声が飛んできた。

「話はまだや。ショーでの絡みはなんとかなるが芝居はそういうわけにはいかへん。立ち回りもあれば道行きもある。僕も他の連中もお前に近づいて触るけど我慢するんや。絶対に顔に出すなよ。どんだけ嫌でもにっこり笑て芝居しろ。とくに『牡丹灯籠』は失敗するわけにはいかへんからな。覚悟見せてみ」

「わかりました」

「もう行ってええで」慈丹は餅を口に運んだ。熱う、と言いながら箸で思い切り伸ばす。

「うお、伸びる伸びる」

ありがとうございました、と一礼して楽屋を出た。

慈丹の言葉が沁みた。俺に気を遣いながら活を入れてくれたのだ。

くそ、このままではいけない。とにかく稽古だ。もう一度さらおうとレコーダーを取り出したとき、控室で休憩していた万三郎さんがちょいちょいと手招きした。

「はい、なんですか」

「まあ、そこ座りや」

万三郎さんが俺の前に缶ビールとスルメを差し出した。

「この前、あのファンの子と揉めたんやって?」そう言って美味そうに缶ビールを飲む。

「ええ。まあ」

俺も缶ビールを開けた。そう言えば久しぶりの酒だ。一口飲むと鼻の奥がつんとした。

「タチの悪い子なんか」

「いえ、そうじゃないですけど、いきなり抱きついてきてびっくりして振り払ってしまったんです」

万三郎さんは普段は奥さんの響さんといつも一緒にいる。本当に仲がいい。この人と差し向かいで話すのははじめてだった。

「振り払《はろ》たんか。そりゃあかんわ」

　スルメを噛みながらぼそっと言う。なんだか演歌のカラオケ背景映像に出て来る俳優のようだった。でも、そのクサさがなんだかやたらと心に沁みてふっと肩の力が抜けた。

「はい。とんでもないことをしてしまいました」

「泣かしたんか？」

「……はい」

　すると、万三郎さんは、はあ、と大きなため息をついた。

「昔、僕はあの女の子の立場やったんや」

「え？　万三郎さんって普通のファンだったんですか」

「普通かどうかは知らんが、元は鉢木座の一ファンや」

「てっきり旅芝居で生まれ育った人かと」

　伊吹が最初に観たのは『一本刀土俵入』の弥八だった。いかにもアクの強い悪役の演技は良い意味で泥臭い大衆演劇そのものだった。

「大学出て、元は結構な会社でシステムエンジニアやってた。社員旅行で温泉行ったら、ホテルの余興で鉢木座が興行やっててな。茶屋の娘役の響に一目惚れして通い詰めるようになったんや」

　チンピラ、三下、浪人崩れがよく似合う。だから、実際の私生活も崩れた人だと思っていた。人は見かけによらない。俺は自分の思い込みを恥じた。

「でも、どんだけお花付けても手を握ってもらっても満足できへん。それで、僕を鉢木座に入れてくれ、て頼んだんや。でも、座長も若座長も大反対した。仕方ないから会社を辞めて押しかけた。もう自分には行くところがない、て言うたら入れてくれた。最初は鈴木三郎《すずきさぶろう》ていう本名で出てたんやけど、響の婿になって久野を名乗ったのをきっかけに、座長から鉢木万三郎いう名前をもろたんや」

「凄い行動力ですね」

「なに言うてるねん。はじめて大衆演劇観た日に入座した伊吹君が一番凄いがな」

ははは、と笑って誤魔化した。すると、万三郎さんが話を続けた。

「で、言いたいのはあの女の子のことや。もし、僕が響に同じことされたらショックで自殺してたかもしれへん。あの子は伊吹君のことがほんまに好きかもしれへん。こんなこと言うたらあかんねんけど、一回くらい会《お》うて誤解を解いてやったらどうや」

「会うって、劇場以外でですか」

「しゃあないやろ。そやないと、あの子、傷ついたままや」

「……ええ、たしかに」

「ま、口はばったいことを言うてすまんな。でも、自分と重なってな」

喋りすぎた、と万三郎さんは頭を掻いた。

「いえ、ありがとうございました」

ビールを飲み干し、控室を出た。

美杉のことはずっと頭にあった。自分に好意を寄せてくれた女の子を傷つけたのはこれが二回目だった。もし美杉になにかあったら俺の責任だ。なんとかして詫びたかった。

美杉にもらった手紙にはＬＩＮＥのＩＤが記してあった。だが、到底ＬＩＮＥで済むような話ではない。きちんと会って詫びたいがまたトラブルになったら大変だ。今度は俺だけの責任では済まない。俺の面倒を見る、と言った慈丹の責任になってしまう。独断で動くのは止めたほうがいい。

翌日、覚悟を決めて慈丹に相談した。すると、慈丹は途端に顔をしかめた。

「お前の気持ちはわかるけどこういうの認めるとトラブルの種になるからな。でも、このままやったらあの子は伊吹に嫌われたと思て傷ついたままやし。困ったな」

うーんと唸っていたが、ようやく顔を上げた。

「ＬＩＮＥで会うてくれるかどうか訊いてみ。で、会うてくれる言うたら芙美と一緒に行くんや。女の人が一緒やったら向こうも安心するし、他人がつまらん勘繰りしても言い訳できる」

俺は美杉にＬＩＮＥをした。すると、三日ほど経って既読が付き、そこからさらに三日経って返事が来た。

次の週末、昼公演と夜公演のわずかな空き時間に、私鉄ターミナル駅近くのカフェで会うことにした。美杉を安心させるため、通りに面したガラス張りの明るい店を選んだ。周りはほぼ満席だ。緊張して水ばかり飲んでいると、横で芙美さんが励ましてくれた。

「礼を尽くしてそれでもあかんかったら、そのときはそのとき。まあ、伊吹君は伊吹君の言葉で話せばええから」

十五分ほど遅れて現れた美杉は以前よりも化粧が濃くなっていた。付け睫毛《まつげ》にカラコンを入れた眼は怯えているようだ。血の気のない顔からは俺以上に緊張しているのがわかった。

「美杉さん、わざわざ来ていただいてすみませんでした」

「……いえ」

蚊の鳴くような声だ。そして、ちらとうかがうように芙美さんを見た。

「はじめまして。鉢木慈丹の妻の芙美です。今日は鉢木座の代表として来ました」震えている美杉を見て、芙美さんがにっこり微笑みかけた。「今回は本当にごめんなさいね。本当はファンとの個人的な交流は禁止なんやけど、伊吹がどうしても直接会って謝りたいって言うから、私がお目付役をすることになってん」

はあ、と美杉はいよいよ泣きそうな顔だ。

「美杉さん。来てくれてありがとうございました」

俺は深く頭を下げた。それからゆっくりと話しはじめる。

「この前は本当にすみませんでした。今さらなにを言っても取り返しがつかないし、言い訳にしかならないことはわかってます。でも、お詫びをするのなら俺から話さなければならないことがあるんです。聞いてくれますか」

「……はい」美杉はうつむいたまま、うなずいた。

「俺は子供の頃から人に触れるのが怖いんです。触れるのも触れられるのも、怖くてたまらないんです。人が近くに寄ってくるのも苦手です。息苦しくなるんです」

美杉が顔を上げた。黒く縁取られた眼を見開いている。すこし痩せて大きくなった眼がいっそう大きくなった。

「原因は、自分で自分のことを汚いと思ってるからです。子供の頃、父親に汚いって言われてそれが忘れられないんです。たぶんトラウマになってるんだと思います。それ以来、俺は自分が汚いとしか思えないんです。だから、他人が近づいてくると自分が汚いのがばれると思って逃げてしまうんです」

芙美さんも驚いた顔で俺を見ている。だが、なにも言わなかった。

「嘘……全然そんなふうに見えへん」啞然とした顔で美杉が呟いた。

「本当です。子供の頃から俺は嘘をついて生きてきました。小学生の頃から『清潔感のある明るい男子』のふりをしてきたんです。でも、本当は『汚くて性格の悪い嫌なやつ』なんです」

芙美さんは黙って聞いている。見ると、眉間に一本だけ皺《しわ》が入っていた。

「美杉さんにお花を付けてもらえて役者として本当に嬉しかったんです。なのに、他人の手が近づいてくると怖いんです。触れられると逃げたくなるんです。握手するのが怖くてたまらないんです」

「それやったら……あたし以外の人がお花を付けても怖いんですか」

「怖いです」

「じゃあ、あたしが嫌いやから厭《いや》な顔をしたわけやない……？」

「違います。いつも熱心に応援してくれて、俺はすごく感謝してます。なのに、振り払ってしまってすみません。心からお詫びします。申し訳ありませんでした」

俺はもう一度頭を下げた。横で芙美さんも頭を下げた。

「大切なお客様に失礼なことをいたしました。鉢木座からもお詫びいたします」

美杉は泣きそうな顔で俺を見ていたが、やがておずおずと口を開いた。

「汚いっていう気持ち、あたしもよくわかる。あたしも……なんか、自分が厭で厭でたまらへんから……」

美杉はそこで一旦口を閉ざした。うつむいて、鼻をぐすぐす言わせている。俺も芙美さんも黙って待つことにした。やがて、美杉が顔を上げた。眼には涙が一杯になっていた。

「家に帰っても誰もおれへんねん。お父さんもお母さんも仕事と恋人に夢中やねん。そやから、お金だけ置いてある。テーブルの上に剝き出しで五万とか十万とか……」

「……十万円も」芙美さんが呟いた。

「いっぱい服買ったり一晩中遊んだりしたけど、全然楽しなかった。でも、なんとなく入った劇場で伊吹さんを見て、すごく綺麗でびっくりした。こんな綺麗な人はじめてや、って思った」

「そうやったの。それで、伊吹のファンになってくれはったんやね」芙美さんがうなずいた。

「うん。それで通うようになってん。そのうちに、お花を付けたら手を握ってもらえるっていうんがわかって……思い切ってやってみたら、伊吹さんがあたしの手を握って、にっこり笑ってくれてん。それがメチャクチャ嬉しくて……。ただ、手を握ってもらえるだけやのに、ほんまにほんまに嬉しくて……」

俺は自分が恥ずかしくてたまらなかった。

正直言って、俺は美杉の手を握るのが怖かった。いつも、我慢しろと自分に言い聞かせながら手を握り、そして笑いかける演技をした。自分のことで精一杯で感謝の気持ちなんて後回しになっていたのだ。俺のしたことは嘘っぱちだ。なのに、そんな俺に手を握られて美杉は嬉しかったと言ってくれるのだ。

「じゃあ、おうちの方は鉢木座を観にきてることは知ってはる？」芙美さんが訊ねた。

「まさか。あいつら、あたしに興味なんかあらへん。たとえ死んでても気がつけへんよ」

美杉が顔を歪めて吐き捨てるように言った。先ほどとはまるで別人だった。俺も芙美さんも黙っていた。そんなことはない、子供を愛さない親はいない、と慰めるのはたやすい。だが、それが綺麗事に過ぎないことくらいわかっていた。

「もし、あたしがおれへんようになっても誰も哀しまへんのやな、って思たら、生きててもしゃあないような気がして……」

「生きてても仕方ないなんて、そんなこと絶対に言わないでください」

思わず強い口調になった。美杉がびくんと震えた。

「ちょっと伊吹」

芙美さんにたしなめられ、俺は慌てて詫びた。

「すみません。でも、生きてても仕方ないなんて絶対に言わないでください。俺の姉は……去年、自殺したんです」

「え？　自殺？」はっと美杉が息を呑んだ。

「姉も辛かったんだと思う。でも、俺は死んで欲しくなかった。生きてて欲しかったんです」

美杉はしばらくなにも言わなかった。それから、涙を溜めた眼で俺を見た。すこし震える声で言う。

「……じゃあ、お花はもう付けへんから……また、観に行っていいですか」

「もちろんです。ありがとうございます」

俺は深く頭を下げた。その横で、すかさず芙美さんが前売り券十枚綴りを差し出した。

「これ、よかったら使ってください。期限はないから、いつでも」

「ありがとうございます」

美杉がようやく笑った。そして、来たときとは見違えるほど明るい顔になって帰って行った。

俺はほっとした。横で芙美さんも大きな息を吐いた。

「わかってもらえたようやね」

「はい。ありがとうございました」

芙美さんに頭を下げた。芙美さんは俺の顔をじっと見て、それからにこっと笑った。

「じゃ、帰ろか。若座長がやきもきしてる」

すたすたと歩き出す。俺もその後をついていった。嬉しくて、ほんのすこし惨めになった。この人たちは俺にこんなによくしてくれる。なのに、俺は人を傷つけるばかりでなにもしてあげることができないのだ。

＊

大衆演劇では劇団同士で助け合うことが多い。他劇団から頻繁にゲストを呼び、こちらも呼ばれて出演をする。劇団の交流にもなるし技術の向上にも繋がる。また、なんといってもゲストが来て新鮮な顔ぶれが並ぶとお客様が喜ぶのだ。

鉢木座は三代続く劇団だから知り合いも多い。あるとき、中川《なかがわ》劇団から七十歳を超えた座長が来てくれた。細いがかくしゃくとした老人で明らかに酒焼けした声なのに妙な色気がある。広蔵さんとは旧知の仲らしく夜の部がはねたら飲みに行く約束をしていた。

ひとしきり広蔵さんと盛り上がってから中川座長が化粧前に座った。手伝いをしようと横に付いた俺の顔を見て言った。

「あんた、どっかで見たことある顔やな」化粧前で首をひねって考え込む。「前、どこにおった？」

「いえ、ここがはじめてです」

「じゃあ、誰か身内に役者がおらんか」

「いえ。別に誰も」

「そうか？　まあええわ」

俺の顔に見覚えがあるのだろうか。もしかしたら、朱里のことを知っているのだろうか。俺はスポンジで老座長の背中を塗りながら朱里のことを探った。

「俺には双子の姉がいたんです」

「へえ、あんた、双子か。昔はな、男と女の双子いうたら心中した恋人同士の生まれ変わりや言うて嫌われたもんや。まあ、迷信やから気にする必要はない。でもな、芝居には心中物《しんじゅうもの》が多いやろ？　あんたは上手に演じられるかもしれへんな」

あくまでも双子への関心であって朱里への興味ではないようだ。だが、俺はなんだか全身がむずむずするような居心地の悪さを感じた。

「……おい、おい。なにしてんねん。ちゃきちゃき塗れや」

考え込んでいると手が止まっていた。慌ててスポンジを動かす。そして、老座長が皺だらけの女形に変身していくのを見守った。慣れた手つきで眼の周りをこってりと塗り上げ、たっぷりと目尻に朱を差した。ほとんど隈取《くまど》りだったが、俺は思わず感嘆した。美醜を超えた凄みがある。ただそこに座っているだけで「芸」だ。

そこへ慈丹が挨拶に来た。

「今日はよろしくお願いします」三つ指を突いて頭を下げる。

「若座長、ええ子が入ったなあ」

俺を見ずに言う。俺は嬉しくて照れくさくて困ってしまった。

「ありがとうございます。将来、うちの看板になるやつです」

「そうか、そうか。大事に育てや」

中川座長はうなずきながら手早く眉を仕上げ、唇に紅を塗った。そこで、はっと眼を見開き、鏡の中の俺を見た。

「あんた、もしかしたら鉢木良次の身内か」

たしかに父の名は良次だが鉢木でも久野でもない。一体どういうことだろう。わけがわからず絶句していると、慈丹がちらりと俺を見た。やはり驚いている。老座長もどこか感極まった顔だ。

「誰かに似てると思て考えてたんやが、ようやっと思い出した。ここの座長の弟に似てるんや。将来が楽しみな女形やったけど、すぐに辞めてもうた。あんた、その鉢木良次にそっくりや。もしかしたらあんたの親父さんか」

「いえ。違うと思いますが」

父が大衆演劇出身なんて聞いたことがない。中川座長の勘違いか。だが、良次という名の一致はどういうことだ。

「中川座長。こいつとその鉢木良次はそんなに似てますか」今度は慈丹が訊ねた。

「似てる似てる。あんたんとこの座長はなにも言いはれへんのか」

「いえ。なにも」慈丹が眉を寄せた。

「ここの先代にはたしかチビが四人おったはずや。男が三人、末が女の子やった。三番目が鉢木良次いうて、あんたにそっくりやねんけどなあ」

老座長の化粧が終わって芙美さんが着付けをはじめた。慈丹が俺を奥へ引っ張って行く。

「今の話どういうことや。伊吹の親父さんは座長の弟なんか」

「いいえ、俺にもわかりません。本当になにも知らないんです」

「伊吹とその鉢木良次とかいう女形がそっくりなんやったら、なんで座長はなにも言わへんかったんやろ。似てるな、くらいは言うてもよさそうなもんや」

慈丹が長い袖を揺らして腕組みして首をひねった。シケがぱらりと頰に掛かる。

「わざと黙ってた……ですか」

そこではっとした。朱里が鉢木座を観に行った理由はこれか。朱里は父の過去を調べていたのではないか？　だとしたら、なぜ俺に話してくれなかったのだろう。

「ほら、あんたら、なに喋ってんの。さっさと用意し」

芙美さんが老座長の帯を締めながら、俺たちを叱った。しまった、と俺と慈丹は顔を見合わせ駆け出した。開演まであと十五分。無駄話をしている暇はなかった。

その夜の舞台がはねて老座長と広蔵さんを見送り、俺は慈丹と二人、タップの練習という名目で高架下の駐輪場に出かけた。慈丹は縁石に腰掛け、タップの練習靴の紐を締めながら訊ねた。

「伊吹の親父さんが鉢木良次っていう可能性はありそうか」

「たしかに父の名は良次です。でも、役者をやってたなんて聞いたことがない。普通の板前でした」俺も練習靴に足を入れて紐をきつく締めて結んだ。

「そやけど、顔がそっくりで名前が同じということは可能性高いと思う。牧原いう名字は?」

「母の名字です。両親は結婚してなくて俺と死んだ姉は母の戸籍に入ってるんです」

「ああ、内縁ってことか。じゃ、親父さんの名字は?」

「父は人前では牧原を名乗ってました。本当の名字は知りません」

父が死んだとき俺たちはまだ小学生だった。父の名字がなんだったのかなんてわからない。

「そうか、ややこしいな。中川座長の話やと、鉢木良次はいい女形やったのにすぐに辞めた、言うてたな。なんで辞めたんやろ。なんか揉めたんやろか」

慈丹が立ち上がって軽く靴を鳴らした。ステップ、ヒールドロップ、ボールドロップだ。硬い音が背中に直接響いた。

もし、鉢木座内で揉めごとがあったのだとしたら座長が口をつぐんでいるのも理解できる。そこで、はっと俺は気付いた。

「父の顔には右の眼の下から顎まで傷がありました。右眼もほとんど見えなかった。常連客にはヤクザかと言われるくらいの目立つ派手な傷でした」

俺も立ち上がって基本のステップを踏んだ。ボールドロップ、ヒールドロップ。慈丹と比べると気の抜けたような音しか鳴らなかった。

「『切られ与三』か。凄いな。じゃあ、顔の傷のせいで役者を辞めたってことも考えられるな。まさか、傷ができた原因に座長が関係あるんやろか」

慈丹はタップを踏むのを止めて腕組みした。眉を寄せてじっと考え込んでいる。

俺も立ち尽くしていた。だとしたら、父と座長の間でどんな揉めごとがあったのだろう。あれほどの傷が残る諍いとは一体なんだろうか。

そのとき、ふっと遠い祭りの夜を思い出した。あのとき、母は父に向かってこう言ったのだ。

――あたしたちは同罪やねんよ。

もしかしたら、父と母と座長は三角関係だったのだろうか。座長と父は兄弟で母の取り合いをしたということか。

「よし。とりあえず、座長に確かめてみよか」

腕組みしていた慈丹が大きくうなずくと、いきなりかがんで靴紐を解きはじめた。

「え、タップの練習は？」

「今から練習したかて集中でけへんやろ。やったら、さっさと事実を確かめたほうがええ」

慈丹はサンダルに履き替えると歩き出した。俺も慌てて靴を履き替え慈丹の後を追った。

劇場に戻ると、座長は舞台で踊りの稽古をしていた。曲は「無法松《むほうまつ》の一生《いっしょう》」だった。見せ場は度胸千両の場面だ。ここの粘りが座長は絶品なのだ。

曲が終わってまだ張り詰めた余韻のある座長の背中に、慈丹が単刀直入に訊ねた。

「座長、伊吹の親父さんは鉢木良次なんですか」

一瞬、座長が息を吞んだ。動揺したのがわかる。だがすぐに何事もなかったかのように答えた。

「知らん」

「昔、鉢木座には座長の弟の良次という女形がいた、と中川座長から聞きました。それが伊吹そっくりや、と」慈丹が冷静に言葉を続ける。

「勘違いやろ」座長が言い捨てて楽屋に戻ろうとした。

「待ってください。誤魔化さないでください」

「なんや、お前」座長が振り返ってにらんだ。

「父の顔の傷はどうして付いたんですか。昔、鉢木座でなにかあったんですか」

「知らん、言うてるやろ。ええ加減にしてくれ。もう寝る」

座長が背を向けた。慈丹が歩き出した背中に言う。

「座長。伊吹の親父さんと座長の関係なんて、その気になって戸籍をたどったらいくらでも調べられます。後で気まずい思いするくらいやったら、今、正直に言いはったほうがええんと違いますか」

すると、座長が振り向いた。血相を変えて俺と慈丹をにらみつける。しばらく黙っていたが、やがて吐き捨てるように言った。

「人前でできる話やない」

「やったら、ちょっと外に出ましょか」慈丹がさっさと歩き出した。

座長は慈丹の背中をにらんでいたが、やがてなにか諦めたような表情になった。二人揃って劇場を出て行く。俺は二人に続いて一番後ろを歩いた。出たり入ったり忙しい夜だった。

劇場の入っている雑居ビルの周辺は飲み屋が多い。まだ人通りもあるしあちこちから酔客の声が響いてくる。慈丹は高架に沿って駅とは反対側の人通りの少ない方向へ足を向けた。すこし歩くと、大木と遊具のある公園とその横に幼稚園が見えてきた。さすがにこのあたりまで来ると酔っ払いの声は聞こえなかった。

慈丹は公園の前の歩道で足を止めた。俺が口を開こうとすると、慈丹が眼で制止した。

「伊吹の親父さんは座長の弟の鉢木良次なんですか」

「そうや」

「いつから知ってはったんですか」

「一目見てぴんときた。顔が生き写しやからな」

「そんな大事なこと、なんで黙ってはったんですか」

「それは、良次がここを辞めるときにいろいろあったからや」

「いろいろ、てなにがあったんですか」

座長は腕組みをして空を仰いだ。街の灯りのせいで中途半端に明るい星の見えない空だ。しばらく眺めていたが、ひとつ疲れたように息をつくと口を開いた。

「当時、鉢木良次は人気の女形やった。鉢木座の看板やったが若い女を孕《はら》ませてもうた。一座を辞めて女と一緒になるて言い出して、私と揉めたんや。その頃は私も若かったから頭に血が上って、つい刃物を持ち出すようなことになった。傷つけるつもりはなかったが、運悪く切っ先が顔に当たってな。頬に傷のできた良次は女を連れて出て行って、それきりや」

面倒くさそうに喋り終えると口を閉ざした。そのまま黙っている。慈丹もなにも言わない。親子揃って腕組みして考え込んでいる。俺は我慢できずに口を開いた。

「ということは、父の顔に傷を付けたのはやっぱり座長なんですね」

「そうや。ええ女形やったのに私がダメにしてもうた。それを知られるのが怖かったんや」

「姉が鉢木座の公演を観に来たのは父のことを確かめるためですか」

「そこまでは知らん」

「姉は座長を訪ねて来なかったんですか」

「ああ」

「それはおかしいんじゃないですか。だって、わざわざ大阪まで鉢木座の公演を観に行ったんですよ。それだけで帰るとは思えない」

「来《け》えへんかったんやから仕方ない」

「座長。本当のことを言ってください。姉とは会ってないんですか」

「しつこい。会《お》うてへんと言うてるやろ」

「じゃあ、なぜ姉は死んだんですか。鉢木座の公演を観た一週間後に自殺したんです。絶対になにかあったはずです」俺は懸命に食い下がった。

「知らんもんは知らん。とにかく話はこれで終わりや」

「座長、頼みます」

とりつく島もなかった。俺の懇願を無視し、座長は背を向けて帰っていった。

俺は呆然としていた。座長の話を聞いて父の顔に傷ができた原因はわかったが、そのせいでかえってわからないことが増えた。

父は母と一緒になるために旅役者の道を捨てた。それほど母を愛していたのに、なぜ二人は幸せそうに見えなかったのだろう。枯木のように立ち尽くして疲れた顔でお互いを見たのだろう。そして、役者を諦めてまで一緒になった女性の子供を、なぜ父は無視し続け愛さなかったのだろう。

母が俺に剣道と日舞を習わせたのは俺を役者にするためか。じゃあ、なぜ父の過去を隠していたのだろう。なぜ朱里は死んだんだろう。

「くそ」俺は思わず公園の柵を蹴飛ばした。

「伊吹、まあ落ち着けや」

ちょっと待っとけ、と慈丹が道路を挟んで反対側の歩道にある自販機に向かった。がこんがこん、と二度音がして戻ってきたときには缶ジュースを二本持っていた。どちらもミックスジュースだった。俺に手渡しながら穏やかな声で言う。

「なあ、お姉さんのことは気の毒やが、こんなふうに考えてくれへんか？　一つくらいはええことがあったんや、と」

「どこにいいことがあるんですか」

思わず慈丹をにらんでしまった。すると、慈丹が苦笑した。

「僕と伊吹が従兄弟《いとこ》やとわかった。今、僕はメチャクチャ嬉しい。な、これはええことやと思われへんか」

「従兄弟？」

「伊吹の親父さんが座長の弟やったら、僕と伊吹は従兄弟やないか」

「若座長と俺が従兄弟？」

従兄弟という言葉を理解するまで時間が掛かった。もちろん意味は知っている。でも、まったくぴんとこない。自分に親戚がいると考えたこともなかった。父も母も天涯孤独だと聞かされていたからだ。しばらく絶句していた。

「まあ、ええからジュース飲めや」

ほんまに手の掛かるやつやな、と言いながらも嬉しそうな慈丹の顔を見ていると、毒気を抜かれたような気がした。俺は冷たいミックスジュースを一口飲んだ。甘くて口の中で粘つく。でも、そんなくどさが今は美味しく感じられた。

「従兄弟は……っていうか親戚ができるのははじめてです」

「お初か。それはめでたいがな。伊吹が親戚とわかったら寧々も喜ぶで」

「そうか。寧々ちゃんも俺の親戚になるんですね」

慈丹のペースに取り込まれている。心が軽くなっていくのがわかる。俺はミックスジュースを飲んだ。やっぱり甘い。喉にどろりと絡みつく。しつこい美味しさが大衆演劇に似ているような気がした。俺はさらにもう一口飲んだ。さっきまで沸騰したヤカンのようだった頭がようやく落ち着いてきた。

「若座長、すみませんが、このこと、みんなに黙っててもらえませんか」

「なんでや」

「俺と若座長が従兄弟同士だとわかったら、俺の父親のことを詮索する人も出て来るかもしれません。座長と父が過去に刃傷沙汰《にんじようざた》を起こしたことも知られる可能性がある。それは避けたい」

「たしかに、そうやな。口さがないやつはどこにでもいるから」

「ええ。過去の因縁なんか水に流して俺はやっていきたいんです」

「そうか、伊吹がそう言うんやったらそうしよ」

慈丹がにっこり笑って俺の肩をぽんと叩いた。俺はぎくりとしてすこし跳ね上がった。

「あ、すまん」慈丹がはっと俺の顔を見る。申し訳なさそうな顔だ。

「いえ」

慈丹はすこし困った顔をしたがすぐに軽い調子で言った。

「この歳になって従兄弟が増えるとは思えへんかった。嬉しいな」

「はい」

俺もうなずいた。半分は本当で半分は嘘だ。慈丹が喜んでくれるなら俺だって嬉しい。だが、朱里のことを思うと素直に喜べない。過去をうやむやにしたままでいいのか。朱里は自ら死を選んだというのに俺だけが無神経に生き続けていいのか。

俺と慈丹が従兄弟だとわかったことは「いいこと」だ。だが、その「いいこと」が朱里の自殺の原因になった可能性だって否定できないのだ。

俺は半分ほど残っていたミックスジュースを一気に飲んだ。すると、むせた。派手に咳き込むと、横で慈丹が笑いながら軽くタップを踏んだ。サンダルだったからぱかぱかと間の抜けた音が鳴る。俺は涙を拭きながら笑った。

＊

誕生日公演の日がやってきた。

今日は俺と朱里の誕生日、そして、朱里の命日だ。

客席は大入りで立ち見も出た。第一部が芝居『牡丹灯籠』だった。俺は牡丹灯籠を提げた寧々ちゃんに続いて花道に出た。寧々ちゃん、かわいい、とあちこちから声が飛んだが、俺が歩きはじめると一瞬で止んだ。

俺はゆっくりと歩いた。静まり返った場内にカランコロンと下駄の音が響く。

カランコロン。

ぎくりとした。自分の履いている駒下駄の音ではない。音は俺のすぐ横から聞こえてくる。

カランコロン。

次の瞬間、俺は朱里を感じた。朱里が俺の横にいる。俺と並んで歩いている。

朱里とキスの練習をした夜、俺は父に冷たい川に突き落とされた。ずぶ濡れになって城へ向かう俺の後を朱里は黙ってついてきた。カランコロンと下駄を鳴らしながら。

カランコロン。

あの雪の朝、校庭を綺麗に並んで平行に歩いたように、今、俺の横を朱里が歩いている。

朱里ならお露をどう演じるだろう。いや、俺が朱里ならどう演じるだろう。俺と朱里との区別が消えていく。俺は朱里で朱里は俺だ。

俺は自分で台詞を言ったり演技をしているつもりはまるでなかった。なのに、勝手に声が出て勝手に身体が動いた。

お露は新三郎の胸にすがりついた。恋焦がれ、病みついて死ぬほど愛《いと》しい男だった。でも、今は憎くてたまらない。一生添い遂げると交わした契りは嘘か。なぜ、私を拒むのか。なぜ、私を一人にするのか。

ああ、御札が憎い。こんな物のために愛しい男に会えないのか。この御札さえなければ愛しくて憎い新三郎様に会えるのに。

憎い。この世の道理が憎い。この世のすべてが憎い。

愛しい男の命を奪ったお露は天を仰いで泣いた。殺したかった。殺して自分のものにしたかった。でも、殺したくはなかった。生きていて欲しかった。ああ、もう取り返しがつかない――。

「伊吹」

遠くで声がした。

「伊吹。おい、伊吹。大丈夫か？」

慈丹が眼の前にいる。その顔は真っ青だった。

「え？　あ、ああ。はい」

俺はあたりを見回した。楽屋にいる。おかしい。さっきまで舞台で芝居をしていたはずだ。どうやって袖まで戻ったのかも憶えていない。いつ芝居が終わったのだろう。俺はちゃんとやれたのだろうか。

「お前、何回呼んでも返事せえへんかったんやで」

「ああ、ちょっと……頭がぼうっとして。でも、もう大丈夫です」

「そうか、ならええが。でも、凄かったな。伊吹。鬼気迫るっていうか、ほんまに取り殺されるかと思った」

俺は返事がうまくできなかった。まだ、横に朱里がいるような気がした。

「伊吹。さ、挨拶や」

「は、はい」

もう一度舞台に出る。割れんばかりの拍手が俺を迎えた。

ようやく現実が戻って来る。俺はなんとか無事に誕生日公演の芝居を演じきったのだ。

第二部は舞踊ショーだ。

俺の出番が来た。「あなたの灯《ともしび》」の出だしのスキャットが流れる。手にした傘を広げようとしたとき、ふっと音楽が途切れた。照明が消えて舞台が真っ暗になる。あれ、と客席奥の照明係を見たが落ち着いている。停電や事故ではないのか。次に袖を見たが誰もいない。俺の次に踊る予定の慈丹も、いつも進行を見守っている芙美さんもいない。

一体どうしたのだろうか。

そのとき背後で気配がした。

はっと振り向いた瞬間、舞台が明るくなって慈丹と芙美さんが台に載せたケーキを運んで来た。その後ろにみなが続いている。全員が舞台に勢揃いすると、慈丹がマイクを握った。

「お誕生日おめでとう。伊吹」

真っ白な生クリームにイチゴが飾られ、細長い蠟燭がたくさん立っている。真ん中にはチョコレートのプレートが載っていて「Happy Birthday 伊吹」と書いてあった。

俺はぽかんと口を開けたままケーキを見ていた。はじめてのバースデーケーキだ。

「おいおい、なんや。そんなびっくりせんでええやろ」慈丹が苦笑する。

ほら、一言、と慈丹がラインストーンでギラギラのマイクを俺に握らせた。俺は振り返ってもう一度ケーキを見た。どれだけ見ても俺のバースデーケーキだった。

コントかと思った客席がどっと笑う。慈丹がすかさずツッコんだ。

「おいおい、伊吹。なんか言うてくれや。こっちが照れくさいがな」

座長も響さんも万三郎さんも広蔵さんも細川さんも寧々ちゃんも芙美さんも、みんな嬉しそうだ。芙美さんがケーキから蠟燭を一本抜くと火を点け、寧々ちゃんに手渡した。受け取った寧々ちゃんは他の蠟燭に一本ずつ火を移していった。

俺はまだ呆然としていた。なにが起こっているのか理解できなかった。

「ほら、伊吹。一言、お客様に御挨拶や」

慈丹に促されて俺は客席に向き直った。客もみなにこにこと笑っていた。なにか言わなければ、と思った。

「俺は……誰かに誕生日を祝ってもらったのは……これがはじめてなので……」

一瞬で客席が静まりかえった。

「ケーキなんかはじめてで……こんなにたくさんの人に祝ってもらって……どうしていいかわからなくて……」

それ以上言葉にならない。俺はマイクを握り締めたまま立ち尽くした。嬉しい。嬉しくてたまらない。でも、俺だけ祝ってもらっていいのか。朱里も祝って欲しかっただろうに。

涙が出て来た。しまった。化粧が落ちる。慌てて顔を伏せた。そのまま動けない。すると、慈丹が俺の手からマイクを取った。いつも以上に明るい声を張り上げて客席に語りかける。

「やば。泣かしてもうた？　伊吹はほんまに純情やから。こいつ、初々しくて可愛いと思いませんか。ほんま羨ましいわ。僕も昔はこんなんやったのに怖いお客さんに揉まれてすっかり擦《す》れてもうたわ」

客席がどっと沸いた。慈丹も笑いながら客席後ろの照明係に合図した。舞台の上が暗くなる。二十一本の蠟燭の火がぼうっと浮かび上がった。

「さあ、みなさん。ご一緒に」慈丹が歌い出した。「ハッピーバースデー、トゥーユー」微妙に音が外れている。慈丹が音痴だと知っている客は笑いながらも声を揃えて歌った。

慈丹も、座長も、他の座員も、客席も、みなが俺の誕生日を祝ってくれていた。

「ハッピーバースデー、いーぶきー」

歌が終わると慈丹が俺の顔をじっと見てうなずいた。

「さあ、伊吹、蠟燭消してくれ」

ケーキを見た。二十一本の蠟燭が立っている。小さな火がゆらゆらと揺れていた。なあ、朱里。見えるか。俺のバースデーケーキだ。蠟燭も立ってるしチョコのネームプレートもある。イチゴたっぷりの生クリームのケーキだ。俺たちが夢見た理想のケーキだ。これは俺だけのケーキじゃない。俺と朱里のバースデーケーキだ。

大きく深呼吸をして蠟燭を一息に吹き消した。客席から拍手が起こった。

「さあ、伊吹、挨拶や」

照明が点いて舞台が明るくなると、慈丹が俺にまたマイクを押しつけた。俺は懸命に嗚咽《おえつ》を堪えた。そうだ、ここは舞台の上だ。

「……今日は私の誕生日を祝ってくださって、ありがとうございます。まだまだ駆け出しですが、精一杯精進して参りたいと思いますので、どうぞご贔屓によろしくお願い申し上げます」

客席に向かって深々と頭を下げた。また大きな拍手が聞こえた。

送り出しのとき、美杉が俺のところにやってきた。来てくれたのか、と胸が熱くなった。

美杉は強張った顔で俺をじっと見ている。化粧はずいぶん薄くなっていた。思っていたよりも童顔で、シンプルなセーターとデニムのスカートがよく似合っていた。美杉は無言でプレゼントを差し出した。俺に近づかないよう、精一杯両手を伸ばして差し出している。

「ありがとうございます」

俺は受け取って頭を下げた。美杉は小さくうなずいただけでなにも言わず行ってしまった。強張った表情の向こうにどれだけの勇気が隠されていただろう。美杉は精一杯、俺のことを気遣ってくれたのだ。

「伊吹君、誕生日おめでとう」

次から次へ、いろいろなお客様がプレゼントをくれる。これが誕生日なのか。やはり居心地が悪くて、でも嬉しくて、俺は混乱して倒れそうだった。

最後の客を見送り楽屋に引き上げようとしたとき、物陰から若い女が現れた。派手なミニワンピから突き出した脚は棒のように細い。顔は真っ白、唇と頬は真っ赤、そして、眼の周りは付け睫毛とアイラインで真っ黒だ。だが、濃い化粧以上に深く切れ込んだ目頭と鼻梁《びりよう》の高い鼻が不自然だった。

どこかで会ったことがあるような気がする。一体誰だったかと思った瞬間、その女がナイフを振りかざした。

「変態」

咄嗟によける。振り下ろしたナイフが袖を切り裂いた。思い出した。西尾和香だ。保育園に「ラブラブおままごと」を流行らせた女の子、俺に何度も告白した女の子、そして、俺が傷つけた女の子だ。

俺の近くにいた響さんが悲鳴を上げた。和香がなにか叫びながら再びナイフを振り上げる。

「危ない、やめろ」

俺は和香を落ち着かせようとしたが興奮していて言うことをきかない。万三郎さんが響さんをかばいながら隅まで下がらせた。

なんとかあのナイフを奪わなければ。腕をつかんでひねって、と頭の中で殺陣の手順を思い出す。俺は和香に一歩近づいた。すると、和香がナイフを振り回した。手の甲に鋭い痛みが走る。白粉を塗った手がすっぱり切れて血がにじんだ。

そこへ慈丹が駆けつけた。

「やめるんや。そんなもん振り回したらあかん」

穏やかに話しかける。だが、和香はまったく聞く耳を持たない。今度は慈丹にナイフを向ける。

「なにがあったか知らんが、話を聞く。そのナイフを置いてくれ」

慈丹が静かに語りかけた。優しくて温かくて、でも力強い説得力のある声だった。一瞬、和香の動きが止まった。途方に暮れたような表情で慈丹を見る。

「……さあ、そんな危ないもん、早《は》よ捨てるんや」

　慈丹が説得している隙に、俺は背後からそっと近づいた。和香を捕まえようと腕を伸ばす。だが、和香に手が触れようとしたそのとき、不意に身体が動かなくなった。吐き気がする。眼の前が暗くなった。気持ちが悪い――。

　俺は中途半端に腕を伸ばしたまま立ちすくんでしまった。それに気付いた和香が振り向き、俺に向かって悲鳴のような声で言った。

「やっぱりそうなんや……」

　和香がナイフを持ったままメチャクチャに暴れた。取り押さえようとした慈丹の頬を刃先が抉った。慈丹が頬を押さえる。その指の間から血が溢れ顎を伝って床に滴るのが見えた。

「若座長」

　俺は慌てて和香を突き飛ばした。手から血の付いたナイフが飛んで床に転がる。そこへ座長が駆けつけた。

「やめるんや」一喝する。

　和香は床に倒れたまま俺を見た。一瞬、俺は息を呑んだ。憎しみだけが溜まった底なし井戸のような眼だった。

「……あんたがあたしの人生壊したんやろ」絞り出すような声で言う。

　俺は愕然と和香の顔を見つめた。

「お前、なに言うてるんや」座長が割れ鐘のような声で怒鳴った。

慈丹は顔を押さえ呻《うめ》いている。出血が酷い。騒ぎを聞きつけてやってきた細川さんが血を見て卒倒し、万三郎さんが慌てて抱き留めた。

その頃になって、裏で片付けをしていた芙美さんが様子を見に来た。血だらけの床とうずくまる慈丹を見て悲痛な叫び声を上げた。

「慈丹、なんなん……」

さっと振り向いて言う。「寧々、こっち来たらあかん」

奥で寧々ちゃんが立ちすくんでいる。慌てて広蔵さんが寧々ちゃんを連れて楽屋へ戻った。

「牧原伊吹、あんたを絶対許さんから」

床の上から和香が絶叫した。

第五章　和香

父が死んだあと、母は新しい板前を雇って店を再開した。

新しい板前の腕は悪くなかったが料理に父のような華はなかった。それでも、母を目当てに馴染みの客が通ってくれた。これまで以上に露骨な誘いを掛ける者もいたが、母は上手にあしらった。また、母につれなくされた客が朱里に泣きつくこともあったが、朱里もやっぱり上手にあしらった。美人母娘を目当てに通う常連客のおかげで店はなんとか続いていた。

父がいなくなっても以前と同じ日々が流れていった。母は哀しむ様子すらみせない。ただ、おしどり夫婦を演じる必要がなくなっただけのように見えた。人が一人消えてもなにも変わらない。人の存在なんてこんなに呆気なくて薄っぺらいものなのだ。だが、父がそれを不服に思うとは考えなかった。むしろ、この無情な扱いを父自身が望んでいたような気がした。

やがて、俺たちは高校生になった。町に普通科高校は二つしかなくて小学校の頃から顔ぶれがほとんど変わらないままだ。

「高校には飼育小屋がないんだな」

俺が冗談めかして言うと、朱里が呆れたような、すこし嬉しそうな顔をした。

あの雪の日、俺たちは「他の鶏に喰われないためには決して一羽にならないこと。二羽で一緒にいなければならないこと」を学んだ。それからは、俺たちは懸命に普通の子供のふりをした。俺は「清潔感のある明るい男子」を、朱里は「清楚《せいそ》で上品な女子」を目指した。髪の長い朱里はいつでもシャンプーの匂いをさせて男子の憧れの的だった。

俺は剣道部に入った。道場では教室よりもずっと安心することができた。小手《こて》を着ければ誰にも直接触れることはないし触れられることもない。面を着ければ顔を隠せる。牧原伊吹という人間が消えて匿名の誰かになれる。それに、周りの連中もみな饐《す》えた汗の臭いのする防具を着けて稽古をしているのだ。汚いのは俺だけではない。だから、道場でなら楽に息ができた。

踊りの稽古も惰性で続けていた。踊ることそのものは嫌いではなかったが好きだと感じたことはなかった。ただ、あまりにも母が熱心なので続けていただけだ。もし、踊りを辞めるなんて言い出したらどれだけ母が怒るだろう。以前、一度辞めると言ったとき、母がどれだけ激昂したか。

――もし今度辞めるって言うたら、殺したるから。

あのときの恐ろしさを思い出すと今でも身がすくんでしまうのだ。

理不尽な感情、理解のできない感情を親からぶつけられる子供の恐怖は計り知れない。父には汚いと言われて蹴り倒され、川に投げ込まれて殺されかけた。母には殺すとまで言われた。父が死んだ今でも俺は「汚い」から逃れることができない。

くだらない。勝手に自分が囚《とら》われているだけだ。バカバカしい。自己責任だ。甘えるな。

どれだけ自分に言い聞かせても俺は「汚い」から逃げられなかった。その愚かしさを理解してくれるのは朱里だけだった。俺はずっとあの雪の朝を思っていた。二人でいれば喰われずに済む、と。

朱里は部活はせず、勉強と店の手伝いをしていた。

日増しに大人びて綺麗になっていく。学校で他の女子といてもひときわ目立った存在だった。だが、それはトラブルになることもあって、学校の帰り道で待ち伏せされてつきまとわれたり、いきなり交際を申し込まれたりすることが何度もあった。朱里はそのたびに相手にせず断り続けた。

そんな中、しつこく匿名の手紙を送りつけてくる男がいた。はじめて手紙が来たのは高一の頃で、高二に進級してからも断続的に続いている。どこの誰かもわからないため余計に怖かった。警察に相談しても実害がないということで動いてもらえない。仕方がないので俺ができる限り朱里のボディガードをすることにしていた。

日曜の午後、朱里が買い物に行くというので竹刀を持って付き合った。

「なんかほんとに用心棒だね」

「三船敏郎《みふねとしろう》みたいだろ」

「古っ」朱里が笑った。

「仕方ないだろ。小さい頃からそればっかだったから」

父がテレビで時代劇を観ていたのは休みの日だけだ。なのに、なぜだか毎日のように時代劇が流れていたような気がした。

「でも、あたしは古臭くないもん」ほら、と朱里はスマホを取り出しイヤホンを耳に挿した。

朱里が聴いているのは音楽ではなく英会話講座だ。高校に入ってからは暇があれば聴いている。

――早く大人になってお金を稼いで自分の力で生きていきたい。誰かの世話になって生きていたくない。

小学生の頃、朱里はそう言っていた。高校生になった今、着々と準備を進めている。

朱里がすたすたと歩き出した。俺は竹刀を担ぎ直して後をついて行った。

五月の空は、はっとするほど濃い青だ。城の上に怖いくらい大きな入道雲が立ち上っていて、まるで夏の空だった。

竹刀を担いで城を見上げているとなんだかおかしくなった。今は戦国時代か。それとも江戸時代か。だが、どの時代に生まれようと俺たちは双子でやっぱり同じことをしているような気がした。

「和香ちゃんに告られたんだって？　何度目？」

ふいに朱里が振り向いてイヤホンを抜きながら言った。

「四度目かな」

――あたし、伊吹君やないとあかんの。

俺はずっと断り続けているのだが和香は一向に諦めない。これだってほとんどストーカーのようなものだと思う。

「和香ちゃんと付き合っちゃえばいいでしょ」

「別に好きでもなんでもないよ」

「和香ちゃんは本気で伊吹のこと好きなんだから試しに付き合ったら？　付き合えば好きになれるかもよ」

「なんで、朱里はそんなに俺と西尾和香をくっつけたいんだよ」

むっとしてすこしキツい声になった。西尾和香は保育園からの知り合いだ。あの「ラブラブおままごと」を流行らせた張本人でもある。和香のせいにしてはいけないのはわかっているがすこし恨めしい気もした。

「和香ちゃん、かわいいじゃない？　不満？」

和香は学年で一番かわいい女の子ということになっている。朱里は学年で一番綺麗な女の子だから俺は両手に花だと他の男子から羨ましがられていた。

たしかに和香は素直で明るい。成績は中ぐらい。バスケ部に所属している。はっきりと物を言ってクラスの女子のリーダー格だ。それでいて女の子っぽく甘えたりするので和香に惚れている男子は多い。

「あそこのお母さん、苦手だ」

「でも、あたしとばっかり一緒にいると変に思われるよ。だから、和香ちゃんと付き合って」

「変って？」

「仲が良すぎて気持ち悪い、って陰で言われてる」

「双子なんだから仲が良くて当たり前だろ」

「女子は勝手に変な想像して、いろいろ言うの。あたしが伊吹と一緒にお風呂入ってるとか、一緒に寝てるとか……。だから、伊吹が他の女の子と付き合えばくだらないこと言う人もいなくなる」

「バカバカしい。女子の陰口なんかほっとけ」

「そうしてたんだけど全然収まらないの。エスカレートする一方。伊吹にボディガードしてもらってること、なんて言われてるか知ってる？　――お姫様気取りでムカつく、だって」

「つまんないこと言うな、女子って」

朱里がストーカーに狙われているのは学校では内緒だ。そんなことを言ったら他の女子に「自慢している」と取られるからだ。

「いいこと思いついた。なら、朱里が誰かと付き合えばいいんだ」

「嫌。男なんて大嫌い」

朱里の言い分を勝手だとは思わなかった。これまでさんざんストーカーじみた行為で迷惑してきたからだ。

朱里が足を止めた。真顔で俺を見る。

「伊吹。頼むから和香ちゃんと付き合って」

一瞬、朱里の真剣な眼に気圧《けお》された。男女交際は頼まれてするようなことではない。だが、俺が和香と付き合えば朱里が嫌な思いをすることはなくなるかもしれない。思い切って和香と付き合うべきなのか。

「あんなかわいい子から告られたら普通の男の子は付き合うんだと思う」

その言葉にはっとした。そうか、普通の男なら付き合うのか。付き合わない俺は普通ではないということか。瞬間、心は決まった。俺たちは普通のふりをしなければいけない。つまり、俺は和香と付き合わなければいけないということだ。

「わかった。じゃあ、和香と付き合う」

「よかった」朱里がほっとしたように笑って髪をかき上げた。

俺はもう一度、城を見上げた。季節外れの入道雲が一回り大きくなったように見えた。

「さ、さっさと買い物済ませて帰ろ」

朱里が足を速めた。俺は竹刀を肩に担いでその後に続いた。


翌日、付き合うと伝えると、和香は飛び上がって喜んだ。目的が俺たち双子へ向けられる陰口を否定するためだったから俺は交際を隠さなかった。そのせいで多少の男子の怨みは買ったが、似合いの「公認カップル」ということに落ち着いた。

和香は俺にとっては「普通」の女の子だった。和香は自分がかわいいことをちゃんと知っていて、アイドルグループに入りたいと冗談めかして言った。俺は否定せず適当に相槌《あいづち》を打った。実際、和香はかわいい。センターポジションは無理かもしれないがメンバーくらいにはなれそうだったからだ。

だが、付き合いはじめて一ヶ月経つともう問題が起こった。デートで和香が手を繋ごうとしてきたのだ。もちろんそんなこと俺にできるわけがない。気付かないふりをしてやり過ごしたが、和香が泣きそうになった。しまったと思って精一杯優しくしたが、和香は哀しそうなままだった。

　普通のふりをするために和香と付き合うことを決めたことを俺は後悔していた。もちろん女の身体に興味がないわけではない。和香の裸を想像して自分ですることがある。でも、実際に和香が眼の前にいると息苦しくなる。並んで歩くだけで緊張している。自分が汚いことがばれてしまいそうで、和香が接近してくると不安になって逃げ出したくなるのだ。

　これまで俺は懸命に「清潔感のある明るい男子」を演じていた。だが、もうそれだけではダメだということに薄々気付いていた。和香が求めているのは手を繋いだりキスしたりしてくれる「優しいけれど積極的な男」だ。だが、俺はそれに対応する覚悟ができなかった。普通の男子とはまるで正反対の悩みだった。

　悶々としながら毎日が過ぎていった。だが、よいこともあった。朱里へのストーカー行為が止んだのだ。ようやく諦めたらしい。手紙が届かなくなると朱里も俺もほっとした。

　やがて、学校が夏休みに入った。

　だが、毎日部活の練習がある。和香はバスケ部の練習が終わると剣道場にやってきて俺の練習が終わるのを待っていた。付き合っているのだから二人で帰らなければならない。たわいない話をしながら歩くのだが、いまだに手も繋がないままだった。

「汗臭いからごめんな」

言い訳してすこし距離を取って歩く。和香がすこし焦っているのがわかるから辛かった。

お盆が過ぎて、もうじき夏休みも終わりという頃だった。

その日、和香は学校を出ると俺の家の前までついてきた。母も朱里も店にいて家に誰もいないのを知ると、妙に挑発的な眼をした。

「上がってええ?」

「いや、家のこと、しなきゃならないから」

「ほんなら、あたしが手伝うやん」

和香が突然、腕を絡めてきたので俺は飛び上がりそうになった。なんとかさりげなく腕を解《ほど》いたが、和香がはっきりと傷ついた顔をした。

「伊吹君、あたしのこと嫌いなん?」

真顔で訊いてくる。どう答えればいいのだろう。好きでも嫌いでもない。ただ、とにかく触れて欲しくないだけだ。でも、そんなこと言えるはずがない。俺は笑顔を作った。

「なんでそんなこと言うんだよ。嫌いなわけないだろ」

「迷惑なんやったらはっきり言ってや」

「迷惑じゃないよ」

和香はじっと俺の顔を見上げている。あからさまに不満と不審の表情だった。

「ねえ、もしかしたら、伊吹君、ゲイやないやろね」

冗談めかした口調だが眼は真剣だった。俺は大げさに驚いたふりをした。

「ゲイ？　なんだよそれ。違うよ」

「ほんとやろか」

「ほんとほんと。俺は男なんて興味ないよ」

俺は精一杯爽やかな顔を作って和香に笑いかけた。このままではまずい、と思った。手を握ってやればすこしは納得するかもしれないが、直接肌が触れるのには堪えられそうにない。俺は覚悟を決めてほんの一瞬だけ軽くぽんと和香の肩に触れた。

「じゃ、また明日な」

「うん、また明日」

ぱっと和香の顔が輝いた。本当に嬉しそうだった。俺はいたたまれなくなった。俺は汚い、と思った。身体が汚いのではない。心が汚い。和香を欺《だま》して利用している。和香は純粋に俺のことを好きになってくれたのに。

他人に触れられて喜ぶ人がいる。でも、俺は違う。そっち側の人にはなれない。身も心も汚いまま一生生きていく。

ふいに何もかも面倒になった。シャワーを浴びるとそのまま縁側に寝転んだ。夕暮れの酔芙蓉は萎みかけていてだらりと垂れた縮緬《ちりめん》の帯のようだった。

俺は父のことを思い出していた。母は父を責めた。同罪だ、と。俺も和香に責められているような気がする。一つ違うのは和香にはなんの罪もないことだ。俺だけが罪人なのだ。

九時前になって、店の手伝いを終えた朱里が帰ってきた。酒と煙草の臭いを落とすためにいつものように真っ直ぐ風呂に向かった。上がってきたときにはのぼせ気味で顔は真っ赤だった。麦茶を手に縁側にやってくると寝転がったままの俺の横に座った。

「伊吹、どうしたの？　賄い食べに来なかったじゃない」

「和香が面倒臭い」

「どんなふうに？」

「やたら距離を詰めてくる。正直怖い。なにもしなかったらゲイかと思われた」

「なにもしてないの？」

「当たり前だろ。手も握れないよ」

すると、朱里がため息をついた。じっと萎《しお》れた酔芙蓉を眺めている。麦茶を飲み干してまた俺の顔を見た。

「実はね、ちょっと前に他の女の子から聞いたんだけど、和香ちゃんが友達に相談したらしいのよ。伊吹がなにもしない、って」

「で、相談された子は和香にどう答えたんだよ」

「大事にされてる証拠だ、って。遊びじゃなくてきっと真剣に将来を考えてるんだよ、って答えたんだって」

「将来ってなんだよ」

「結婚でしょ？」

「まさか。俺は一生結婚なんかしない」

「そんなことわからないでしょ」

「じゃあ、朱里はするのかよ」

「あたしはしない」

「だろ？」

言い返せない朱里は悔しそうだ。

また黙って二人で裏庭の酔芙蓉を眺めた。夏の終わりの花は完全に萎んでいる。夜の闇の中では赤も黒も見分けがつかなかった。

「……とにかく大事にするよ」

「うん」朱里はうつむいた。その返事はなぜか否定に聞こえた。

翌日、和香はやっぱり道場にやってきた。俺は思い切って自分から声を掛けた。

「来てくれたんだ。昨日はごめんな」

するると、和香がぱっと満面の笑みを浮かべた。

「ううん。あたしこそごめん。変なこと言うて」

嬉しそうな和香を見ると罪悪感にまた胸が痛んだ。付き合えば好きになれるかも、と朱里は言った。だが、付き合ってみてわかった。やっぱり無理だった。

「でもさ、ゲイってなんだよ。和香ちゃん、結構凄いこと言うんだな」

「ごめんごめん。もう忘れてや」

真っ赤になる和香を見ながら俺は思い切り爽やかに笑ってみせた。


和香とはなんの進展もないまま秋が過ぎ、やがて十二月になった。雪はまだだが風はもうはっきりと冷たかった。

放課後、教室に残っていて、と和香に言われた。誰もいない教室で一人待っていると、和香がすこし緊張した顔で入ってきた。腰掛けていた机から降りようとすると、そのままで、と止められた。

和香が嬉しそうに青いリボンの掛かった包みを差し出した。

「伊吹君、来週誕生日やろ？　十七歳おめでとう。これプレゼント」

もうそんな時期か、と俺は思った。毎年、当たり前のように誕生日がやってくるが、なんの実感もない。和香は毎年プレゼントをくれるので、一応は受け取って礼を言うがそのまま押し入れに突っ込んで終わりだ。

「ありがとう」

笑顔で受け取った。開けてみて、というのでその場で開けた。すると、白いマフラーが入っていた。手編みだ。しかも「ＩＢＵＫＩ」と青色で編み込みまで入っている。

「なあ、つけてみてや」

俺はマフラーを首に巻いた。途端に息苦しくなったが我慢して笑った。

「ありがとう。暖かいな」

「よかったー。伊吹君が喜んでくれて」

蛇が巻き付いたように苦しい。すぐにむしり取ってしまいたいが、それでは和香に失礼だ。家に帰るまではこのままでいなければ。

マフラーを整えるふりをしてすこし緩めようとしたとき、和香が俺の前に立った。そろそろと自分の顔を俺に寄せてくる。俺は息が止まりそうになった。まさか、キスか。俺にキスしようとしているのか。

ふいに激しい水の音がして一瞬で身体が凍った。暗く冷たい川の底に引きずり込まれる。息ができない。溺れる。父に殺される――。

落ち着け。しっかりしろ。俺は懸命に自分に言い聞かせた。あれはもう終わったことだ。俺を殺そうとした父は死んだ。なにもかも済んだことだ。

そう、大丈夫。あのとき俺は朱里とキスの練習をしてちゃんとできた。だから、和香とだってできるはずだ。

俺は覚悟を決めて和香に顔を寄せた。生温かくて柔らかいものが自分の唇に触れた瞬間、勝手に身体が動いた。俺は弾《はじ》かれたように和香から離れて後退《あとじさ》った。椅子が倒れて大きな音を立てる。俺は我慢できず窓に駆け寄りすこし吐いた。無理だ。こんなこと無理だ。堪えられない。恐ろしすぎる。

だが、すぐに我に返った。俺は一体なんということをしてしまったのだろう。和香はどう思っただろう。

口を拭って恐る恐る振り返ると、和香が愕然とした表情で立ちすくんでいた。顔に血の気はなく見開いた大きな眼には驚愕と絶望が溢れている。

「伊吹君……あたしの唇、汚いと思っとったん？」

和香がかすれた声で訊ねる。

「違う。そんなこと思ってない」

「あたし、ずっと惨めやった。伊吹君はいつでも優しい。ほやのに、キスもしてくれんし手も繋いでくれん。あたし、そんなに魅力ないんか、って……。でも、わかった。ほうか、あたし汚いと思われとったんや。だから、今までなんもせんかったんや」

和香は虚《うつ》ろな表情で呟くと泣き出した。

「違う、違うんだ。和香」

「じゃあ、今、なんで吐いたん？」ぼろぼろ涙をこぼしながら、俺を見上げた。

「今朝から体調が悪かったんだ。ごめん。本当にごめん」

俺はひたすら詫びた。だが、口先の謝罪でどうにかなることではないことくらいわかっていた。

「……最低」

和香は甲高い声で叫ぶと号泣しながら教室を飛び出していった。

後を追わなければならないと思ったが足が動かなかった。長い間、俺は一人教室に立ち尽くしていた。どうしようもなく混乱していた。普通の男になろうとして和香を利用したバチが当たったのだ。俺は汚いだけではない。最低だ。

最低だ、と呟きながらマフラーを外して深呼吸をすると、ようやく息ができるような気がした。

家に帰っても混乱は続いていた。和香の泣き顔を思い出すと申し訳なくてたまらなくなる。だが、あの唇の感触を思い出すとやっぱり気持ちが悪くなり、また怖くなった。

そうだ。あのとき俺は和香が怖かった。和香の唇が触れたときとてつもない恐怖を感じた。

俺は店へ賄いを食べに行かずに自分の部屋に閉じこもっていた。すると、帰ってきた朱里が心配して声を掛けてきた。

「伊吹。今日、なんかあったの？」

「なんでそう思う？」

「双子だからわかる」

朱里は俺の机の上にあるマフラーを手に取った。「ＩＢＵＫＩ」という編み込みに気付くとわずかに眉を寄せた。

「和香ちゃんから誕生日プレゼントもらったんだ」

「ああ。もらった。そうしたら向こうからキスを迫られて……」

「え？」朱里の顔が強張った。

「普通の男ならキスくらいして当たり前だ。朱里とも練習してちゃんとできたから大丈夫だと思った。だから、和香とキスしようとした」

「それで？」

蛍光灯のせいか、朱里の顔は真っ青なのに眼だけが強く輝いているように見えた。

「ダメだった。唇が触れた途端、気持ちが悪くなって吐いた。そのことで和香が傷ついた」

「……和香を傷つけた、でしょ？」朱里が低い声で言い直した。

「ああ、そうだ。俺が和香を傷つけたんだ」

和香が勝手に傷ついたわけじゃない。俺が傷つけたんだ。無意識にごまかしている自分の浅ましさを朱里に指摘され、それ以上言葉が出なくなった。俺が和香にしたことは父が俺にしたこととまるで同じだった。俺は和香を取り返しのつかないほど傷つけてしまったということだ。

俺たちは蛍光灯の下で黙りこくっていた。聞こえるのは風と遠くの川の音だけだった。やがて、朱里が痛ましそうな顔で俺の手を握った。俺は朱里の手を握り返した。朱里は俺の手を握ったままうつむいていたがぼそりと呟いた。

「ねえ、『牡丹灯籠』のお露って憶えてる?」

「憶えてるよ。男を取り殺す幽霊だろ。それがどうしたんだ」

「あたし、ずっとね、お母さんに言われてから自分がお露みたいな気がしてた。本当は生きてないのに生きてるふりをしてる幽霊。それがばれたら怖いから人に触れられない」

「大丈夫、朱里は生きてるよ。ほら」俺は強く朱里の手を握った。「な?」

「でも、心配なの。いずれ、誰かを取り殺してしまうんじゃないか、って」

「誰か、って?」

「わからない。でも、誰も取り殺したくないから絶対に幽霊にはならないようにしようと思うんだけど、どうしたらいいかわからない」

「ちゃんと生きてりゃ幽霊なんてならないよ。お露みたいって言われたからって、気にしすぎだ」

「うん。でもね、生きてても取り殺せるんだって。ほら、生霊ってあるでしょ」

「じゃあ訊くけどさ、朱里は誰か取り殺したい人がいるのか」

「まさか。そんなのいるわけない」朱里はきっぱりと言った。

「だったら大丈夫だよ。なあ、飼育小屋の前で約束したろ。一生そばにいる。俺が朱里を守る、って。幽霊になる心配も生霊になる心配もしなくていい」

朱里は俺の顔をじっと見て、それから眼を伏せた。そして、小さな声で言った。

「あたしも一生そばにいる。伊吹を守る」

声はか細かったが、一瞬、強く力をこめて俺の手を握った。

俺たちは手を繋いだままじっとしていた。自分たちのやっていることは小学生の頃からなに一つ進歩していない。いつまでもこんなことは続かない。それがわかっていながらも俺たちは動くことができない。いずれ俺たちはダメになる。

この事件以来、和香とは自然消滅した。俺は何度か和香に謝ったが口すらきいてもらえなかった。当然だと思った。俺はそれだけのことをしたのだ。

やがて、和香が別の男と付き合いはじめたと聞き、ようやく俺は心からほっとした。

春が来て、俺たちは高校三年生になった。進路を決めなければいけない時期だった。

一番の問題は経済面だった。父が死んでも表面上はなにも変わらなかったが、父という華のある板前を失った影響が無視できないほど大きくなってきたのだ。母や朱里目当てに通う客はいても、料理に魅力がないから新しい客が続かない。店の売り上げは下がる一方だった。

俺は金の掛かる日舞の稽古を辞めることにしたが、もちろん母は反対してなんとかして続けさせようとした。また、師匠も辞めさせたくないようだった。

「若い男の子は貴重なのよ。伊吹君は上手だしこのまま精進して名取《なとり》、いずれは師範を目指して欲しいの」

だが、いくら上手でも免状をもらうには数百万の金が必要だ。俺はそこまでして名取になりたいとは思わなかった。そんな金があるなら、成績のいい朱里の大学進学資金にするべきだ。

「このままだらだら続けたって先がない。こんなのは金持ちの道楽だ。俺は辞める」

「今、辞めてどうするんや。あんたはもっともっと上手くなるんや」

母は怒り、激しい言い合いになった。子供の頃なら言い負かされただろう。だが、俺はもう母の言いなりになるつもりはなかった。

「誰がなんと言おうと、俺はもう踊らない。こんなことしてても無駄だ」

「そんなん絶対に許さへん。あんたは踊らなあかんのや」

「そんなこと勝手に決めるな。……昔、辞めたら殺してやる、って言ったよな。じゃあ、殺してみろよ」

するとし、母は俺の頬を叩いた。俺は黙って母をにらみつけた。しばらくにらみ合ったが、先に眼を逸らしたのは母のほうだった。

「俺はあんたの言いなりにはならない」

母は横を向いたまま荒い息をしていたが、やがて乾ききって勝手に割れた木のような声で言った。

「……そう。わかった。あんたも結局逃げるんやね」

母が行ってしまうと俺は縁側に腰を下ろした。すると、一部始終を見ていた朱里も続いて腰を下ろした。

「いいの？」

「いいよ。もっと早くこうすべきだったんだ。朱里は成績がいいんだから大学へ行けよ。俺は働く」

「なに言ってるの。あたしだけ行くなんてダメ。伊吹だって成績悪くないのに」

「朱里とは比べものにならないよ。それに、うちには二人も同時に大学へ行かせる金なんてないだろ」

「大丈夫。あたしは学費を免除してくれる大学へ行く。生活費はバイトで稼ぐから。そうしたら、伊吹一人分の学費で済む」

「でも、それじゃ、朱里が希望する大学へは行けないじゃないか」

「伊吹の成績じゃ特待生にはなれないでしょ。だから、これが最善の策。それにあたしは自分の力で生きていくの。もう親の世話にはならない」朱里は言い切った。

——自分の力で生きていきたい。誰かの世話になって生きていたくない。

朱里がずっと言っていたことだ。そのために朱里は今まで努力をしてきた。突然、俺は自分が恥ずかしくてたまらなくなった。

「わかった。じゃあ、俺もそうする。俺も自分の力で生きていく。親の世話にはならない」

それからは、剣道部も辞めてバイトをすることにした。国道沿いのトラックターミナルの洗車スタッフだ。なにかを綺麗に洗うという行為はそれだけで安心できた。キツい仕事だったが、稼いだ金が家を出る資金になるかと思うとすこしも苦ではなかった。

毎晩、バイトが終わると、店まで朱里を迎えに行った。俺と朱里は暗い町を川の音を聞きながら並んで歩いた。なにひとつ問題は解決していないが、それでも朱里と一緒にいるとこれでいいような気がした。

ある夜のことだ。朱里と二人で帰る途中、橋の真ん中に人影が見えた。眼を凝らしてよく見ると和香だ。どうやらずっと待っていたようだった。

「話があるんやけど。二人きりで」

和香は俺だけを見て言った。朱里はちらりと俺をうかがい、先に帰るね、と言った。本当は行って欲しくなかったが引き留めることはできなかった。朱里の姿が見えなくなると和香が思い切ったふうに言った。

「あのとき、無理矢理マフラーを押しつけたり、キス迫ったりして……あたしも悪かったと思っとる。伊吹君の希望を聞いたらよかったんや」

なじられて恨み言を言われるのかと思っていたが、違った。和香は俺に謝りに来たのだ。俺は勘違いした自分が恥ずかしくなった。

「いや、悪いのは俺だ。和香ちゃんじゃない」

「ううん。あたし、ずっと一人相撲しとったんや。でも、これからは自分の気持ちを押しつけたりせんからもう一回チャンスをくれん？」

暗闇の中で和香の眼が濡れているように見えた。俺は返事ができなかった。和香はこんなにいい子だ。なのに、俺はうんと言えない。どうしても言葉が出ない。

「ねえ、それでもあかんの？」

和香が一歩近づいた。咄嗟に一歩下がろうと身体が動きかけたが懸命に思いとどまった。

「和香ちゃん。俺は……」

いっそ責められるほうがマシだ。どう答えたら和香は諦めてくれるのだろう。だが、どんな言い訳も思いつかない。俺が立ちすくんでいると遠くから甲高い悲鳴が聞こえた。朱里の声だった。

まさか、なにかあったのか？　俺は慌てて駆け出した。和香が俺の名を呼んだが返事をする余裕はなかった。

橋を渡って角を曲がると小道の奥から男の声が聞こえてきた。

「いつになったら返事をくれるんや」

見ると、大学生くらいの男が朱里の手をつかんで離さない。朱里は暴れて、懸命に手を振りほどこうとしていた。

「やめて、離して。離してよ」

「なあ、なんで僕に返事をせんのや？　僕が嫌いなんか」

見た目はごく普通の男性に見えた。髪を控えめに染め、リュックを背負ったどこにでもいるような男だ。まさか、いつかのストーカーか。やっぱり諦めてなかったのか。

「離して、離してって」

「僕の手紙、読んでどう思っとったんや？　僕、一所懸命書いたんや。無視するなんて酷いやろ。なんで返事をくれんのや」

「いや、やめて」朱里が髪を振り乱し、絶叫した。

「おい、なにしてるんだ。手を離せ」

くそ。なんでこんなときに竹刀を持っていないんだ。あたりを見回したが武器になりそうなものはない。俺は思い切り男に体当たりした。男は吹っ飛んで地面に転がった。

俺は男を見下ろすと、怒鳴った。

「二度と朱里に近づくな。今度やったら殺してやる」

男は立ち上がろうとした。俺は背負っていたリュックを下ろすと男に叩きつけた。男はまた崩れ落ちた。俺は男の顔をにらみつけたまま言葉を続けた。

「嘘じゃない。本当だ。今度、朱里に指一本でも触れたら殺してやる」

俺はもう一度リュックで男を殴った。男が悲鳴を上げた。

「……絶対に殺してやる」

男はよろめきながら立ち上がると、慌てて逃げていった。俺はリュックを地面に下ろすと、朱里に向き直った。

「朱里、大丈夫か」

「伊吹」

一声叫んで、朱里がしがみついてきた。俺に抱きついて泣きじゃくる。朱里の身体はガタガタ震えて振動で俺の骨まで軋みそうだった。

「ごめん、朱里。一人にして悪かった」

「伊吹、伊吹……伊吹……」

朱里はパニックを起こしていて俺の胸の中で号泣した。当たり前だ。どれだけ覚悟をしたって他人に触れられるのは辛いのだ。なのに、いきなり見知らぬ男に襲われてどんなに怖かっただろう。俺はもっと強く朱里を抱きしめてやった。

「朱里、もう大丈夫だ。俺がいるから」

そのとき、気配を感じた。ふと顔を上げると、すこし離れたところで立ち尽くす和香と眼が合った。和香は唇を噛みしめて俺たちを見つめていた。暗く尖った眼には怒りと憎しみ、そして、どろりとした生々しい嫌悪が溢れていた。

「……変態」

粘っこい声で呟くと走り去った。

和香の背中に叫んだが届かなかった。俺は泣きじゃくる朱里を抱きしめることしかできなかった。

「違う……」

翌日、俺たちが登校して教室に入るとなんだか雰囲気がおかしい。女子たちは俺を見てひそひそとなにか言っているし、男子たちは困ったような興奮したような落ち着かない顔だ。

朱里もわけがわからず怪訝《けげん》な表情だ。そのとき、教室の一番後ろにいた和香に気付いた。和香は女子たちに取り囲まれて俺と朱里をにらんでいた。その様子は尋常ではなかった。

昨日のことを誤解したまま、みなに言いふらしたのだろうか。俺は事を荒立てないようきちんと説明しようとした。

「和香ちゃん。昨日のことだけど……」

俺の言葉を遮って和香が言った。

「変態」

「違う。話を聞いてくれ」

「なにが違うんや。伊吹君と朱里は変態や。気持ち悪い。双子同士で抱き合っとったんや」

和香が鬼の首でも取ったかのように言った。俺は腹が立って思わず強い口調で言い返した。

「違う。あれは朱里がストーカーに襲われたからだ。パニック起こして泣いてたんだぞ。落ち着かせようとしただけだ」

「ストーカー？　あの男の人が？」

「あいつはストーカーだ。朱里はずっと前から狙われてたんだ。警察にも相談に行った。

諦めたと思ってたのに急に現れたんだ」

「……嘘や。二人とも大げさに言うとるだけや」

和香はまるで信じてくれない。朱里が横からなにか言おうとしたが、俺は止めた。ストーカー被害に遭っているといえばそれを自慢だと受け取る連中がいる。朱里はなにも言わないほうがいい。

「だったら、警察行って確かめろよ。これまでの被害は全部届けてあるから。とにかく、昨日、朱里はストーカーに襲われたんだ。いきなり腕をつかまれてパニックになったんだ。俺が助けに行かなかったらあのままさらわれてたかもしれないんだ。和香ちゃんはストーカーに襲われても平気なのか。へらへら笑ってられるのか」

「それは……」

和香がしまったという顔をした。みな、和香を見る眼が冷たい。今はクラス中が完全に俺の味方だった。和香は絶望的な表情になり、悔しそうに甲高い声で言った。

「でも、見てて気持ち悪かったんや」

「俺と朱里は双子の姉弟《きょうだい》なんだぞ。なにかあったとき助け合うのは当たり前だろ。双子同士でどうのこうのって……。日頃から変なこと考えてるから口に出るんだ。変態はそっちだ」

言い過ぎだとわかっていた。でも、止まらなかった。俺は和香に向かってきっぱりと言い切った。

「お前、気持ち悪いよ」

瞬間、和香の顔色が変わった。しまった、と思った。絶対に言ってはいけない言葉だった。俺は今、最低のことをした。自分の汚さを誤魔化すために和香に押しつけたんだ。

そのとき、朱里が真っ青な顔で俺をにらみつけると、いきなり頬を叩いた。

「伊吹、なんてこと言うの」血を吐くような声だった。「謝って。和香ちゃんに謝って」

和香は顔を強張らせて立ち尽くしている。見開いた眼には完全な絶望が見えた。泣くことも言い返すこともできない。以前、和香とキスして吐いた俺を見た、あのときと同じ顔をしていた。

「ごめん。言い過ぎた」

すこし声が震えたのが自分でもわかった。

クラスは水を打ったように静まりかえっている。みな、俺と和香を注視していた。しばらくの沈黙の後、和香がようやく声を上げて泣き出した。だが、みなはどうしていいかわからず、遠巻きにして見ているだけだった。結局、午前中で和香は早退した。

その日以来、和香は学校を休みがちになった。しばらくすると、年上の彼氏と派手に遊んでいると噂が立った。小さな町だったから相手のこともみなわかっている。あまり評判の良くない男だった。たまに登校してくると、べったりと濃い化粧をして教師に叱られていた。俺とは決して眼を合わさないし口もきかない。心ない男子は和香を見てこう言った。

「あんなにかわいかったのに、今はただのビッチじゃ」

年が明けると和香はまったく登校してこなくなった。そのままいつまで経っても学校に来ない。聞くところによると、家出をして東京で男と暮らしているらしかった。

行方不明の和香を心配した母親が俺を訪ねてきたことがあった。

和香の母親と話をするのは小学生のとき以来だった。母親が憔悴しきった顔で言うには、友人のところに一度連絡があっただけで消息がわからないままだという。藁《わら》をも掴む気持ちで俺のところに来たらしい。

「前に和香と付き合っとったんやろ。今、あの子がどこにいるか知らんか」

「いえ、知りません」

「本当になにも知らんのか。あの子はあんたのために一所懸命マフラーを編んどったんや。何遍も解いては編み直して……嬉しそうに編んどったんや」

「そうですか。でも、連絡が来たことは一度もないんです」

「あの子が悪さするようになったんは、あんたとのトラブルがきっかけやと聞いたんやが」

「さあ、よくわかりませんが」

「あんたは和香のことをクラスのみんなの前で気持ち悪いと罵ったんやろ。和香がかわいそうや」

和香の母が強い口調で俺をなじった。

「でも、最初に非難したのは和香さんなんです。みなの前で俺たちを変態だと言ったんです」

そのとき、朱里がお茶を運んできた。

「伊吹、そんな言い方ないでしょ」

朱里は厳しい口調で俺を叱ると、和香の母に頭を下げた。

「和香さんのこと、さぞかしご心配だと思います。でも、伊吹を責めるのは違います。そもそも、誤解される原因を作ったのはあたしです。本当に申し訳ありません」

「あんたが原因？」

「はい、そうです」朱里は淡々と話を続けた。「あたしたちは双子です。両親が店をやっていて忙しかったので、小さい頃から二人だけで助け合ってやってきました。あたしたちが一緒にいるのは当たり前のことだったんです。たぶん、同性の双子なら仲がいいと言われるだけで済んだと思います。でも、あたしたちは男と女なので、和香さんは変な勘違いをされてしまったんです」

朱里の謝罪は高校生としては完璧だった。言葉遣いも丁寧で口調も穏やかだ。落ち着き払っている朱里を俺はほんの一瞬怖いと思い、だがすぐにそう感じたことを申し訳なく思った。朱里は嫌な役を買って出てくれているのだ。

「じゃあ、勘違いしたうちの娘が悪いと言うんか」和香の母親が早口で言い返した。

「和香さんは双子のあたしたちを見て男女の関係を想像しました。そんな想像をすることは普通だと思いますか」

「え、それは……」和香の母親は口ごもった。

「気持ち悪いと言ったことは謝ります。でも、あたしたちだってそんな想像をされて本当に嫌だったんです」

朱里が頭を下げた。俺も続いて頭を下げた。和香の母親はそれ以上はなにも言えず帰っていった。

春が来て俺たちは高校を卒業した。朱里は特待生で学費免除の東京の私立大学へ行くことになった。俺は近県の国立大学に合格してやはり家を出た。

朱里が東京へ行く前の日、二人で城に登った。そして、石垣の上に立って黙って町を見下ろした。

「ほら、雪。今晩は積もるかも」

ちらちらと雪が落ちてきた。三月の雪は珍しい。朱里は灰色の空を見上げた。俺も横で同じように空を見上げた。

「うん。雪だ。積もるかもしれない」

同じことを違う言葉で繰り返す。自分と同じことを感じている人が隣にいる。ただそれだけのことだが俺の心は完全に満たされていた。

「積もったら雪かきが大変」

「でも、お城が綺麗になるな。俺は雪化粧したお城が一番好きだ」

「うん。あたしも。雪化粧したらどんなものでも綺麗になる」

朱里が石垣を下りて歩き出し、俺もその後に続いた。もし、雪化粧したら俺も朱里も綺麗になるだろうか、と思う。そうしたら――。

俺たちは黙ってつづら折りの山道を歩き続けた。雨交じりの雪が激しくなってきた。

「明日からは離れ離れだね」

朱里が俺の手を握った。俺も握り返した。俺たちはしっかりと手を繋いでみぞれの降る山を下った。

俺たちはもう一緒にはいられない。一人で行くときが来たのだった。

大学へ入って一人きりの暮らしがはじまった。俺は「清潔感のある明るい男子」を演じ続け、それなりに友達も作った。だが、常に違和感を覚えていた。そばに朱里がいないというのは本当に不思議なことだった。

夏休みに帰省したときのことだ。久しぶりに朱里と再会した。朱里はすっかり垢抜《あかぬ》けて、俺の眼には完璧な都会の女子大生に見えた。

風呂上がりに縁側で涼んでいると、朱里が俺の横にスイカを置いた。いつもの薄い三角ではなくちょっといびつな三角錐形《さんかくすいがた》だった。

「あれ？　今日は変わった切り方だな」

「三角に切るよりね、この切り方のほうが甘さが均等になるんだって」

「へえ」

俺は早速スイカにかぶりついた。あっという間に食べ終えて二つ目に手を出す。たしかにどっちも甘い。

「この切り方いいな。三角スイカみたいにハズレがない」

「その言い方やめて。ハズレって……」そこで朱里が突然言葉に詰まった。「ハズレって……何様って感じ」

「なんだよ、朱里」

驚いて朱里を見ると頬が紅潮していた。朱里は俺をにらみつけ語気を強めた。

「ほんと何様よ。自分はジャッジする側、選ぶ側にいる、って伊吹は思ってるの？」

俺は啞然として朱里を見つめた。なぜ、たかがスイカのことでここまで怒るのだろう。

「ハズレってのは、自分が絶対的に強くて正しい側にいると思ってないと出てこない言葉」

朱里の視線が痛い。俺は唐突に恥ずかしくなる。朱里はこう言っているような気がした。裏切り者、と。

昔、母が父にこう言った。卑怯者、と。言葉は違えど朱里は同じことを言っている。

「ごめん」

「……ごめん。あたしこそ言い過ぎた」

でも、俺たちはどっちなんだろう。俺たちはずっと自分たちは突かれて喰われる「弱い鶏」のような気がしていた。でも、俺のせいで和香は傷つき町を出て行った。俺たちは「弱いハズレ鶏」ではなくて「悪い鶏」ではないか。加害者のくせに被害者ぶっているタチの悪い鶏ではないのだろうか。

「……そうそう。伊吹にも伝えておくけど、うちの両親は結婚してないの」

「え？」

「戸籍謄本取ってわかった。あたしたちはお母さんの戸籍に入ってて父親の欄は空白だった。認知もされてない。つまり、戸籍上は父親はどこの誰かもわからない、あたしたちにとっては関係ない人だったってこと」

「そうだったのか」

　あまり驚きはなかった。それどころか納得したような気がした。すると、朱里がすこし笑った。

「やっぱり伊吹も驚かないよね」

「まあな。なんかやっぱり、って感じだ」

「あたしも。要するに、お父さんはお母さんと結婚する気もなくて、あたしたちを認知する気もなくて、ってことだから」

「もしかしたら、本当の子供じゃないのかもな」

「それはないでしょ。だって、これだけ顔が似てるのに」

　父に認知されていなかったことでほっとしたのか傷ついたのかよくわからない。でも、俺たちはそのとき言い訳を手に入れた。父は俺たちを自分の子供だと思っていなかった。だから、俺たちは無視されて当然だったのだ。俺たちの責任ではない、と。

「それから、偶然だけど、この前、東京で和香ちゃんに会った」

「和香に？」

　その名を聞くと、急に胸が苦しくなった。

「向こうから声を掛けてきた。あんまり変わってたんで最初はわからなかった」

「変わってた？　どういうふうに？」

「ちょっと顔をいじったみたいで……そんなことしなくてもかわいかったのに」

それ以上、二人ともなにも言わなかった。俺がどれだけ和香を傷つけたかを思うと苦しくてたまらなかった。一生掛けて謝っても決して許してはもらえないだろう。俺はそれだけのことをしたのだ。

「それと、もう一つ報告。あたし、彼氏ができたの」

「え？」

俺は驚いた。あれほど男は嫌だと言っていたのに信じられない。

朱里から話を聞くと、彼氏は内藤といって二歳年上の大学の先輩で優しくて真面目な男だそうだ。実家は伊豆の老舗の旅館でいずれは跡を継ぐ予定らしい。

「気の早い人で、若女将《わかおかみ》になる？　なんて言ってる」

「え、もう結婚するのか」

「まさか。向こうだって冗談で言ってるだけでしょ」

「そうか、でもよかったな」俺はほっとした。

「ありがと。伊吹はどう？　彼女いるの？」

「いないよ。別に欲しくないし」

「欲しくなくても作るの。それなりにモテるんでしょ」

「なんだよ。自分がちょっと彼氏できたからってさ」

「……そう。ちゃんと彼氏を作ることにしたの」

朱里が一瞬眼を伏せた。俺は軽口を後悔した。朱里は変わろうと努力したのだ。

「そうだな、俺もちゃんと作らなきゃな」

真顔で言うと、今度は朱里がふっと呟いた。

「……ちゃんと、ってあたしたち一体何様？　すごく傲慢よね」

「それだけ必死ってことだ。生き残るのに」

たしかに、と髪をかき上げ朱里が笑った。俺も笑おうとしたが上手く笑えなかった。

朱里の変化は喜ぶべきことなのに心のどこかで寂しい。置いて行かれたような気がした。


大学の一年目はあっという間に終わって春休みになった。相談があるから会いたい、と朱里に言われ、俺は東京に向かった。

朱里の暮らすワンルームマンションは古くて狭かったが綺麗に片付いていた。家にいるときと同じで最低限の荷物しかない。引っ越しが一時間で済むような部屋だった。

「内藤さんから結婚を申し込まれた」朱里は思い詰めたような表情だった。

「え？　あれ本気だったのか？　早すぎないか」

聞くと、正月明けに内藤の父が急死したそうだ。そのため、内藤は卒業したら実家に戻って旅館を継ぐことになった、と。

「だから、あたしにも大学を出たらすぐに結婚して女将修業をして欲しい、って。もちろん断ったけど諦めてくれないの。結婚は卒業後でいいけど、今、とりあえず婚約だけはしておきたい、って」

「そいつ、ちょっと強引すぎるんじゃないか」

「うーん。強引な言い方はしないけど気持ちは変わらないみたいで」

朱里は本当に困っているようだった。良いふうに受け取れば、内藤はそれほど朱里が好きということだ。

「でも、朱里だって、その男が嫌いじゃないから付き合ったんだろ？　前向きに考えてもいいんじゃないか」

朱里がいい加減な気持ちで選んだはずがない。そもそも交際を承諾した以上、内藤というのはきっと素晴らしい男なのだろう。

「……伊吹は反対しないの？」

「しない。でも、どんな男か知りたい。会わせてくれ。そのために呼んだんだろ？」

早速、その夜会うことになった。内藤に連絡すると、すぐに個室のある静かなレストランを予約してくれた。

現れた内藤は一目見ただけでわかる育ちの良い好青年だった。俺が演じてきたような偽者ではない。話してみると、頭が良くて穏やかで上品でユーモアもあった。そして、なにより朱里にべた惚れしている。反対する理由なんてどこにもないように見えた。

「朱里は伊吹君のことばかり話すんです。よっぽど仲がいいんですね」

「うちは親が店やってて忙しかったんです。小さい頃から朱里と一緒にいるしかなかったから」

「なるほど。でも、それにしても君たち二人の親密さは妬《や》ける。やっぱり双子ってのは特別なのかな」

双子だから特別なんじゃない、という言葉を呑み込んだ。俺と朱里は別の絆《きずな》で結ばれている。誰にも言えない絆だ。俺と朱里が親密に見えるとしたらそれは秘密を共有しているせいだ。

俺は今になって和香と付き合うように勧めた朱里の気持ちがわかった。いつまでも二人で「汚い」傷の舐《な》め合いをするわけにはいかない。子供の頃のように「一緒にいるから」「守るから」だけではいけないことを認めなければならない。

内藤との顔合わせは和やかに終わった。その夜、俺は朱里のマンションに泊まって久しぶりに二人で朝まで話をした。

「いい人だと思う。本気で朱里に惚れてる。俺から見ても、朱里に似合いの男だと思うよ」

「あたし、内藤さんと似合ってるように見える？」

「見えるよ。美男美女だ」

朱里は返事をしない。俺は話を続けた。

「軽い気持ちで付き合ったわけじゃないだろ。この人なら、って思ったからだろ」

「まあね……」

朱里が小さな声で答えた。

「なあ、昔、朱里が俺と和香をくっつけようとしたことがあったろ？　あのときの気持ちがわかったよ」

「どういうこと？」朱里がはっと顔を上げてこちらを見た。

「いつまでも俺たち二人きりじゃダメだ、と思ったんだろ。ちゃんと普通の人になって、普通の暮らしをしていかなきゃ、って思ったからだろ」

朱里がまた黙り込んだ。

「今度は朱里の番だ。俺は和香とはうまく行かなかったけど内藤さんは違う。あんないい男が朱里のことを好きになってくれたんだ。しかも結婚まで真面目に考えてくれてる。俺はよかったと思ってる」

「本当によかったと思ってるの？」

朱里の顔は青ざめて強張っていた。無理もない。大きな決断をしようとしているのだから緊張して当然だ。俺はもう一度きっぱりと言った。

「よかったと思ってる。正直、俺は嬉しい。結婚のこと、前向きに考えるべきだ」

「そうね。伊吹の言うとおりよね」

朱里はそれ以上はなにも言わなかった。


その後も内藤とは何度も会った。俺が東京へ行く場合もあり、朱里と内藤が俺の下宿までやってくることもあった。俺は内藤とはずいぶん打ち解けた。そして、いよいよ間違いのない相手だと確信した。

朱里は内藤の実家である伊豆の旅館にも遊びに行ったそうだ。そのときのことを電話で聞いた。

「凄い旅館だったのよ。気後れしちゃった」

「朱里なら大丈夫だよ」

たとえ五つ星の旅館の女将だって務まるだろう。俺は朱里を励ました。

ある日、俺は内藤に東京に呼ばれた。婚約が決まったということでイタリア料理の店で三人で食事をした。白のワンピースを着た朱里は幸せそうだった。

「お恥ずかしい話だけど、うちの母親は朱里との交際に反対してたんだ。うちは一応伝統のある旅館だから家業に理解のあるそれなりの家のお嬢さんと見合いをして欲しい、ってね」

「まあ、親としてはそう言うでしょうね」

「でも、朱里を連れて行ったらころっと言うことが変わったよ。なんて綺麗な素晴らしいお嬢さん、ってね」

もう、と朱里が困った顔で内藤を軽くにらんだ。内藤は嬉しそうに笑った。

「そうか、よかった」

俺は朱里が認められてほっとした。美人で着物が似合って立ち居振る舞いが美しく、しかも小料理屋を手伝っていたから物怖《ものお》じせず客あしらいができる。将来の旅館の女将としてうってつけだ。

実はすこし心配していた。老舗の旅館ならきっと身辺調査もやったに違いない。片親であること、しかも死んだ父は自殺であることは確実にマイナスだったはずだ。

「君たちのお母さんにも報告をしたんだが本人に任せてる、って言われて」

内藤が少々困った顔をした。母がどれだけ無関心な応対をしたのかは簡単に想像がついた。

「ああ、母は昔からそういう人なんです。だから、気にしないでください」これだけでは無責任なので付け加えた。「なにかあったら俺のところへ」

「ああ、そうだな。親父さんがいない以上、伊吹君が家長みたいなものだからな」

内藤が変な納得の仕方をした。これが老舗の跡取りの考え方なのか。俺は驚きつつも感心した。とにかく、親との関係について追及されずに済んで幸いだった。

朱里が化粧直しに席を立ったときだった。内藤がフォークで豆を食べながら話しかけてきた。

「伊吹君は日本舞踊をやってたんだって？」

「ええ、まあ」

「なんで男が？　普通女の子がするもんだろ」

「なんで、って言われても困りますが……」

「もし朱里が日舞をやってたならうちの母親の印象だって違った。きっと最初からこう言ったよ。……まあ、きちんとしたお嬢さんだ、って」

「朱里は日舞ができなくても俺よりずっとちゃんとしてますよ」

「わかってる。わかってるよ、今どき珍しいくらい真面目でお堅いしな」

内藤の言い方はすこし棘《とげ》があった。俺がにらむと内藤が苦笑した。

「伊吹君も男ならわかるだろ？　軽い女の子は最低だけど堅すぎるのも男としては辛い」

そういう意味か。内藤の言いたいことがわかると俺はすこしほっとした。

「昔から朱里は美人でモテたけど、言い寄ってくる男は相手にしなかった。ストーカーに狙われて男性不信にもなった。内藤さんがはじめて付き合う男なんです」

「え、そうなのか」突然、内藤の顔が輝いた。

「ほんとです。だから、焦らないで大事にしてやってください。頼みます」

「ああ、わかった」

俺は朱里が羨ましかった。結婚を決めたということはもう自分のことを「汚い」とは思っていないということだ。これからは、他人に触れられても平気だということだ。

あの「ラブラブおままごと」の日から動けないのは俺だけだ。でも、俺は喜ばなければならない。朱里が幸せになるのだから寂しいなんて思ってはいけない。

「内藤さん。絶対に朱里を幸せにすると約束してください」

「もちろんだ。約束する」

内藤は頬を紅潮させて力強くうなずいた。

朱里が化粧直しから戻ってきた。また飲みはじめようとすると、内藤の携帯が鳴った。ちょっと失礼、と今度は内藤が席を立って出て行った。

朱里と二人きりになると俺はずっと気になっていたことを訊ねた。

「あれから、西尾和香を見かけたか」

「ううん。一度も」

和香と完全に縁が切れたようでほっとした。そして、こんなことで安堵《あんど》する俺は卑怯者だ、と思った。

朱里は化粧ポーチをバッグの中に入れ、自分のグラスに眼をやった。半分ほど赤ワインが入っていた。朱里が好きな赤のフルボディだ。渋くて枯れ草の味がする。

「どうしよう？　もうすこし飲もうか」

「俺たち一応未成年だぞ。でも、朱里はもうちょっと飲んで隙を作ったほうがいいかもな」

「なによそれ」

朱里が拗《す》ねたふうに声を立てて笑った。その明るさがすこし不自然なほどだった。朱里は微笑みながら赤ワインのグラスを眺めていた。そして、ふいに笑うのをやめた。

「……ねえ、あの雪の朝の飼育小屋、憶えてる？」

「憶えてるよ」

「斜めに校庭を突っ切ったでしょ。あたしと伊吹の足跡が綺麗に雪に残って」

突かれて喰われて血まみれの鶏の死骸と一緒に、美しい雪の校庭の映像が鮮やかに浮かんだ。

「ああ。あれは完璧な平行線だったな。二つ並んでどこまでも続いている」

朱里は一瞬はっと眼を見開いて俺を見た。それから赤ワインをじっと見つめて静かに微笑んだ。

「……そう、あの足跡は完璧な平行線。未来永劫《みらいえいごう》、決して交わらない」

そのとき、内藤が戻ってきた。

「失礼。お待たせしました」

朱里が内藤にワインリストを差し出した。内藤はすこし迷ってまた赤のフルボディを頼んだ。その日、俺たちは遅くまで食べて飲んだ。朱里も内藤も幸せそうだった。


なにもかもうまく行くと思っていた。朱里は幸せになるのだと信じていた。だが、あるとき、内藤から電話が掛かってきた。

「朱里が突然婚約を破棄したいって言うんだ。伊吹君、君、なにか聞いてないか」

内藤はひどく慌てていた。声もすこし裏返っていてすっかり平常心を失っていた。

「いえ、なにも。なんですか、それ」

俺も驚き、慌てて朱里に連絡した。すると、すっかり落ち着き払った声で返事があった。

「ごめん。報告が遅くなって。あたし、結婚はやめることにした」

理由を訊いても話さない。翌日、俺は居ても立ってもいられず上京した。そして、内藤と三人で話をした。内藤は懸命に朱里を説得しようとした。

「不満があるのなら話してくれ。結婚そのものに不安があるならそれは杞憂《きゆう》だ。僕が全力で君を守る」

諦め切れない内藤は何度も朱里に訴えた。だが、朱里の気持ちは変わらなかった。

今度は、俺が二人きりで話をすることにした。

「なあ、朱里。一体どうして？　なにかあったのか」

「嫌になったの。それだけ」

「だから、なぜだよ」

「ごめん。もう決めたことだから」

朱里は頑なに理由を言わなかった。ただ、結婚が嫌になった、とそれだけだった。俺は途方に暮れた。

俺がなにも訊き出せなかったことを知ると、内藤は絶望的な顔になった。それでも、朱里に食い下がった。

「頼むから本当のことを言ってくれ。僕に悪いところがあるなら直す。絶対だ」

だが、朱里は静かに繰り返した。

「内藤さんはなにも悪くない。でも、結婚はできません。ごめんなさい」

取りつく島がなかった。諦め切れない内藤は最後にこう言った。

「それでも待ってる。君の心が変わるまで、いつまでも待ってる」

「……ごめんなさい。あたしの心は変わりません」

朱里は深々と頭を下げた。

婚約を破棄したあと、朱里はさっぱりした顔をしていた。俺の眼には何事もなかったかのように元気に見えた。

朱里が城の石垣から飛んだのは、二十歳の誕生日を迎えた日だった。

朱里を焼いた日は澄んだ空から雪が落ちた。あの日以来、俺はずっと雪を感じている。その雪は決して溶けない。紙の雪だからだ。

第六章　傷

ロビーは騒然としていた。

西尾和香は取り押さえられたがまだ泣き叫んで暴れていた。切りつけられた慈丹は頬を押さえてうずくまっている。あたりに血が飛び散って凄まじい光景だった。

俺は呆然としたまま動けなかった。落ち着いていたのは座長と芙美さんだ。座長は小屋主と急いで話を付け、芙美さんは慈丹の介抱をはじめた。

座長がみなを集めて言った。

「その女はとりあえず控室にでも閉じ込めとけ。救急車は呼ぶな。警察にも言うな。女に顔を切られたなんて話が広まったら慈丹の名前に傷が付く。悪く言われるのは男のほうや。そやからこれは私がやったということにする」

「座長、僕もそれがええと思います」

晒《さらし》を傷口に当てて止血中の慈丹が賛同した。

「お前は黙っとけ。傷口が広がる」座長は慈丹を叱りつけると、俺に向き直った。「伊吹、お前も余計なことは言うなよ」

「でも……」

「でもやない。とにかく口裏を合わせるんや。……座長の判断で殺陣の稽古に本身《ほんみ》を使《つこ》うた。その際、座長の手が滑って慈丹の顔に切っ先が当たった、と。身内の事故で押し通したら病院も通報したりはせん」

本身というのは真剣のことだ。迫力を出すために真剣を使った、という昔の武勇伝を聞いたことがある。今時、こんな無茶が通るかどうかはわからないが、なんとかそれで誤魔化すしかなかった。

座長と芙美さんが付き添って慈丹をタクシーで病院に連れて行った。俺も一緒に行きたかったが留守番を命じられた。失神から眼を覚ました細川さんは心配でぼろぼろ泣いている。寧々ちゃんも不安でたまらないようでときどきしゃくり上げていたが、広蔵さんが懸命になだめていた。

俺は一人でロビーの掃除をした。床の血だまりを雑巾で拭いていると涙が出てきた。なにもかも俺のせいだ。これまで慈丹がどれだけ俺に良くしてくれたか。そんな慈丹の顔を、役者として一番大切な顔を傷つけてしまったのだ。どうやって詫びればいい？いや、詫びて済むことではない。もう取り返しがつかないのだ。

和香は取り押さえられて控室に入れられていた。しゅんとしていたかと思うと怒り出したり、突然大声で泣き出したりしてひどく不安定だった。俺が顔を出してまた興奮するといけないので、万三郎さんと響さんが二人で見守ることになった。

しかし、いつまでも和香をここに置いておくわけにもいかない。警察沙汰にはしないと決めた以上、和香の親に引き取ってもらうしかなかった。だが、和香は実家の連絡先を教えることを拒んだ。

「伊吹と話をさせてや」

実家の連絡先を教える代わりに俺と二人っきりで話をさせろという。みなは心配したが、俺は和香と話をすることにした。

「なんかあったら大声出すんやで。外におるから」

万三郎さんが竹光《たけみつ》を持って廊下で待機してくれることになった。

俺が控室に入っていくと、和香は壁にもたれ足を投げ出してだらしなく座っていた。

「久しぶり」

和香の返事はない。

「なんで俺がここにいるとわかったんだ」

「だって、本名で舞台出てるやん。検索したら一発や」そこで和香が涙交じりの笑い声を上げた。「大衆演劇の女形？　なんやそれ。人のこと変態とか気持ち悪いとか言うとったくせに、自分こそやっぱオカマの変態や。姉弟揃って変態やろ」

「女形を侮辱するのはやめてくれ。それに、俺も朱里も変態じゃない」

「そんな白々しいことまだ言うてんの」

「いい加減にしてくれ。あのときのことは説明しただろ。朱里がストーカーに襲われたせいだ」

「その話やない。誤魔化しても無駄や」和香が鼻で笑った。

「なんのことだ」

「あたし、東京で朱里を見かけたことがある。男の人と一緒やった。だから、次に会ったときに言うてやったんよ」

和香がぐいっと身を乗り出し、俺に向かって挑むような眼をした。

――あんた、この前、男の人と歩いてたやろ。ストーカーのせいで男が怖いっていうのは嘘や。やっぱり、あのとき伊吹と抱き合っとったんや。

――違う。伊吹とはそんなんじゃない。

――男なら誰でもいいんやろ。双子でも抱き合えるんやから。

――いい加減にして。

朱里が逃げようとした。だから、あたしは追いかけて言うてやったんや。

――お母さんが言うとった。あんたの母親は男に媚《こび》売って店やっとる、って。あんたもその血が流れとるんや。

すると、朱里が振り向いた。そして、ぞっとするような顔で笑ったんや。

——そうね。たしかに。あたしには母と同じ血が流れてる。

——は？　なにそれ。むかつく。


和香は話し終えると得意気な顔で俺を見た。

「美人の母親に似てる自慢やろ。相変わらずお高くとまっとったわ」

「やめろ。お前になにがわかる？」思わず俺は大声を出してしまった。

「その言葉、そっくりあんたに返す。あたしのなにがわかる？」和香が立ち上がって、ぐいっと俺に詰め寄った。「ね、この顔、見てや。何遍整形したかわかるか」

俺は思わず一歩後ろに下がった。和香はさらに俺に近寄った。もうどこにも以前の面影のない顔はただただ哀しかった。

「あんたに気持ち悪いって言われて人の眼が怖くなったんや。ほんで、自分の顔が汚くて堪えれんようになって整形して……ほんでまた、整形するために身体売ってお金作って」

和香の眼から涙があふれて不自然に細く尖った顎まで一気に滑り落ちた。

俺は和香を直視することができなかった。和香を壊したのは俺だ。和香は俺に好意を寄せていただけだ。なのに、俺は自分の傲慢な弱さを振りかざして彼女を傷つけたのだ。

「あのときは本当に悪かった。和香ちゃんを傷つけたことを謝ります。本当にひどいことを言って申し訳ありませんでした」

俺は深く頭を下げた。

「謝って済む問題やない」

「今さらかもしれないが、俺にできることならなんでもします」

俺は頭を下げたまま言った。和香は息を荒くして俺をにらんでいたがやがて勝ち誇ったように言った。

「じゃ、土下座してや。本当に悪いと思っとるなら、あたしに土下座して」

俺は膝を突いて畳の上に這《は》った。そして、額が畳につくまで頭を下げた。

「本当に申し訳ありません」

すると、突然腹を蹴られた。俺は思わず呻いたがそれでも動かずにいた。

「今さら、今さら、どうしようもないやろ。この顔、どうしてくれるんや」和香が泣きながら俺を蹴った。

俺は畳の上に這ったまま黙って蹴られていた。そうだ、今さらだ。和香の心の傷は癒えないし朱里が生き返るわけでもない。そして、慈丹の顔の傷もだ。もう何もかも取り返しがつかない。

「取り返しのつかないことをした。許されないのは当然です。心からお詫びをします」

和香の爪先が脇腹を抉った。俺は思わず呻いてすこし吐いた。

「ほら、汚いのはあんたやろ。なあ、そうやろ？」

頭の上から和香の笑い泣きの声が聞こえる。そこで、ドアが開いて万三郎さんが入ってきた。

「お前、なにやってるんや」

万三郎さんは和香を羽交い締めにして俺から引き離した。和香は手足をばたつかせて暴れた。

「こいつのおかげで、あたしの人生メチャクチャや。ほやのに、自分だけ綺麗に化粧してチヤホヤされて。やっぱり変態や。女形なんて言うてもただの変態や」

「変態変態言うなや。あのな、お嬢さん、自分の立場わかってるんか。あんた、うちの看板女形の顔に傷つけた犯罪者やで？　こっちが警察呼んだら傷害罪ですぐに逮捕や」

「そんなん平気や」和香が吐き捨てるように言った。

「阿呆か。あんたは平気かもしれへんが、あんたの親兄弟はどうなる？　実家、田舎なんやろ。犯罪者が出たら暮らしにくいやろうなあ」

はっと和香が息を吞んだ。その表情がみるみる萎んでいく。先ほどまでの勢いはあっという間に消えた。

「僕のとこも田舎やからわかる。僕が会社辞めて旅役者になる、言うたら勘当されたわ。隣近所に恥ずかしい、てな。小さな町やから人の眼ばっかり気にするんや。あんたんとこもそうと違うんか」

「それは……」

和香が眼を伏せた。万三郎さんの言うとおりあの町ではすべてが筒抜けだ。正しいことも正しくないこともあっという間に噂になる。朱里が死んだときは心ないことを言う人間がたくさんいた。

「だから、これで手打ちにしようや。伊吹のこと、許したってくれ。こっちも警察には届けへんから」

俺は口許を拭きながら立ち上がった。

「本当に申し訳ありませんでした。心から謝ります」

俺はもう一度深く頭を下げた。和香は顔を背けて返事をしなかった。

和香が実家の連絡先を話すと、早速響さんが電話を掛けてことの経緯を話した。

最初、和香の母はこちらの話をまるで信用しなかった。長い間消息不明だった娘が人を切りつけて怪我《けが》をさせたというのだ。しかも相手は大衆演劇の女形だという。信じられないのは当然だ。だが、何度も繰り返し説明し、和香本人からも話をさせるとようやく理解してくれた。両親は今すぐ車で迎えに来ると約束した。

「朝まで僕と響が見張るから伊吹君は席を外しとき。伊吹君がいたらやっぱり興奮するみたいや」

俺は控室を出た。楽屋に戻ると響さんが血で汚れた慈丹の衣装を綺麗にしているところだった。

「俺も手伝います」

「いいよ。これは難しいから。それより、明日の心構えしといて。真ん中で踊るんは伊吹君やから」

はっと息を呑んだ。慈丹と和香のことで頭がいっぱいで明日の公演のことを忘れていた。俺が慈丹の代わりをしなくてはならないのだ。できないなんて言っていられない。

「わかりました」

身体が震えてきた。俺は舞台に上がった。明日の芝居がどうなるかは座長の指示を待ったほうがいい。歌謡ショーはみなが一曲ずつ余計に踊ればいいだろう。問題はラストショーだ。いつもは慈丹と二人並んで踊るが明日はセンターに俺一人だ。慈丹が抜けたポジションをどうすればいいだろう。誰か一人、後列から前列へ移動させるか。いや、バランスが悪くなる。それよりも、俺がいつもより大きく動けばいい。そのほうがダイナミックで映えるだろう。

一人で稽古をしていると、慈丹たちが帰ってきた。慈丹は顔の半分に大きなガーゼを貼り付けていたが、それでもいつものように笑っていた。

「眼に当たらなかったのが不幸中の幸いやね」

さすがに芙美さんには笑顔はなかった。十三針縫ったという頬の傷は思いのほか深く、多少は痕《あと》が残るそうだ。

「痕が残るんですか」

俺は思わず訊き返した。自分でも声が震えているのがわかった。

「美容皮膚科に行ったらすこしはマシになるらしいから通うことにするわ。とりあえず傷がひっつくまでは僕は休演や。ゆっくりさせてもらうわ」

わざとのんびり喋る慈丹の口調が痛々しくて俺は返事ができなかった。慈丹はちらと俺を見て阿呆か、という顔をした。

「傷を生かしてメイクなしでやろか。お富《とみ》やなくて切られ与三やな。……イヤサ、コレお富、久しぶりだなア」

慈丹は源氏店《げんじだな》の名台詞を言い、それからイタタと頬のガーゼを押さえた。

「慈丹、そんなに口動かしたら傷が開くやろ。治りが遅なったらどうするん」

芙美さんに叱られ、慈丹がしょぼんとする。

「おちょぼ口で喋ってたらストレス溜まるねん」

「しゃあないやん。我慢し」

「怪我したときくらい優しゅうしてくれや」

「あかん」

「鬼」

二人は俺に心配を掛けまいとして、わざとこんなふざけた会話をしている。それがすぐにわかったから申し訳なくてたまらない。

美杉との問題が片付いて俺は安心していた。自分自身の過去の傷と向き合って美杉に真摯に詫びることで、一つ前に進めたような気がしていた。でもそれは、思い上がりだった。たとえ俺の過去の傷が癒やされても、俺が過去に他人に付けた傷はそのままだ。そして、俺が傷つけた誰かが今度は別の誰かを傷つける。

切られたのが俺だったらよかったのだ。そうすれば自業自得、自己責任で済む。誰にも迷惑を掛けずに済む。

「若座長、本当に申し訳ありません」

「お前が謝ることやない」

「でも、こんな事件を起こしてここにはいられない。落ち着いたらケジメをつけて鉢木座を辞めさせていただきます」

「は？　辞める？　なに言うてんねん」

「でも、このまま平気な顔でいるなんて俺にはできない」

「平気な顔がでけへんのやったら必死な顔になれや。あのな、ツインタワーの約束はどないするねん」慈丹が不自由そうに、引《ひ》き攣《つ》れた唇を動かした。

「若座長、でも、俺は」

「しつこい。いつまでウジウジしてるんや。そんなしょうもないこと言うてる暇あったら台詞の一つでも憶えるんや。阿呆」慈丹が大声を出して慌てて頬を押さえた。「あかん。大きな声出したら傷が開いてまうがな」

「大丈夫ですか？」

「僕のことはええ。……それより」慈丹が俺をじっと見た。もう笑っていなかった。

「伊吹、わかってるな。僕の代わりはお前がやるんや」

「はい」

その声の厳しさに思わず背筋が伸びた。俺は一礼して慈丹の許を辞した。そうだ。俺ができることは慈丹に恥をかかせないこと、精一杯代役を勤めることだ。そのためには稽古だ。ひたすら稽古をするしかない。

舞台へ向かうと灯りがついていた。座長が一人立ち尽くしている。歯を食いしばって真っ暗な客席をにらんでいた。

その姿に俺は息を呑んだ。ただ立っているだけなのに無音の慟哭《どうこく》が伝わってきた。声が掛けられずそのまま引き返そうとしたとき、座長が呟いた。

「……映子……」

母の名だった。氷水を浴びせかけられたように身体が震えた。座長はただ母の名を呼んだだけではない。この世界に存在する、ありったけの嫌悪と侮蔑を込めて母の名を呟いた。それは、かつて父が俺たちに向けたものと同じだった。

座長は母を「忌み嫌って」いるのか。才能ある女形だった弟をたぶらかした女が、それほどまでに憎いのか。だから、最初、座長は俺を認めようとはしなかったのか。

思わずその場に立ち尽くしていると、座長がこちらを見た。俺に気付いて驚いた顔をする。

「なんや」

「え、いえ。ちょっと稽古をしようと思って」

「伊吹、頼むぞ。明日から、鉢木座の看板女形はお前やからな」

有無を言わせぬ口調だった。はい、と俺は頭を下げた。

座長の呟きが気になったが、今は他のことを考える余裕はない。とにかく、慈丹の代わりを勤めなければならない。今の俺にできることはそれしかなかった。

翌朝、西尾和香の両親が迎えに来た。母親は取り乱して俺にまた食ってかかったが、父親は冷静だった。小屋主の知り合いの弁護士立ち会いの下で鉢木座との間で話し合いがもたれ、警察沙汰にはしない代わりに接触禁止を約束してもらった。和香は一言も口をきかず、帰っていった。

座長と慈丹は相談して俺に負担のかからない外題を選んでくれた。これまでに俺がやったことのあるもの、台詞の少ないものなどだ。それからは毎晩、深夜まで慈丹とマンツーマンの特訓だった。レコーダー片手に懸命に台詞を憶える。明け方まで稽古をして舞台の上でそのまま寝てしまうことも何度かあった。

慈丹の休演はファンの間で大騒ぎになった。公式サイトで稽古中の事故と発表したのにネットでは興味本位の書き込みも見られた。劇団運営を巡る内部抗争、三角関係のもつれ、暴力団がらみのトラブルといった根も葉もないものばかりだった。人の噂ほどいい加減なものはないというよい見本だった。

俺を名指しで非難するものもあった。俺が事故を仕組んで慈丹を追い落とそうとした、というものだ。

今回の一連の騒動に関して座長は静観するしかないというスタンスだった。

「客商売は水商売。浮き沈みがあって当然や」

たったそれだけだったが心の底まで届くような重みがあった。続いて慈丹が言う。

「あんなん気にすんな。ちゃんとした舞台を続けてたら、お客さんはわかってくれる。わかってもらえるまで精進するしかないんや」

座長の言葉がいぶし銀なら、若座長慈丹の言葉は金色、しかも暖かなピンクゴールドだ。

精進。

踊りをやっていたときも師匠によく言われた。だが、そのときはなんとも思わなかった。ただ、一所懸命稽古をするという認識だった。

だが、今は違う。慈丹の口から出る「精進」という言葉は俺が聞き流していたものとはまるで別物だ。「精進」とは慈丹の生きかたで、慈丹そのものだ。ただの言葉ではない。精進、と俺は心の中で繰り返した。俺も精進しなければ。

慈丹は舞台に立てないので裏方に徹した。顔にガーゼを貼り付けたまま客席の後ろからライトを操作した。客は照明係を勤める慈丹に気付いてざわめいた。若いファンは慈丹のガーゼを見て泣きそうな顔をしていたが、中高年女性は強かった。遠慮なく慈丹に声を掛ける。

「若座長、早《は》よ傷治して舞台戻ってきてや。待ってるで」

「ガーゼ貼っててても男前やでー」

慈丹を子供の頃から応援している大阪のおばちゃんたちが大声で励ましてくれた。

「はい、おおきに。ありがとうございます」

明るく振る舞う慈丹も本当はどれだけ不安だろう。だが、そんなそぶりは一切見せず、以前よりもずっとパワフルにファンサービスをした。幕間には客席の間を歩き回って前売りチケットやグッズを売りまくった。前売り一枚、グッズ一つでも買ってもらうと、慈丹は「ありがとうございます」と両手で包み込むようにしてファンの手を握って頭を下げた。慈丹からチケットを買おうとして客が列を作った。おかげで売り上げは最高記録を更新し続けた。

そんな慈丹を見ていると申し訳なくてたまらなかった。自分が代役を勤めるようになって、女形の顔に傷を付けてしまったということの重大さが日に日に身に沁みてくる。慈丹は俺を一言も責めなかった。その代わり、稽古は今までとは比べものにならないほど厳しくなった。

「僕の代わりやない。自分が看板やと思うんや。鉢木座看板女形の牧原伊吹や、て」

俺は様々な外題に挑戦した。王道の道行きも、コメディも、細川さんの新作もやった。

『一本刀土俵入』のお蔦を褒めてもらえたときにはほっとした。

慈丹は一週間ほどで抜糸をした。顔面の傷は血行が良いため治りが早いらしい。むしろ抜糸が遅れるとかえってよくないそうだ。だが、抜糸が済んでも、口を大きく開けて台詞を言ったり白粉を塗ったりするのは無理だ。大事を取って、傷が落ち着くまで一ヶ月は待つことにした。

月が変わって「乗り込み」をした。今度は古くからの商店街にあるこぢんまりした小屋だった。ここが大阪最後の公演で次は神戸に移動するそうだ。

慈丹の復帰公演の当日は待ちわびていた大勢のファンが劇場に詰めかけ、復帰祝いの花輪が並んだ。慈丹は生々しいピンクの傷を入念に白粉で隠した。前と変わらぬ美しさに座員もファンもほっとした。劇場は昼も夜も大入りで立ち見客も溢れていた。慈丹が踊ると「お花」を付けようとするファンが舞台下に鈴なりだった。

俺は袖でずっと慈丹を見ていた。涙を堪えるのに必死だった。俺の責任が消えるわけではないが、それでもすこし気が楽になったのは事実だった。


慈丹が舞台に復帰して鉢木座は元通りになった。

周りがすこし落ち着くと、俺はずっと気になっていたことを調べることにした。夜の稽古の後に細川さんの許を訪ねると、パソコンに向かって新しい台本を書いていた。

「遅くにすみません。鉢木座の昔の資料ってありますか。一座の沿革とか」

「これまでの演目とか出演者のデータベースならあるけど」

モニターを見ると、毎日の公演の詳細な記録が入力されていた。外題、出演者、ゲストの記録などが記されている。

「古い記録ありますか。座長が若い頃とか」

「ほとんど残ってないけど多少なら」

未整理と書かれた箱を開けて、中を見せてくれた。古いチラシ、公演切符、座席表、ボロボロの香盤などがファイリングされていた。

「たとえば、これなんかまだ先代座長の頃のやつ」

角の折れた古いチラシだった。鉢木正夫《まさお》、鉢木鷹之介と二人の名が大きな顔写真と共に印刷されている。その下には、すこし小さな字で鉢木秀太とあるが写真はなかった。俺は手がかりを求めて、チラシの下部に眼を移した。一番下に小さな字で役者名が並んでいる。端の二人に眼が留まった。

鉢木良次　鉢木映子

俺は息を呑んだ。しばらくそのまま動けなかった。そして、思い出した。中川劇団の老座長が言っていた。先代には子供が四人いた、と。

まさか。一瞬で血の気が引いた。父と母が兄妹？　いや、そんなことがあるはずない。きっとなにかの間違いだ。

「伊吹君、どうしたの？」

チラシを手に部屋を飛び出した。座長に確かめるしかなかった。楽屋を訪れると座長が慈丹と明日の香盤を作っていた。

慈丹は俺を見て怪訝そうな顔をした。

「伊吹、どうしたんや」

俺は真っ直ぐに座長に近づくとチラシを突き出した。

「このチラシを見てください。鉢木良次と鉢木映子は座長の弟と妹なんですか」

すると、さっと座長の顔色が変わった。

「座長、答えてください。鉢木良次と鉢木映子は座長の弟妹《きょうだい》なんですか」

　俺が座長を問い詰めると、慈丹が割って入った。

「伊吹、まあ、落ち着け。一体なんのことや」

だが、今は慈丹を相手にする余裕はなかった。俺は慈丹を無視して座長に食ってかかった。

「なぜ、座長と父は揉めたんですか。刃物を持ち出すほどのケンカの原因はなんですか」

「女に惚れた良次が役者を辞めると言い出したからや。あいつは旅暮らしが嫌になったんやろう。どこか一つ所に落ち着いて女と暮らしたかっただけのことや」

　座長はすらすらと答えた。だが、その落ち着き払った返事はあらかじめ用意された答えのようで不自然だった。

「じゃあ、鉢木映子は今、どこでどうしてるんですか」

「知らん」

「座長はたしかこんなふうに言いましたよね。父は看板をはっていたが若い女性を妊娠させた。そして、一座を辞めて結婚すると言い出して揉めた、と。まさか鉢木良次が妊娠させたのは……」

　その先を言うことができなかった。俺の横で慈丹がはっと息を呑んだ。

「……まさか……」

愕然とした表情で俺と座長を見比べている。

「ありえん。阿呆らしい」座長が吐き捨てるように言った。

このままでは埒《らち》が明かない。俺は思い切って座長に揺さぶりを掛けた。

「戸籍を遡って調べてみようと思うんです。父のこと、母のこと、そして俺たちがどんなふうに生まれたかを」

「やめろ。しょうもないことするな」座長が悲鳴のような声で怒鳴った。

俺も慈丹も驚いて座長の顔を見た。座長は一瞬眉を寄せて口ごもり、それから眼を逸らした。その顔は真っ青だった。慈丹が顔を切られたときも顔色一つ変えなかった座長が、今、なぜこれほどまでに恐怖を感じているのか。

「座長。俺の姉が自殺したのは本当のことを知ったからなんですか」

俺は座長の顔を見据えながら震える声で言った。だが、座長は返事をしない。慈丹もなにも言わない。俺と座長の話の行方を黙って見守っている。

「姉は俺にはなにも知らせず、自分一人で抱えて死んだ。どれだけ苦しかっただろうと思うんです。だから、たとえ今からでも苦しみを半分にしてやりたい。教えてください」

俺は指を突いて頭を下げた。座長は返事をしない。俺は頭を下げたまま待った。慈丹も黙ったきりだ。

「お願いします。俺は自分が何者なのか知りたいんです」

俺は頭を下げ続けた。座長も慈丹もなにも言わなかった。楽屋にある例のやたらと秒針のうるさい柱時計の音だけが聞こえた。

「お願いします」

俺が繰り返すと、座長がため息をついた。

「聞いたら取り返しがつかへん。それでもええんか」

「かまいません。昔、俺と朱里はお互いに約束しました。一生守る、って。朱里はちゃんと俺を守って一人で死んだ。俺だけ逃げるわけにはいかない」

「一生守る、か。お前もそんなことを言うたんか……」

座長はゆっくりと左右に首を振りながら、はは、と笑い出した。本当におかしそうに笑った。乾いて白茶けた姿は、書き割りの前で芝居をしているように見えた。俺も慈丹も唖然として見ていた。

やがて、座長は笑うのをやめた。俺に向き直る。その眼にもう迷いはなかった。

「なら、なにもかも話す。でも、一つだけ約束してくれ。私の話を聞いた後、絶対に阿呆な真似はせえへん。お前の姉と同じことはせえへんと約束してくれ」

思わず息を呑んだ。横目で慈丹を見る。慈丹の顔からも血の気が引いていた。額の汗を拭うとぬるりと手の甲が滑った。冷たい汗だった。俺の顔もきっと青いのだろう。

「約束します」

「わかった。なら、話そう」

座長が立ち上がって私物の小簞笥《こだんす》を開けた。一番奥から茄子紺《なすこん》の布でくるまれた細長い物を取り出す。それを俺の眼の前に置いた。

「あのときの脇差や。庚申丸という」

「庚申丸？　あの『三人吉三』に出てくる？」

「そうや。これは本身や。お前の母親がお前の父親に贈ったものや」

あのときとはなんだろう。なぜ母が父に脇差を贈ったのだろう。俺は座長の次の言葉を待った。

座長はじっと脇差を見ていた。ほんの一瞬、嫌悪が浮かんだのがわかった。

「今から三十年ほど前の話や。先代の座長は私の父親で、鉢木正夫と言うた」

鉢木秀太座長は静かに語りはじめた。

第七章　庚申丸

昔、大衆演劇は旅芝居と呼ばれとった。

歌舞伎のルーツである出雲《いずも》の阿国《おくに》が旅芸人やったように芝居と旅は切っても切り離せんもんや。歌舞伎が立派な常設小屋での興行をする一方、数多くの旅芝居の一座が地方を巡業して庶民を楽しませてたんや。

大正時代、派手な殺陣を売りにする新国劇が生まれ、その影響を受けた勧善懲悪の剣劇は大人気となった。どこの小屋も満員御礼でその人気は戦後すぐまで続いたんや。

だが、映画とテレビの登場で旅芝居の人気は徐々に失われていった。小さな小屋は取り壊されて多くの劇団が解散した。残った劇団は必死にアイデアを絞り、芝居だけでなく観客を楽しませるためのショーに力を入れるようになった。歌謡ショーや舞踊ショーを取り入れて全国各地の健康ランドや温泉での興行もやったんや。

そんな中、昭和五十年代に入ると潮目が変わってきた。旅芝居の良さが見直されて大衆演劇ブームが起こった。そのきっかけは梅沢富美男の登場や。「夢芝居」が大ヒットしたんや。ブラウン管を通して「女形」を強烈にアピールし、彼のおかげで大衆演劇が爆発的に広まった。

鉢木座はもともと派手な殺陣を見せるのが上手で、剣劇を得意とする一座として定評があった。だが、時代の流れには勝てず客足は減る一方やった。当時の座長鉢木正夫は悩んだ末に剣劇中心の男臭い舞台から、「女形」と「舞踊ショー」を見せる方向へと変える決断をした。それは巷《ちまた》の大衆演劇ブームに乗って大成功したんや。

鉢木正夫には男三人女一人、計四人の子供がおった。長男は鷹之介、その三歳下が秀太、つまり私や。下の二人は母親違いで歳が離れてて、私の一回り下が良次、さらにその一つ下が映子や。座長である父は特に兄の鷹之介をかわいがっとった。次男の私にはあまり関心がなく、良次と映子のことは完全に無視しとった。二人は認知こそされたが、牧原という母の名字を名乗っとった。せめて芸名だけは、と二人の母が懇願したので、ようやく「鉢木」を名乗ることを許されたんや。

父が下の二人を邪慳《じやけん》にしたのには理由がある。鷹之介と私の母は父が惚れた元芸妓《げいぎ》で父に惚れて家を捨てた田舎娘や。一方、良次と映子の母は地方の商家の娘で、「わざわざ産んでもらった」のやという。父にとってはただの便利な女でしかなかったんや。

父はまるで家庭には向いてへん人間やった。頭の中には芝居しかなくて自分の家族のことを一座の大道具、書き割り程度にしか思ってへんかった。良次と映子なんて小道具と同じ扱いやった。そして、相変わらず女遊びは派手やった。

やがて、我慢できなくなった良次と映子の母は二人を置いて実家に帰ってしもた。結局、良次と映子は父と母の両方から見捨てられたんや。

父は私たち三人の中でも特に映子を嫌っとった。その大きな原因は映子の母が付けた名前にあった。映子の映は映画の映や。映画が庶民の娯楽の王様になった頃から芝居小屋は衰退しはじめた。そのことを知っていながら映子の母は父憎しのあまりにそんな名で勝手に出生届を出したんや。

一九八〇年代の末はまだバブルが弾けておらず、大衆演劇ブームも続いとった。私の三歳上の兄、鷹之介は派手で色気もある美形の女形で毎日相当な額の「お花」を付けてもらっとった。殺陣に定評のある座長の正夫と女形の鷹之介の二枚看板で、鉢木座は評判を取り客席はいつも大入り満員やった。

一方、私と良次は兄の陰に隠れて目立たない存在やった。父はなにかにつけて兄を贔屓して私たちと差を付けた。私と良次はまともな役ももらえず引き立て役ばかりやった。

無視されていたのは映子も同じや。私の眼から見ても妹は器量よしで子役として舞台に上がると結構なお花が付いた。だが、それが兄には気に入らなかったんやろう。嫌がらせをするようになった。看板女形の意向は絶対で映子は舞台を下ろされた。それからは着付け、音響、照明など裏方で働いて鉢木座を支えた。

父と兄は人気を笠にやりたい放題だった。特に兄は酒と賭け事が大好きでよく問題を起こした。だが、父もむしろそれを誇りにしているふうもあった。私と良次は下積みで遊ぶ余裕もない。そんな私たちを父と兄はバカにした。

「遊びを知らんで役者ができるわけないやろ。だから、お前らはいつまで経ってもぱっとせえへんのや」

私たちはなにも言い返されへんかった。人気がすべての商売や。私はいかにも地味で華がなかった。一方、良次は極端な上がり性やった。稽古ではできてもいざ客の前に立つとまともに声が出えへん。踊りもまるで案山子《かかし》のようなぎこちなさやった。兄も父も良次を笑って貶《けな》した。だが、良次は腐らずに毎晩黙って稽古を続けとった。映子はそんな私たちを励ましてくれた。

「秀兄さんも、良兄さんも絶対に人気が出る。自信持たな」

映子は私たちの衣装に気を配ってくれた。綺麗な襟を掛けてくれたり羽織紐を付け替えてくれたり、舞台ですこしでも目立つように工夫をしてくれた。だが、それが兄の気に障った。特に自分と同じ女形の良次に対しては露骨な苛《いじ》めをした。

「俺という看板を差し置いてなにやってるんや。カスはカスや」

稽古を付けてやる、と兄は良次を殺陣の相手にした。その際、気まぐれで本身の刀を使《つこ》たりした。真剣で斬りかかられたら怖い。思わず腰が引けると兄は激昂して良次を殴ったり蹴ったりした。

「だから、お前らはあかんのや」

酒に酔って本身でなぶる。見かねて映子が止めに入ったが、兄は容赦せんかった。映子も顔が腫れ上がるまで殴られた。それを見た良次は兄に殴りかかった。だが、体格もケンカも兄のほうが数段上やった。良次は映子以上に叩きのめされた。ごめんね、ごめんねと言いながら、映子が良次の枕許で一晩中泣いていたのを憶えとる。

辛い下積み生活は何年も続いた。良次も成長してもう子役ではなくなっとった。

ある夜、私と良次が翌日の芝居の稽古をしとったとき、良次が見慣れない小脇差を差しとるのに気付いた。

「良次、それ、どうしたんや？」

「さっき、映子がくれたんや。お守りにしてくれ、て」良次はすらりと鞘《さや》を払って刀身を見せた。

「でも、それ本身やないか」

驚いて訊ねると、良次は妙に落ち着き払った声で言うた。

「骨董屋《こっとうや》で見つけたんやて。……自分でもわけがわからへんけど、これを買わなあかん、と思ったそうや」

そう言って、良次は大事そうに刀を鞘に納めた。私は刀のことが気になったので、直接映子に訊ねてみた。

「映子、あの刀、高かったんと違うか」

「ううん。思ったより安かった。見た瞬間に思てん。これ持ったら良兄さんの上がり性が治るんと違うか、て。だから、貯金はたいて買《こ》うてん」

映子の直感は正しかった。その小脇差をそばに置くようになって、すぐ良次に転機がやってきた。『三人吉三廓初買』のおとせ役だ。私は恋人の十三郎を演じた。双子と知らずに愛し合う役どころや。良次は可憐《かれん》で観るものの憐《あわ》れを誘《さそ》た。それでいて息を呑むほどの迫力があって客席はみなすすり泣いとった。完全に三人の吉三を喰ってもうたんや。

「凄いやないか、良次」

「兄さん、僕は生まれ変わったような気いする。これも映子のくれた刀のおかげや」

良次は『三人吉三』に出て来る刀にちなんで小脇差を「庚申丸」と命名した。誇らしげな良次を見て映子は涙ぐんどった。

客は正直やった。翌日には良次にたくさんの「お花」が付いた。日ごとに客が増え、『三人吉三』は人気の演目になった。だが、決して良次は驕《おご》らんかった。それどころか喜んどるようにも見えへんかった。

「どうしたんや。こんなにお花付けてもろて、もっと嬉しそうな顔せえや」

「怖いんやよ、兄さん」

「なにがや」

だが、そこで良次は口を閉ざした。無理もない。長年、下積みで苦労してきたんや。突然の評判に戸惑っても当然や。

「大丈夫や、良次。お前がずっと努力してきたからやないか。もっと自信を持つんや」

「違うんや、兄さん。努力の成果なんかやない。間違った芸なんや」

良次の言う「間違った芸」の意味がわからへんかった。だが、私は聞き流した。突然の人気に混乱するのは良次の誠実な性格のせいや。兄のように驕ったりするよりずっとマシやと思た。

良次に人気が出ると父は掌を返してすり寄ってきた。人気商売とはこんなもんや。私も良次もなにも言わんかった。だが、映子は腹立たしいようで涙を浮かべて言い切った。

「いい気なもんやわ。あれだけ秀兄さんと良兄さんのことをバカにしてたくせに。あたし、絶対に信用せえへんし、許さへん」

鉢木良次の人気はうなぎ登りやった。兄の機嫌は日増しに悪なった。「お嬢吉三」を喰ってまう「おとせ」は兄の逆鱗に触れたんや。兄は今まで以上に暴力をふるうようになった。

しかし、そんな兄の天下は続かへんかった。酒癖の悪かった兄は賭け事の席で地回りと悶着を起こして、父と小屋主の顔に泥を塗った。兄はそのまま一座の金を持って逐電《ちくでん》してもうたんや。

鉢木鷹之介という看板女形がおらんようになると客足が目立って落ちた。こうなっても、父は強がりばかりやった。代わりに私が馴染みの小屋に頭を下げ、方々に借金をして駆けずり回った。良次は女形として懸命に舞台を勤め、映子は一人で何人分もの雑用をこなした。

苦しい日々が続いた。兄の作った借金のせいで鉢木座の経営は火の車やった。給料も払えんようになり、座員は次々辞めていった。まさに劇団解散の危機やった。私は日本中の芝居小屋、旅館、健康ランドに営業を掛けた。村祭りの余興もやった。舞台すらない、ただの宴会場でもやった。どんな場所でも一所懸命勤めた。

死に物狂いで働いていると熱意が伝わった。「また、来年も」と声を掛けてくれるところが増えてきたんや。すこしずつ客足も伸びていって、ときどきは大入りが出るようになった。

それからの良次の当たり役は二つあった。一つは『牡丹灯籠』で、もう一つは『八百屋お七』や。

『八百屋お七』では良次は演出を工夫した。臨場感を増すため太鼓ではのうて半鐘を叩いたんや。カンカンという金属音は弥《いや》が上にも観客を不安にさせた。その上で強烈な赤い照明を当てたから舞台の上はまさに火に包まれているかのようやった。さらに、衣装にも工夫を凝らした。わざとボロボロに焼け焦げた着物を着たんや。純白の着物に真っ赤な裾除《すそよ》け、それが黒く焦げとる——。髪を振り乱して鐘を叩くお七は凄惨の一語に尽きた。

やがて、私はある劇団の座長の娘と結婚した。苦労をなにもかも知って一緒になってくれたんや。翌年には慈丹が生まれた。慈丹は生後三ヶ月で「抱き子」として舞台を踏んだ。大勢の客の前に出ても、まぶしいライトを浴びても、慈丹は泣かへんかった。それどころか、客席を見てきゃっきゃと笑《わろ》た。天性の役者根性や、とみな喜んだ。ようやく、鉢木座にも明るい光が射してきたかのようやった。

今や、良次は押しも押されもせぬ看板女形やった。そこで私は考えた。そろそろ身を固めてもいい頃や。良次に子供ができたらきっと綺麗な女形になる。慈丹と共に一座を守り立ててくれるやろう。賑やかになって鉢木座も大劇団の仲間入りができるかもしれへん。

「良次、お前も嫁さんをもろたらどうや。誰かええ人おらんのか」

良次は酒も飲まへん女遊びもせえへん。この世界では珍しい堅物やった。もし適当な相手がおらんのなら、こちらから見繕ってやったほうがええのかもしれん。

「いや、僕は結婚なんか考えられへん。舞台のことで頭がいっぱいやねん」

「そうか？　まあ、無理強いすることやないからな」

すこし残念やったが、芸に打ち込む良次が頼もしくも思えた。結婚の話はそれきりになった。

だが、順調やったんはそこまでや。突然、兄が戻ってきたんや。すっかり面変わりして荒《すさ》んだ生活を送っとったことが一目でわかった。

「秀太、良次。俺がおらん間、いい目見さしてもろたみたいやな。まあ、これからはゆっくり休めや」

これまでのことを詫びるでもなく、兄は我が物顔で一座を仕切りはじめた。父はそんな兄を喜んで受け入れた。

再び、鷹之介を女形に据えての公演がはじまった。最初は昔馴染みの贔屓客から歓迎されたものの、芸の荒れた兄にはすぐに不満の声が上がるようになった。「お花」も減っていき、出番の少ない良次のほうが胸許一杯に花を咲かせるようになった。

面白くない兄は酒を飲んでは再び乱暴するようになった。その矛先は主に良次と、良次をかばう映子やった。私はそのたびに何度も兄を止めた。だが、兄はいっそう激昂するばかりやった。そんな兄を父はかわいがり続けた。

「酒も芸の肥やしや。良次みたいに飲めんやつの芸はつまらん」

父は嬉々《きき》として兄の尻ぬぐいをした。甘やかされた兄は再び賭け事で借金を作った。そして、スナックで泥酔して暴れた挙げ句にチンピラに袋だたきにされて死んだ。

正直言って私も良次もほっとした。私たちはまた死に物狂いで働いた。さすがに、父も長男の死がこたえたのか大人しくなった。意気消沈した父は自ら身を引き、私が座長を勤めることになった。そうやって、またひたすら旅回りの日々が続いた。やがて、慈丹の下に響が生まれた。鉢木座の運営もすこしずつ軌道に乗るようになった。

だが、ある日、私は良次の様子がおかしいことに気付いた。舞台こそなんとか勤めているが芸に普段の凄みがない、心ここにあらずといったふうや。なにか心配事があるのか、怯えたような表情をしていることもあった。

「良次、どうしたんや」

私が話しかけても、良次はなにも言わへんかった。魂の抜けたような顔をしているときが増えた。芝居をしても踊っても、形だけの魂のない空っぽの人形のようやった。あまりにも酷いので叱咤《しった》したが、良次は投げやりに返事をするだけやった。

――ちょっと人気が出たら天狗《てんぐ》になった。鉢木良次は舞台に手を抜いている。

あちこちからそんな声が聞こえてくるようになった。

ある夜の舞台はさんざんやった。良次は何度も台詞に詰まり、ショーの踊りは誰の目から見ても投げやりやった。客席からはほとんど声が掛からず、まばらな拍手が惨めやった。

私には良次の変化が信じられんかった。もともと真面目で稽古熱心な男や。すこし売れたからといって慢心するような人間やない。きっとなにか理由があるに違いない。

翌日の稽古の後、私は良次を無理矢理外へ連れ出して話をした。最初はなにを訊いても黙っていたが、私が懇願するとやがて想像だにしないことを話しはじめた。

「兄さん、僕と映子は……実はもうずっと前から男と女の関係やねん」

「なんやて？　男と女？」わけがわからず一瞬ぽかんとした。

「冗談でもないし、遊びでもない。僕と映子は本気で愛し合ってるんや」

私は愕然とし全身が粟立つのを感じた。たしかに仲のいい兄妹やったが、男女の関係なんて到底信じられなかった。

「まさか、お前ら、ほんまにそんな汚らわしいことを……」

そのとき、以前、心に引っかかったあることを思い出した。良次が『三人吉三』のおとせを演じて人気を博したとき、間違った芸やと言うとった。

「お前、間違った芸というのは、このことやったんか」

「そうや。『三人吉三』のおとせと十三郎は双子の男女が愛し合う役どころや。僕が上手に演《や》れたんは芸の力やない。僕自身に経験があったから。僕自身が畜生やったからや」

「信じられん……」

「兄さん、それだけやないんや」良次は一瞬口ごもり、顔を歪めた。「実は、映子の腹には僕の子がいるんや」

良次は頭を抱えてすすり泣いた。私はなにも言えず泣く弟をただ見下ろしていた。兄妹で交わり、しかも妊娠したという事実がどうしても受け入れられへんのや。

「兄さん。助けてくれ」

良次が顔を上げてすがりついてきた。私はその瞬間激しい嫌悪を感じた。思わず良次を突き飛ばしてもうた。

「寄るな、気色悪い」

すると良次が愕然とした顔で私を見上げた。私は一瞬しまったと思ったが、やはり生理的な拒絶感を隠すことはできへんかった。それでも、このまま放っておくわけにはいかへん。妊娠という問題は急を要するものやった。

「今すぐ堕ろすんや。そんなこと決して許されへん」

「そう言うた。でも、映子は聞き入れてくれんのや」

私はすぐに映子を呼び出した。映子は良次よりも落ち着いていてなにか薄ら寒い迫力があった。

「映子。お前らのやってることは間違っとる。お天道《てんと》様に顔向けでけへんことや。子供は諦めろ」

「いやや。あたし、堕ろさへん。絶対に産む」

「なに阿呆なこと言うてるんや。子供なんて絶対あかん」

「秀兄さんには慈丹も響もいてる。なんで、あたしだけあかんの？」

「ふざけたことぬかすな。お前ら兄妹やないか。そんなこと許されへん」私は思わず怒鳴った。

「許されへんでもいい」映子が腹に手を当て、どこか得意げな顔をした。「昨日、あたし、お医者さんに行ってきてん。そしたら、双子やて」

「え、双子？」

双子と聞いて私も良次も衝撃を受けた。堕胎に人数など関係ない。一人やから二人やからという問題でないのはわかっとる。だが、双子を堕ろすというのは特別な罪を犯すことになるように感じた。

「そうや。今、この子らを堕ろしたら、あたしは人を二人も殺すことになるんやよ。二倍の罪や」

映子は切々と訴えて大粒の涙をこぼした。思わず心が動きそうになったが認めるわけにはいかへん。

「それでも仕方ない。産んだらあかん子や」

「秀兄さん、お願い、産ませてや。なあ、この子ら、もうお腹の中で動いてるんやよ。堕ろすなんてようせん。そんなんただの人殺しや」

「映子、わかってくれ。僕らは間違った関係なんや。子供は堕ろすしかない」良次が懸命に語りかけた。

「無理や。そんなことでけへん」映子が泣きながら叫んだ。

私は良次と顔を見合わせた。二人とも途方もない恐怖を感じているのがわかった。言葉の通じない人間と、いや、人間ではないなにかと話をしているような気がした。私は堪えきれず怒鳴った。

「映子、ええ加減にせえ。そもそも、その子らは生まれてきたらあかん子や。なんでそれがわからんのや。とにかく一日も早く堕ろすんや」

次の瞬間、映子の顔が変わった。大きく眼を見開き、涙を流しながら私をにらみつけた。眼の底が赤く光って見えた。まさに鬼女の顔だった。

「いやや、絶対に産む。誰がなんと言おうと、あたしは産む。お腹の中の子に罪はない。大事な命や」

映子の眼はすわっていた。子を守るために鬼になる女の凄さや。決して綺麗事ではない母性の腥《なまぐさ》さがある。私は恐ろしさと嫌悪、そして認めざるを得ない感動に震えた。

「良兄さん、逃げるん？　良兄さんはあたしを捨てる気？　死ぬまで一緒や、言うたんは嘘やったん？」

「違う、映子。僕は逃げる気はない。ずっとお前と一緒にいる。でも、子供はあかん。堕ろすんや」

良次は必死に映子を説得しようとした。だが、その言葉を聞いた映子は首を横に振った。

「この子たちはあたしのお腹の中にいる。あたしとこの子たちを合わせて一人の人間やの。一心同体。切り離すことなんてできへん」

「わかってる、映子。お前の母親としての気持ちはようわかってる。でも、あかんのや。その子たちはこの世の中に在ってはならん生き物や」

「良兄さん、あたしの気持ちがわかってるんやったら産ませて」

「あかん。映子。僕らは人の道から外れてもうた人間や。でも、そんな僕らの子たちはもっと恐ろしい。そもそも人の道やないところから生まれてくるんやからな」

「それでもかまへん」

「映子……」

どこまで行っても話は平行線だった。良次が途方に暮れたような顔をした。もうどうしていいのかわからんかった。どれだけ言葉を尽くしても映子を翻意させることはできへん、ということがわかったからや。私と良次が黙り込むと、ふいに映子の顔が穏やかになった。まるで憑きものが落ちたかのようやった。

「お腹の子を殺すというんやったら、あたしも死にます。それですべて解決する」

完全に覚悟を決めた眼やった。その言葉を聞いた途端、良次は顔を覆って嗚咽した。

背を丸め、全身を激しく震わせて泣いている。映子は良次の背中をさすりながら優しく語りかけた。

「なあ、良兄さん。あたしらはとっくに外道《げどう》や。兄妹で愛し合った罪は決して消えへん。これ以上、罪を重ねるのはやめよ。子殺しなんて絶対あかん」

映子は微笑みさえ浮かべとった。その傍らで良次は返事をせずただ子供のように泣きじゃくるだけや。

「良兄さん。あたしは兄さんの子供が産みたい。良兄さんと決して結婚できへん以上、子供だけでも欲しいんや」

「でもな、映子。そんな子供は生まれてきても幸せになれへん」

良次が涙と鼻水でぐちゃぐちゃの顔を上げた。そして、絶望しきった眼で映子を見たんや。

「そんなことない。良兄さんとあたし、そして子供たちがいれば、ちゃんとした家族になれる。あたしたちは絶対に幸せになれる」

映子は穏やかに微笑みながら良次に語りかけた。良次は呆然と映子を見上げとったが、やがてかすれた声で言うた。まるで百歳を超えた老人の声のようやった。

「どんなに言うてもお前の決心は変われへんのやな」

「そうや。あたしは誰がなんと言おうとこの子たちを産む。そして、幸せになる」

良次がかすかな呻き声を上げた。絶望と恍惚《こうこつ》が入り混じった表情やった。長い間、誰もなにも言わんかった。

やがて、良次が粘つく声で映子に語りかけた。

「わかった。産みたかったら産め。お前の好きにしたらええ。僕は責任を取る。でも、一つだけ言うておく。僕は生まれてくる子らを祝福するつもりはない。愛する気も慈しむ気もない。いや、きっとその子らを呪うやろう。それでもええんか」

良次の言葉を聞いた映子の顔はもう真っ白やった。血走った眼で良次をにらみつけ、それから低い声で呟いた。

「……それでええよ」

「わかった」

良次は静かに答えて眼を閉じた。そのまましばらく身じろぎ一つせえへん。私も映子もなにも言われへんかった。静寂と緊張が泥のように全身にまとわりついて息苦しかった。

やがて、良次はゆっくりと眼を開けた。そして、私のほうに向き直った。

「秀兄さん、聞いてのとおりや。僕は映子と子供を見捨てることはでけへん。二人でここを出て行く」

「良次、お前、自分がなにを言うてるのかわかってるんか」

「わかっとる。映子の腹の中にいるのは汚らわしい子供や。生まれて来たらあかん子供や。でも、映子が産むと決めた以上、僕は責任を取らなあかん」

私は愕然とした。まさか、良次が映子に説き伏せられるとは思ってもみなかった。

「阿呆、地獄に堕ちるぞ」

「覚悟の前や」

「良次、あかん。考え直せ。人の道を踏み外したらどうなる？　まともな死に方はできへんぞ。お前らのことを思って言うてるんや。頼むから思いとどまってくれ」

だが、良次は静かに首を横に振った。それから私を見た。穏やかな表情やった。まるで微笑んでいるようにも見えた。

「もうどうしようもないんや。これが僕らの道行きいうことや」

落ち着き払った様子に私は恐怖を覚えた。眼の前にいるのは一緒に精進し、舞台を勤めてきた弟やなかった。どこか違う世界に住む化物のような気がした。

「お前は舞台を捨てるんか。立派な女形になるために子供の頃から稽古をしてきたんやろ。それを全部無駄にする気か」

「すまん、兄さん」

だが、私は諦め切れへんかった。良次も映子もかわいい弟妹や。人として過ちを犯すのを見過ごされへんかった。

そのとき、良次の腰に庚申丸が見えた。私はさっと庚申丸を奪うと鞘を払《はろ》て良次の眼の前に突き出した。

「なら、今、ここで殺してやる。お前が地獄に堕ちんようにな」

ひくっ、と良次の喉仏が上下した。私は今度は切っ先を映子に向けた。

「お前はその後や。腹を割いて赤ん坊も殺してやる。せめてもの情けや」

もちろん本気で殺すつもりはない。私の覚悟を見せて二人を翻意させたいと思ただけや。

「いやや。絶対お腹の子は殺させへん」

映子が自分で腹を抱えて守る仕草をした。そして、私を睨《ね》めつけた。鬼気迫る映子の眼に押されて私は思わずたじろいだ。安達ヶ原の鬼女よりも、四谷怪談《よつやかいだん》のお岩《いわ》よりも、累ヶ淵《かさねがふち》の累よりも誰よりも恐ろしかった。

「……僕らはとうの昔に地獄に堕ちてる」

良次がひるむ私の手首をつかんで、ぐい、と庚申丸を自分の顔に近づけた。危ない、刺さる、と私は思わず手の力を緩めた。良次は艶然と微笑み、私の手首を握ったまま庚申丸を自分の顔に押しつけた。すうっと刃先が良次の頬に食いこんだ。

「阿呆。なにするんや」

私は慌てて刀を引こうとした。だが、良次はがっちりと私の手首をつかんで放さへん。

それでも良次はまだ微笑んどった。白粉こそないが完璧な女形の笑みやった。「見ているようで見ていない眼」で私を見ながら思い切り刀を下に引いた。頰がぱっくりと割れ、血が噴き出した。

「良次……」

私は無理矢理に脇差を奪おうとしたが良次は抵抗した。もみ合いになって刃先が撥《は》ねて良次の眼をかすめた。

「良兄さん」

映子が悲痛な声を上げた。良次は崩れ落ちた。そして、膝を突き、指の間からだらだら血を流しながら私を見上げた。その顔は完全に静かだった。

「兄さん、すまん。僕はこれで女形としては用済みや」

「阿呆」

私は慌てて介抱しようとした。そのとき、映子が眼に入った。映子は腹を撫でさすりながら、うっとりした顔で良次を見つめとった。瞬間、鳥肌が立った。この時ほど映子を厭《いと》わしく思たことはなかった。

すぐに良次を医者に連れて行ったが傷は深かった。処置が終わって私が支払いをしている間に良次と映子は消えた。

＊

俺は口を押さえてトイレに走った。便器にかがみ込むと同時に胃の中の物が逆流した。涙と鼻水でぐちゃぐちゃになりながら俺は吐き続けた。

そうか、やっとわかった。俺という人間が汚いんじゃない。俺と朱里がこの世に生まれたということが汚いんだ。この世に存在していることそのものが汚いとされてるんだ。

俺はトイレの床に座り込んだまま動けなかった。もう吐く物はなかったし涙も鼻水も出なかった。そして、ずっと朱里のことを考えていた。今こそ本当に朱里の絶望を理解した。この苦しみから逃れる方法はたった一つ。この世に存在しなくなること、つまり死ぬことだけだ。

なあ、朱里。どうして一人で飛んだ。どうして俺を一人にした。お前がいないから俺一人だけ汚いままじゃないか。なあ、飛んだら綺麗になれるのか。なあ、朱里。飛んで綺麗になったのか。なあ、教えてくれよ、朱里。

「……伊吹」

なあ、朱里。俺も飛んでもいいか。俺は堪えられそうにない。この世で俺一人だけが汚いなんて俺は堪えられそうにない。

「……おい、伊吹」

振り向くと慈丹が立っていた。俺を心配げに見下ろしている。

「大丈夫か。立てるか」

俺は黙って慈丹を見上げた。化粧をしていない慈丹の頰にはまだ生々しい傷跡がある。瞬間、父を思い出した。

また、吐き気がこみ上げてきた。俺は顔と手を汚しながら便器にしがみついた。吐く物なんてないのに無理矢理に吐こうとするから喉が裂けそうに痛んだ。

「伊吹、大丈夫か」

慈丹が俺の肩に手を触れた。俺は思わず悲鳴を上げた。

「やめてくれ」みっともない金切り声だった。

触るな。若座長、あんたまで汚れてしまう。

そんなことを叫んだような気がする。でも、そこから先は憶えていない。気がつくと楽屋の隅に寝かされていた。

「起きたんか」

慈丹と座長が俺を見た。俺はゆっくりと半身を起こした。顔も手も綺麗になっている。

「なんか飲むか。あんだけ叫んだら喉カラカラやろ」

慈丹が俺の前にペットボトルの水を置いた。俺は一息で半分ほど飲んだ。ヒリヒリと喉に沁みた。まだ頭がぼうっとしている。残りの水を全部飲み干した。空のペットボトルを握りしめる手がみっともないほど震えている。それでも、言わなければならなかった。

「座長。知っていることはなにもかも話してください。俺だけが知らないなんて嫌だ。誰かが俺のためを思ってしたことでも、俺だけが責任を負わずに済むなんて、絶対にダメなんです」

「わかった。良次と映子が出て行ってからのことを話す」

座長は再び話しはじめた。

＊

傷を負った良次と映子は鉢木座から消えた。私は懸命に行方を捜したが結局二人は見つからなかった。

失踪の理由を知っているのは私だけやった。なにも知らん父は良次と映子を恩知らずと罵って怒り狂った。やがて脳卒中を起こして倒れた。

看板女形がおらんようになった鉢木座は風前の灯火《ともしび》やった。だが、私は諦めるわけにはいかへんかった。妻がおって慈丹と響がおった。私は懸命に一座を立て直そうとした。幸い慈丹の覚えがよくて他の役者を喰うぐらいに達者な芝居をした。踊りをやらせても抜群に筋がいい。化粧をすると驚くほど映えた。慈丹には生まれつきの華があった。

「良次さんに似たんかなあ」

　妻は嬉しいような困ったような複雑な顔をした。

「チビ玉」慈丹はあっという間に人気が出た。響も子役として舞台に上がって一座を支えた。すこしずつ客足が増えて一座にも活気が戻ってきた。やがて、慈丹と響が大きくなってそれぞれ結婚し、また鉢木座は賑やかになった。妻を病気で失い辛い時期もあったがなんとかここまでやってこれたんや。

　良次と映子が鉢木座を出て行って以来、二十年近くずっと音沙汰なしやった。そんなある日、突然若い女が私を訪ねてきた。顔を見てはっとした。女は映子にそっくりやった。その女は牧原朱里と名乗った。映子の娘に違いない。私は恐れおののいた。

「あたしは牧原良次と映子の娘です。母から聞きました。二人が実の兄妹というのは本当でしょうか」

　牧原朱里の声は震えとった。動揺し怯えているのがわかった。それでも懸命に自分を律しようとしている姿が憐れやった。私は返答に窮し、黙っとった。

「やっぱり本当なんですね……」

　朱里が眼を見開いて呻いた。黒々とした大きな眼はなにも見てへんように見えた。絶望しきって打ちひしがれた様子に私は胸を抉られた。

　なぜ話したんや。激しい怒りがこみ上げてきた。子供に罪はない。なぜ、墓場まで持って行けへんかった。良次、映子。お前らの覚悟はそんなもんやったんか。

「母はそれ以上は教えてくれませんでした。二人のいきさつを教えていただけませんか。あたしたちがどうやって生まれたのか知りたいんです」

朱里がじっと私を見た。到底ごまかすことなどできそうになかった。

「二人はどうしてる。元気か」

「父は八年ほど前に亡くなりました。首を吊ったんです」

「そうか。良次はもう……」

私は思わず嘆息した。最悪の結果になってもうたのか。あのとき、なんとかして止めることができたら、弟は死なずに済んだんやないか。今さら言うても仕方がないが、やりきれない思いでいっぱいやった。

「それで映子は？」

「母はなにも変わりません」

朱里の表情も声も硬かった。私は思わず眼を逸らした。

「変わらんのか……」

あれほど良次に執着しとったんや。後追い自殺でもしかねんと思たが意外やった。

「たしか双子やったな」

「ええ。伊吹という弟がいます」

私は子供の頃のことから、二人が一座を出て行くまでのことを話した。朱里は黙って聞いとった。そして、私が話し終わってもしばらくの間なにも言わんかった。

やがて、朱里がぽつりと言うた。

「あたしも弟の伊吹も、小さい時からずっと思ってたんです。自分たちは汚い、って」

小さな抑揚のない声やった。でも、私にはわかった。これまで堪えてきたものが溢れてしもたんや。もう止められへん。

「どうして汚いのか、どんなふうに汚いのかはわからなかったけど、それでも自分たちは汚いと思い込んでいたんです。だからずっとずっと苦しくて……。今、やっと理由がわかりました。あたしたちは……生まれた時からもう汚かったんですね」

「違う。そんな言い方したらあかん」

私は慌てて朱里の言葉を遮った。かつて、良次に言った言葉を思い出しとった。……汚らわしいこと、と。あのときの正直な気持ちやった。だが、その言葉でこんなにも苦しんでいる者がいるんや。

朱里はのろのろと首を横に振った。ゼンマイの切れかけた人形のような仕草はひどく恐ろしかった。

「あたしたちはなぜ汚いのか、その理由が知りたいと思っていました。そして、理由がわかったら努力して直せばいい、と。そうすれば、いつかは自分が汚いなんて思わなくなれる、と。でも、それは間違いだとわかってしまった。だって、自分ではどうすることもできない。どんな努力も無駄なんです。あたしは死ぬまで汚いままなんです……」

牧原朱里は顔を覆って号泣した。

「お前は汚くない。お前たちの罪やないんや」

私は懸命に言い聞かせた。だが、朱里の心を変えることはできへんかった。今さらながらに自分の無力を嘆いた。この哀れな姪《めい》にどうしてやることもできへんのや。

やがて、朱里が涙に濡れた顔を上げた。そして、覚悟を決めた眼で私を見た。

「弟はこのことをなにも知りません。あたしから言うつもりもありません。絶対に知らせたくないんです。だから、もし、将来、弟が訪ねてくるようなことがあっても、なにも話さないでいただけますか」

「わかった。このことは絶対に言わん」

「お願いします」

「なにかあったら力になる。いつでも頼ってきてくれ」

「ありがとうございます」

朱里は帰って行った。それきり連絡はなかった。

やがて、伊吹が訪ねてきて朱里が自殺したことを知った。私は助けられへんかったことを心から悔やんだ。その後、慈丹が伊吹を入座させたいと言うたとき、私は反対した。

狭い業界や。昔のことを憶えている人間がいるかもしれん。伊吹が両親の秘密を知ってしまう可能性もある。だが、こうも考えた。このまま追い返したら事実を知ったときに朱里と同じことをしてしまうかもしれん。迷った挙げ句に、手許に置くことにしたんや。

＊

「……親の因果が子に報い、か」

慈丹がため息をついた。頬の傷を撫でながら少々わざとらしい呻き声を上げる。

「ってか、叔父の因果が甥《おい》に報いやな。なんやもう勘弁してくれや」

この場にはそぐわない少々ふざけた物言いだった。慈丹がすこしでも俺の心を軽くしようと気遣っているのがわかる。でも、俺はそんな心遣いに応えることはできなかった。ただただ息苦しい。窒息してしまいそうだ。

父は宣言通り俺たちを呪った。だが、なぜ母は俺たちを愛さなかったんだ。幸せな家庭を築くはずじゃなかったのか。

眼の前がごうごう燃えていた。なにもかも真っ赤だった。夕焼け空の色。赤い橋の色。夏祭りの赤い提灯の色、鶏の血の色、朱里が飲んでいた赤ワインの色。なにもかもが紅《ぐ》蓮《れん》の炎となってめらめらと燃え上がった。だが、焼かれれば焼かれるほど俺の心は冷たく白くなるようだった。

「伊吹、大丈夫か」

慈丹が俺の顔をのぞき込んだ。その眼はこれまでで一番温かくて俺は泣きそうになった。だが、すこしも涙は出なかった。

「大丈夫です。若座長」

俺はもう焼き尽くされて雪のような白い灰で覆われている。

「俺は大丈夫です」

俺は静かに繰り返した。


朝が来る前に俺は一座を出て行く支度をした。舞台に穴を空けることになるのは承知の上だった。どれだけみなに迷惑が掛かるだろう。どれだけ座長と慈丹が怒るだろう。せめてものお詫びに書き置きを一枚残した。

座長、若座長。本当に申し訳ありません。

このときになって朱里の気持ちがわかった。本当に申し訳なくてたまらないときは言葉なんてなにも出てこないのだ。

――伊吹、ごめん。

ごめん、というたった一言にこめられた朱里の思いは俺が生まれてから口にした無数の「ごめん」よりもはるかに大きく、深く、そして圧倒的に哀しい。

冬の空はまだ暗かった。月も星もない。底冷えのする寒さで耳がじんじんと痛んだ。白い息を吐きながら俺は駅へ急いだ。ジャケットの下には、座長の小箪笥から持ち出した庚申丸がしのばせてあった。

始発の窓から外を見る。黒く塗りつぶされた書き割りのような夜が広がっていた。

やがて陽が昇る。それが最後の夜明けだ、と思った。

終　章

久しぶりの故郷は朱里を焼いた日と同じように澄んだ青空が広がっていた。

駅を出るとあたりは一面の雪に覆われていた。寒さがずんと肩にのしかかってくるのは盆地特有の湿った空気のせいだ。

俺は川の音を聞きながら町を歩いた。雪靴ではないので除雪されたところを選んで歩く。ときどきジャケットの上から懐の庚申丸を確かめた。落ち着いている、と俺は思った。覚悟はとうにできている。悔やまれるのはもっと早くに覚悟を決めなかったことだった、と。

溶けた雪をびちゃびちゃと撥ね上げながら小学校に着いた。卒業してから訪れるのははじめてだ。見たところなにも変わっていないように見えた。正門は閉じられていたが開いていた通用門から入った。不審者対策に追われる都会の小学校からは考えられないセキュリティだ。

雪の積もった校庭は踏み荒らされ泥田のようになっていた。校舎の裏を回って飼育小屋に向かうと、やがて雪に覆われた小屋が見えてきた。そこで俺は当惑して思わず足を止めた。

あの雪の朝見た檻はこんなに小さかっただろうか。こんなにみすぼらしかっただろうか。

小屋へ近づいて中をのぞき込んだ。荒れ果てた小屋は静まり返って鶏は一羽もいない。餌入れは空っぽで水入れも乾いている。床も羽根一枚落ちていない。鶏がいなくなってからかなり時間が経っているようだった。俺は一瞬激しい恐怖を感じた。鶏たちはどうしたのだろう。まさか、みな共食いをして死んでしまったのか。

あたりを見回すと入口横に色褪せた注意書きがあったので雪を払いのけて読んでみた。

「とりインフルエンザのきけんがあります。しいくごやにきたあとは、てをあらってうがいをしましょう」

鳥インフルエンザを恐れて鶏の飼育をやめたようだ。俺は拍子抜けしてしばらく小屋の前に立ちすくんでいた。

あの雪の朝の光景がありありと甦《よみがえ》った。糞《ふん》の臭いがして鶏たちの騒々しい鳴き声が響いている。落ち着きなく首を振って足踏みをしながら鶏たちが仲間を食べていた。死んだ鶏の真っ白な羽が血で染まってときどきふわりと舞い上がる。小屋の隅では二羽の若い小さな鶏が寄り添って縮こまっていた。その様子を俺と朱里は眼を逸らさずに見ていたのだった。

学校を出て家に向かった。橋の途中で足を止め山を見上げた。白い山の上に白い城が見えた。俺はしばらくじっとしていた。川から氷のような冷気が上がってくる。帰ってきたのだ、と実感した。

住宅街の狭い道に入ると除雪が充分ではないので雪に足を取られて歩きづらい。ときどき足首まで雪に埋もれながら進んで行くと、やがて遠くに赤いものが点々と見えてきた。ぐるりと家を囲んだ生け垣の山茶花が満開だ。雪の中、花が血の染みのようだった。

俺は門の前に立った。今は母が一人で暮らしているが荒れた様子はない。いや、たとえ荒れていたとしてもこの雪が覆い隠しているのかもしれなかった。

玄関を開けると実家の匂いがした。だが、懐かしいとは思わなかった。黙って上がって奥へ向かった。台所にも食堂にも母の姿はない。座敷から縁側に出てようやく母を見つけた。

母は雪の積もった裏庭で生け垣の手入れをしていた。咲き終わって見苦しくなった山茶花の花をひとつずつ毟《むし》り取って竹で編んだザルに入れている。俺に気付いて顔を上げたがなにも言わずにまた花に眼を戻した。

俺は沓脱ぎ石を見下ろした。以前は俺と朱里のつっかけが並んでいた。だが、今はもうどちらもない。俺は玄関に戻って靴を履くと家の横をぐるりと回って裏庭に出た。雪を踏んで母に近づくと母はようやく手を止めた。しばらくの間、俺と母は黙って向かい合っていた。

「あんたたちのこと、全部聞いた」

「……実の兄妹で愛し合うなんて許されることやない。そう言いに来たん？」

ひどく投げやりな口調だった。ぞくりと背筋が震えた。生きている人間と話している気がしない。母は再び花を毟りはじめた。

「そうだ」

「聞き飽きたわ、そんなん」母が顔を上げてふっと笑った。「話はそれだけ？」

「鉢木慈丹が西尾和香に顔を切られたんだ」

「親の因果が子に報い、やね」母がしなびた山茶花の花を握り締めた。

「知ってたのか」

「西尾さんのお母さんがね、和香さんを連れ帰った後、逆恨みしてうちに怒鳴り込んできた。なにもかもあんたのせいや、って」母が潰れた花を無造作にザルに放り込んだ。

「……それで、秀兄さんはなにか言うてた？」

「座長は朱里に真実を話したことを後悔してた」

「そう。一生苦しんだらええわ」

母はさらりと言った。俺は思わず耳を疑った。

「本気で言ってるのか」

「だって、良兄さんの顔をあんなにしたのは秀兄さんや」

「あいつは自分で顔を切ったんだろう？　違うのか？」

「秀兄さんを諦めさせるためやよ。悪いのはしつこくした秀兄さんや」

「実の兄妹なんだぞ。反対して当たり前だ。許されると思うほうがおかしい」

「許されようなんて思てない。ただ、ほっといて欲しかっただけや」

「そんな勝手が通るわけないだろ」

「好きな人の子供が欲しいと思うんは当たり前やろ。私は良兄さんの子供が欲しかっただけや。なんでいちいち騒ぎ立てるん」

　母が心の底から不思議そうな顔をして俺を見た。

「言うな。そこまでして欲しがった子供を、俺たちをあんたたちは無視し、汚いもの扱いした。俺たちがどれだけ苦しんだか知ってるのか」

　俺はこみあげてくる吐き気をこらえながら、母に詰め寄った。足の下で雪がぎゅうっと鳴った。

「なあ、自分で自分を汚いと感じる苦しさがわかるか。どれだけ考えても汚い理由がわからない。風呂に入っても、歯を磨いても、掃除をしても、礼儀正しくしても、なにをやっても自分が汚いという感覚から逃げられないんだ」

「汚い？　なんでそんなこと思うん。あんたも秀兄さんもおかしいわ。好き合《お》うた相手が血のつながった兄妹やった。ただそれだけのことやん。それを近親相姦《そうかん》やとかタブーを犯したとか、まるでとんでもない罪のように思てる。ねえ、みんな頭が固いんと違う？」

「本気でそう思ってるのか」

「ええ、本気やよ。どうしてみんな自由に生きられへんの？　自分の気持ちに勝手にしようもない枷《かせ》を掛けて不自由になってる。ほんまにくだらんわ」

「あんたが自由に生きたせいでどれだけの人間が傷ついたと思ってるんだ」

「そんなことを言うんやったら、私と良兄さんかて同じ」

母が真っ直ぐに俺を見据え、まるで舞台台詞のように抑揚を付けて話し出した。

「母親に捨てられ、父親には粗末に扱われ、犬の子同然で育った。私たちは生まれてからずっとずっとゴミやった。ゴミ同士がくっついてなにが悪いん？　私をわかってくれたのは良兄さんだけやし、良兄さんをわかってあげられるのは私だけやった」

「あんたたちにそれを言う権利はない。俺と朱里はずっとあいつに無視されてきた。あいつが俺に声を掛けたのは、たった二度だけ。『触るな、汚い』と『さっさと行けや。こっちを見んな』だった」

声がみっともなく震えて勝手に涙が溢れた。こんな奴《やつ》の前で泣きたくないと思いながら俺は泣いていた。

真冬でよかった。この寒さでどの家も窓を閉め切っている。俺たちの諍いに気付く者はいない。途中で邪魔が入る恐れはない。

「だから、俺は人に触れられなかった。汚いのがばれるのが怖かったんだ。今でも人に近づくだけで息苦しくなるんだ」

するると、母が苦しげに眉を寄せた。

「私たちかて辛かったんや。鉢木座を飛び出してあんたと朱里を産んで必死で働いた。どれだけ良兄さんのことが好きでも結婚できへん。実の兄妹ということが知られたらどうしよう、って毎日怯えて暮らしてる。誰も信用できへん。心が安らいだことなんて一日もない」

「じゃあ、なぜ産んだ？　なぜ、俺たちを産んだんだ？」

俺は声を荒らげて母が手にしたザルを叩き落とした。山茶花の花がばらばらと雪の上に散らばった。母がびくりと震えて後退った。俺は一歩踏み出し、さらに母との距離を詰めた。足の下で花が潰れた。

「なにもかも自業自得だろうが。俺たちは産んでくれなんて頼んでない。あんたたちが勝手に産んで俺たちに重荷を背負わせた。こんな理不尽な話があるか。俺も朱里も生きてるだけで辛かった。そして……そのことでたくさんの人たちに迷惑を掛けた。……みんな俺たちが巻き込んだんだ」

俺の足許には母が毟り取った濁ったような赤の山茶花の花が散らばっていた。まるで血の染みのようだった。雪の日にみなに喰われていた鶏が眼に浮かぶ。あのとき、俺と朱里は喰われた鶏の気持ちになって自分を慰めていた。自分たちは被害者だと思っていた。でも、本当は違った。俺たちこそが加害者だ。周りの人たちを傷つけている。美杉を傷つけ、西尾和香の顔と人生をメチャクチャにし、慈丹の顔に傷を付けて鉢木座に迷惑を掛けた。

「あんたたちの子供として生まれたくなんかなかった。実の兄と妹の間になんか生まれたくなかった。どんな努力をしても、どれだけの努力をしても、実の兄妹から生まれたという事実は変えられないんだ」

「実の兄妹から生まれたことになんでそこまでこだわるん？　ねえ、一体それがどうしたん？　あんたも朱里も自意識過剰やわ。そんなに自分のことを特別やと思いたいん？」

母は軽蔑と不快を隠さずに俺を見返した。

「そんなん言うんやったら、私かて良兄さんと実の兄と妹に生まれたなかった。どれだけ運命を怨んだか。なにも悪いことをしていないのに責められる気持ちがわかる？　毎日苦しくてたまらんかったんや」

母は恐ろしく上品に美しく不満を表した。その顔を見て今さらながら愕然とした。朱里と母はよく似ていた。姉妹と言っていいほどそっくりだった。

俺は朱里の果てのない絶望を思った。毎朝、鏡を見るたびに思い知らされる。自分はあの母の娘なのだ、と。それは生きている限り続くのだ。

「なるほど。あいつが俺たちを疎んだ理由がわかった。なにせ、眼の前に自分たちそっくりな双子がいるんだ。なにも知らない俺と朱里は仲がいい。あいつは怖くなったんだ。自分たちの浅ましさを見せつけられたようで恥ずかしかったんだ。だから、俺たちを遠ざけて汚いものとして扱った。違うか」

母はしばらくなにも言わなかった。やがて、その眼に涙がにじんだ。

「……そう。良兄さんはずっと苦しんでた」

「じゃあ、あんたはなんで苦しかったんだ。惚れた男の子を産んで一緒に暮らしたんじゃないか。なにが不満なんだ」

母が口を閉ざした。そして、足許に転がった竹ザルを拾うと雪の上に散らばった山茶花の花を集めはじめた。

「なにが不満なんだよ。言えよ」

「生きている限り愛した男に愛されることはない、とわかってたからや」

母は萎んだ山茶花の花を一つ一つ愛おしそうに竹ザルの中に入れていった。

「私は良兄さんが心の底から好きや。でも、兄さんは違《ちご》た。あの人はくだらない良識に囚われていつも迷いがあった。その温度差に私は最初から気付いてた。だから、苦しかった」

「だから苦しい？　笑わせるな。あんたにそれを言う資格はない」

「あんたはなにもわかってへん。私は良兄さんが好きと気付いてからずっとずっと苦しんでた。楽しかったことなんて一度もない。幸せやったことなんて一度もない。良兄さんを好きになったことを後悔せえへんかった日なんて一日もない。実の兄妹ってだけで、なんでこんな惨めな思いをせなあかんのやろう」

母の眼から涙が二、三粒ぼろぼろとこぼれたかと思うと、あとは堰を越えて溢れるように流れ落ちた。母は萎れた山茶花の花を握りしめて泣き続けた。

「良兄さんを嫌いになれるんやったらなりたかった。でも、嫌いになられへん。嫌いになられへんから憎くてたまらんかった。同じ家に暮らしても、できるだけ口をきかず、お互い触れ合わず、他人行儀に生きようとした。そやのに、勝手に身体も心も良兄さんを求めてしまう。地獄やったんや」

「それがどうした？　被害者ヅラするな」

「たかだか二十年くらいしか生きてへんくせに、本気で人を好きになったこともないくせに生意気言わんといて。私はね、良兄さんが死んだときほっとした。これで楽になれると思って本当に嬉しかった。好きな人の死を喜んでしまうくらい好きやったんや」

ああ、と母は悲鳴のような声を上げると高い空を仰いだ。芝居がかった仕草だった。

だが、母には驚くほどよく似合っていた。

「だとしても、どうしてその秘密を墓まで持って行かなかった？　なぜ、朱里に本当のことを話したんだ」

「ここに来たときにはあの子は何もかも知ってた。時間を掛けて自分で調べたんやよ」

「それでも否定すればよかったんだ。いくらでもごまかす方法はあったはずだ。認めれば朱里が傷つくことはわかっていたのに」

「今さらどうしろと？」

「あんたのしたことが朱里を自殺に追いやったんだ。それを認めて、ちゃんと朱里に謝ってくれ」

「私が謝ったら気が済むん？　その程度のことなん？」

「話を逸らすな。あんたは朱里が死んでも哀しみもしなかった。あんまりだと思わないのか？」

「そうやね。私はあの子が死んだとき哀しくはなかった」

わずかにためらって、母が答えた。瞬間、怒りで眼の前が真っ暗になった。もう我慢ができなかった。俺は絞り出すような声で母を問い詰めた。

「そんなに朱里が、いや、俺たちが憎かったのか」

母は返事をしなかった。噛みしめた唇には色がなかった。そのまま長い間唇を噛んでいたが、やがてほとんど口を開けずにかすれるような声で言った。

「あの子は良兄さんが首を吊る前、なにがあったのか教えてくれた。良兄さんはあんたを殺そうとした、って」

「ああ、そうだ。俺は川に突き落とされたんだ。二月の冷たい川にな。もうすこしで死ぬところだったんだ。結局、その後で助けてもらったが」

「そのとき、あんたと朱里はキスしてたんやって？」

母の眼が意味ありげに光った。俺は怒りと不快を同時に感じた。

「それがどうした？　あの頃、俺たちは普通の子供になろうと必死だった。キスはそのための真剣な練習で、いやらしい意味なんかない。あんたたちとは違う」

「それはずいぶん都合のいい言い訳やねえ」

「言い訳じゃない。一緒にするな」

思わず大声で言い返したが、母はわずかに眼を細めただけだった。一瞬、母の眼が赤く光って見えた。山茶花の花が映ったのか、それとも鬼女の眼なのか、どちらともわからない。

母は散らばった山茶花を拾い集めると、再び生け垣の前に立った。萎んだ花を丁寧に毟り取っていく。

喰われそうだ。息が苦しい。空を見上げるとちらちら落ちてくる雪が見えた。あんなに晴れていた空にいつの間にか雪雲が広がってきた。

「かわいそうに。あんたたちのキスを見て、どれだけ良兄さんがショックを受けたか。あの人は優しい人やったの。怒りにまかせてあんたを殺そうとした自分に堪えられへんかったんや。だから、首を吊った」

「だから？　俺たちが悪いって言うのか」

「キスを誘ったのは朱里なんやろ？　そういうことするのは大抵女のほうからや。私と同じやね、て言うたら青ざめてたわ」

母が薄笑いを浮かべて俺を見た。俺は思わず身震いした。

「……わざと真実を聞かせて朱里を傷つけようとしたのか」

俺は怒りで頭がおかしくなりそうだった。落ち着け、と言い聞かせ懐に手を遣《や》った。庚申丸はちゃんとある。大丈夫だ。俺はやれる。

「聞きたがったのはあの子。私は本当のことを話すことであの子を守ろうとしただけ」

「守る？」

母はそれには答えず、ひとつため息をついてまた山茶花の花を毟った。

「なんで、あの子には踊りを習わせへんかったかわかる？　芝居の世界とはほんのすこしも関わって欲しくなかったからや。だから塾へ行かせて勉強させた。まっとうな人生を送れるように、って」

「俺はまっとうでなくてもよかったのか」

「あんたには立派な女形になって良兄さんの夢を叶えて欲しいと思てた。だから、無理矢理に標準語を使わせた。どこの劇団に入ってもどんな芝居でも苦労せんように」

「そこまで言うなら、俺を子役として劇団に入れたらよかっただろう？」

「良兄さんが許さへんかったんや。あんたが役者の道に進んだら、自分たちのことを思い出す人間が出てくるかもしれへん。兄妹の関係がばれたらどうするんや、って。それでも私は諦められへんかったから、せめて稽古だけでもと思て続けさせた」

「その心配は当たってたな。中川座長は俺を見て言った。鉢木良次にそっくりや、と」

俺の言葉を聞くと、母は遠い眼をして満足そうに微笑んだ。

「中川座長か。懐かしいわ。色気のある女形やった。良兄さんのことを憶えてくれてはったんやね。嬉しいわ……」

母のうっとりした眼が不快でたまらなかった。同時に、自分にも激しい怒りを覚えた。結局、母の思惑《おもわく》通りに俺は鉢木座で女形をやっている。俺も朱里も父も、母の作った小さな舞台で操られている人形だ。芝居の筋書きはごく単純。良兄さんが好き、ただそれだけだ。

「伊吹。あんたの舞台、ネットで観た。踊りも芝居も良兄さんの足許にも及ばへんけど、それでも立ち姿は良兄さんそっくり。あの頃の良兄さんがいてるのかと思《おも》た……」

母がそこでふいに声を詰まらせた。そして、顔を覆った。

「なんでわかってくれへんの？　私は好きな人と家庭を持ちたかっただけや。兄妹ってだけでなんでこんなに非難されなあかんの？　なんで認めてくれへんの？　ひっそりと寄り添ってささやかに暮らして行きたかっただけや。私にはそんなちっぽけな自由もないん？　兄妹同士のなにがあかんの？　誰も説明できへんくせに……」

母の肩が激しく震えて嗚咽が漏れた。

「あんたの望んだそのちっぽけな自由が、どれだけの人間を傷つけたかわかってるのか」

俺は堪えきれず怒鳴った。突き上げてくる怒りのあまりの激しさに胸が破裂して喉が裂けるかと思った。

雪がどんどん激しくなって風も出てきた。俺にも母にもあっという間に雪が積もって白くなっていく。

――妄執の雲晴れやらぬ朧夜の。

「鷺娘」の歌い出しがふっと浮かんだ。そうだ。今、俺たちは妄執の雲から吹き付ける雪にまみれている。

母が顔を上げて俺を見た。涙を流しながら声を絞った。

「私は良兄さんと幸せになりたかっただけや。ただそれだけや」

って……」

「あんたたちが生まれたら、良兄さんだってかわいがってくれると思てた。でも、違《ちご》た。あの人は余計に苦しんだだけやった。あんたたちが大きくなるにつれて一層おかしくなって……」

「おかしくなった？　はっきり言えよ。俺たちは忌み嫌われていた。そして、特に俺は憎悪され……あの男にとっては怨嗟《えんさ》の対象だった。そうだろ？」

するとと、母は一瞬ためらってから、答えた。

「あんたはね、良兄さんにとっての化粧前やってんよ」

「化粧前？」

「あんたはね、鏡やの。良兄さんの過去を映す鏡や。あんたと朱里が仲良くしているのを見れば昔の自分を思い出す。あんたが踊っているのを見たら子役時代のことを思い出す。あんたは良兄さんの後悔のかたまり。惨めな過去の記憶のかたまり」

「黙れ。頼むから黙ってくれ」

――触るな、汚い。

父の声が耳許で響いた。保育園の頃は蹴り倒された。そして、小学生の時は川へ突き落とされ殺されかけた。一瞬、眼の前が暗くなった。冷たい。溺れる。息ができない――。

「そんな勝手な話があるか」

「それだけやない。良兄さんはあんたに嫉妬してたんやよ。あんたが自分よりも優れた女形になるのが許せなかったんや」

ぐらぐらと頭が揺れて吐き気がして俺は立っているのがやっとだった。憎まれ、怨まれ、忌み嫌われ、そして、嫉妬される。父がその身の内に抱え込んだありとあらゆる負の感情が襲いかかってくる。このまま取り殺されてしまいそうだ。

「そんなこと知るか……」

すると、母が涙を溜めた眼で懐かしそうに笑った。

「あんたは知らんやろ？　『八百屋お七』で良兄さんがどれだけ凄まじかったか。白い着物に黒繻子の襟掛けて梯子《はしご》登るんや。送風機で風を送ると、焦げた長襦袢と裾除けが翻って炎がごうっと渦巻いてるように見える。真っ赤なライトがぐるぐる回ってお七の着物も江戸の町も紅蓮の炎に焼き尽くされてく。良兄さんは櫓に登って半鐘を叩くんや。髪は乱れて舞い上がり、反った背中が息を呑むほど綺麗で……」

そこで母は一旦息を継いで軽く眼を閉じた。そして、まるでうわごとのように呟いた。

「私もあの火で焼かれたらよかった……」

その声を聞いた途端、全身の毛が逆立った。もう我慢できなかった。こんなにも誰かをおぞましいと思ったことはない。俺は懐から庚申丸を取り出した。鞘を払って母に示す。

「……憶えてるか？　あんたの大好きな良兄さんが自分で自分の顔を斬った庚申丸だ」

母が眼を見開いた。言葉にならないかすかな息が漏れた。

「俺はあんたを許せない。あんたを殺して俺も死ぬ。それで終わりにしよう」

びゅうびゅうと耳許で風が唸った。雪が全身に打ち付ける。俺は庚申丸を握りしめた。

「そう、そうやね。それがええわ……」

母は恍惚とした表情を浮かべ、黙ってうなずいた。

世の中にはどうしようもないことがある。生きている限り苦しみが続く。生きているから絶望が続く。そこから逃れる方法は死しかない。

生きていることを止めれば楽になる。だから、朱里は飛んだ。俺も母を殺して飛ぶ。朱里のように手を広げて飛ぶ。きっと朱里は待ってくれている。俺を見て最初は怒るだろう。なぜ来たの、と。でも、それは本心ではない。すぐに喜んでくれる。そして、こう言うだろう。

――私たちはこの世でたった二人だけの双子だから。

朱里。遅れてごめん。俺もすぐに行くから。

俺は庚申丸で思い切り母を突いた。次の瞬間、耳許で凄まじい声がした。

「阿呆」

腕がつかまれ、ねじり上げられる。慣れた手際だった。俺の手から庚申丸が落ちた。

「やめるんや、伊吹」

身体をひねって見上げると雪まみれの慈丹の顔が見えた。

なぜここに慈丹がいる？　舞台はどうした？　座長は？　俺はすこしの間、混乱していた。

そのとき、雪の上に赤い物が見えた。母の腕から血が滴り、雪が点々と赤く染まっていく。それを見た瞬間、またあの雪の飼育小屋が頭に浮かんだ。

「若座長、止めないでください」

「まだそんな阿呆言うか」

慈丹は吐き捨てるように言うと雪の上に落ちた庚申丸を遠くへ蹴飛ばした。刀は抜き身のまま赤い山茶花の根元まで飛んだ。それから慈丹は母の腕を取って傷の具合を見た。ほっとしたように言う。

「たいしたことない。かすっただけや」

母はうっとうしそうに慈丹の手を振り払って後退った。二人とも所作があまりに綺麗なのでまるで芝居の一連の流れのようだった。

「久しぶりやね。鉢木慈丹。前に会《お》うたときにはよちよち歩きの子供やったのに」

母は血の筋のついた手を軽く胸許に当てて降りしきる雪の中に立っていた。すこし腰をひねって背を反らした立ち姿は息を呑むほど美しかった。

慈丹も思わず気圧されたようだが気を取り直して挨拶をした。

「お久しぶりです。僕はすこしも憶えてませんが」

「へえ、嫌みなところが秀兄さんによう似てるわ」

「親子なもんで」慈丹が顔をしかめて答えた。

「そう。親と子はいやでも同じ血が流れてるから」

母はそう言って鼻で笑った。その笑みにまた肌が粟立った。

「若座長、邪魔しないでください。俺は俺の手でケリをつけるんです。そうでないと朱里に申し訳ない」

「阿呆」

いきなり頬を張られた。本気の張り手で俺は一瞬頭がくらくらした。思わず雪の上に膝を突いた。慈丹は俺をにらみつけ、きっぱりと言った。

「お前が死んでお姉さんは喜ぶんか」

「でも……」

「でもやない。お前はうちの女形や。勝手に死ぬなんて許さん。首に縄付けてでも引っ張って帰る」

「でも、俺は……」

「やかましい。それ以上なんか言うたら今度こそ本気でしばくぞ」

さっきのは本気ではなかったのか。そんなことを頭の片隅で考えながら俺は慈丹のピンクの傷が震えるのを見上げていた。

「こんな物騒なもん振り回して……」

慈丹は庚申丸を拾い上げて鞘に納めた。俺に向き直って語りかける。

「伊吹。お前のお母さんが言うたとおりや。親と子はいやでも同じ血が流れてる。でも、僕とお前の間にも同じ血が流れてるんやで。なにせ僕とお前は従兄弟やからな。そんな簡単にケリつけんといてくれ」

慈丹の声が沁みる。俺は思わずうつむいた。悔しかった。俺の血が両親と同じ血ではなくて、従兄弟の慈丹と同じ血だけだったならどんなによかっただろう。身体中の血を入れ替えられたらいいのに。そうすれば、もう自分のことを汚いなんて思わなくて済むかもしれない。

そこで母が低く笑った。

「鉢木慈丹。あんたは秀兄さんよりは融通が利くみたいやね。口が上手いわ。でも、どれだけ口先でごまかしても私らの地獄は変わらへん。親と子には同じ血が流れてる。それがすべてや」

「阿呆らしい。同じ血が流れてる？　そんなもんに伊吹を縛り付けるなや」慈丹が吐き捨てるように言うと、俺に向き直った。「立てや、伊吹」

まるで稽古をつけているときのような厳しい声だった。俺は弾かれたように立ち上がった。慈丹が俺の眼を真っ直ぐに見た。

「伊吹、お前は選べる。親の血を選んでいつまでも因果の奴隷をやるか、それとも鉢木慈丹の従兄弟の血を選んで女形として生きていくか。お前は自分で選べるんや」

熱く力強い声が俺を打った。息が止まるかと思った。

選べる？　俺は選べるのか？　本当に俺は選んでいいのか。

「若座長、俺は……」

慈丹に答えようとしたとき、母がまた雪空を見上げたのが見えた。

瞬間、俺は思い出した。朱里を焼いた日、母は風花《かざはな》の舞う透明な空を見上げて羨ましそうだった。……あの子は飛んだんやね、と。

あの日、母は内藤にこう言ったのだ。


——だって、あの子には私と同じ血が流れてたから。


心臓が跳ね上がった。なんだろう。なにかが引っかかる。

雪雲の下で、母が髪をかき上げた。その拍子に先ほどの傷から血が滴った。それを見た瞬間、ぱっと頭が弾けたような気がした。

——あたしには母と同じ血が流れてる。


東京で西尾和香が朱里と会ったとき、朱里が言ったという言葉だ。

あれはいつの言葉だ？　そうだ。大学一年生の夏、俺と朱里は帰省して実家にいた。そのとき、和香に会った話を聞かされたのだ。では、あの頃からすでに朱里は自分と母の「血」について意識していたということか。

背筋がぞくりとした。もしかしたら俺は考え違いをしていたのかもしれない。

これまで俺はこう思っていた。朱里に婚約の話が出たのは大学二年生になる春休みだ。その後、朱里は自分の出自を調べ、両親の間違った関係を知った。ショックを受けた朱里は婚約を破棄した。それから、実家に戻って母を問い詰めたが、詳しいことは聞けなかった。次に鉢木座を訪れ、座長から当時のいきさつを聞いた。すべてを知った朱里は絶望し、城の石垣から飛んだのだ、と。

もしかしたら、朱里は大学一年生の夏には父と母の関係を知っていたのではないか。そして、俺にも言えずにずっと苦しんでいたのではないか。

俺は懸命にあの夏のことを思い出そうとした。あのとき、縁側でスイカを食べた。朱里はなんでもないことのように俺たちが婚外子で母の戸籍に入っていることを告げた。

戸籍上の父が存在しない、と。だが、それだけだった。

俺は雪の中で呻いた。あの夏のことがありありと思い出された。まるで隣に朱里がいて、山茶花の代わりに酔芙蓉の花が咲いているかのような気がした。

朱里が内藤と付き合いはじめた頃だ。内藤は最初から朱里を若女将に、と口にしていた。朱里は冗談として流しながらもやはり意識したのだろう。だから、戸籍を遡って自身のルーツを調べた。そして、父と母の関係を知ってしまったのではないか。

朱里はどれだけ驚いただろう。そして、どれだけ一人で悩み、苦しんだだろう。だが、俺には自分たちが婚外子であるとしか伝えなかった。朱里があまりあっさりと言うので俺は戸籍について疑問を持たなかった。朱里の演技のおかげで俺は今まで父と母の関係を調べようとは思わずに済んだのだ。

朱里は俺が何気なく言った「ハズレ」という言葉にムキになって怒った。あれはスイカのことではなく、「人の道を外れた」存在であることを知ってしまったからではないか。人の道を踏み外した母親と同じ血が流れていることが苦しかったからではないか。

……いや、おかしい。両親の秘密を知った後、朱里は悩んだ末に内藤との婚約を決めたことになる。自分の出自に苦しみながらもなんとか生きていこうとしたのだろう。なのに、結局、婚約を破棄して死を選んだ。なぜだ？　朱里が死を選んだ理由は両親の関係以外にあったのか？　だとしたら、それは一体なんだ。

そのとき、全身が総毛立った。それ以上は追及するな、と警告が聞こえたような気がした。だが、もう引き返すわけにはいかなかった。俺は震える声で母に訊ねた。

「朱里は真実を知ってここに確かめに来たんだろう？　そのときなにがあった？」

「なにも」

「嘘だ。あんたはあの男が自殺した原因はキスを誘った朱里だと思って、朱里を怨んでいた。きっと傷つけるようなことを言ったはずだ」

「本当のことを言うただけ」

「なにを言ったんだよ」

「私とあんたは同じ血が流れてるから、って。そうしたら、あの子はたった一言、こう言うた」


——あたしはお母さんみたいにはならない。


母のようにはならない、とは一体どういう意味だろう。

ごうっと雪が吹きつけた。急に息ができなくなった。俺は思わず喉を押さえた。なにか決定的なことが起ころうとしている。取り返しのつかないことが起ころうとしている。

「おい、伊吹、どうした」

慈丹が慌てている。だが、それに答える余裕はなかった。

まさか。

喉が詰まって苦しい。俺は肩で息をしながら母を見た。

「まさか」

母はじっと俺を見ていた。満足げな眼だった。俺は遠い祭りの夜を思い出した。燃えた提灯を見ながら俺は奇妙な一体感を覚えた。父も母も、俺も朱里もみんな同罪なのだ、と。

「伊吹。あんたはあの子の気持ちを踏みにじったんやね。あの子はあんたにだけは知られたくなかったのに」

「まさか……」

それしか言葉が出なかった。

母はゆっくりと髪をかき上げた。朱里の仕草とまったく同じだった。

「あの子はね、自分が憎い母親と同類やと知って絶望したんやね。それに追い打ちを掛けたのは伊吹、あんたや。あんたは同類やなかったから」

朱里と母は同類だが俺は違う。その意味はすぐに理解できたが、それを認めるのを俺のすべてが拒んでいた。

「ずっと自分とあんたは同じじゃと信じてた。でも、真実は違《ちご》た。本当に汚いんは自分だけやった、というのがわかって絶望したんやよ」

母の声にはまるで他人事のような憐れみが感じられた。無駄な努力をした人間への侮蔑を込めたねぎらいだ。

「あの子はここに来た後、秀兄さんに会いに行った。一縷《いちる》の望みにすがってね」

「一縷の望み？」

「そう。私と良兄さんの関係を否定して欲しかったんやろうね。でも、望んだ答えは得られへんかった。だから、絶望した」

「もういい、やめてくれ」

「伊吹、あんたはすこしも朱里の気持ちに気付かへんかった。つまり、まっとうな人間やったというわけやね。でも、そのせいで朱里は死んだ」

「やめろ」

俺は雪の上に膝を突いて号泣した。涙がぼろぼろ落ちて雪に小さな穴を穿《うが》った。ずっとずっと、たった二人きりで生きてきた。俺は朱里を愛していた。朱里も俺を愛してくれた。でも、その愛し方はいつの間にか違ってしまったのか。

「私はね、あの子を守ろうとした。あの子にこうアドバイスしたんや」

――江戸時代やあるまいし、なにを古臭い考えにこだわってるん？　姉弟で愛し合《お》うてなにが悪いん？　伊吹と二人でひっそり静かに暮らせばいいだけや。自分のことを汚いなんて思う必要ない。


「でもね、あの子は私のアドバイスを受け入れられへんかった。気の毒に」

「やめろ。もうそれ以上言うな」

　朱里が俺に抱いた感情に嫌悪は感じなかった。むしろ、そこまで追い詰められた朱里がただただ憐れだった。朱里が悪いんじゃない。朱里は汚くなんかない。誰も俺たちを愛してくれなかった。俺たちはお互いで愛し合うしかなかった。その愛し方が俺と朱里ではほんのすこし違ってしまっただけだ。

　雪が降る。もっともっと激しく降ってこのまま俺を覆い隠してくれたらいい。こんな汚い俺を埋めてしまえばいい。

　俺は雪の上で泣き続けた。どれだけ泣いても涙は止まらなかった。次から次へと溢れてくる。俺はどうすればよかったんだ。一体どうすれば？

「伊吹、ほら」

　慈丹が俺を起き上がらせてくれた。俺はよろめきながら立ち上がった。母は血の気のない顔で俺たちを見ていた。

　慈丹は膝についた雪を払いながらさらりと言った。

「……いやあ、見た目ではわからんもんですね」

「なんのこと？」母が不思議そうな顔をした。

「ほんまにいてるんですね。どんなに綺麗で優しそうに見えても決して人の親になってはいけない人間というものが。……はは、すごいもんや」

慈丹がありったけの軽蔑と嫌悪を込めて笑った。母はなにも言えず立ち尽くしている。

やがて、慈丹は笑うのを止めた。抉るような容赦のない口調で母に迫った。

「伊吹になにか言うことはないんですか」

母は返事をしなかった。表情一つ変えない。吹き付ける雪の中、身じろぎもせず立っていた。慈丹も俺も動かなかった。

やがて、長い沈黙の後、母は抑揚のない声で呟いた。

「……今さら言うことなんてない」

雪の中に立ち尽くす母は完全に凍りついた枯木だった。慈丹が思わず身震いしたのがわかった。

俺も凍りついていた。だが、俺の一番深いところで何かが破裂した。音も熱もない爆発だ。

まさか、俺は母に期待していたのか。今さら愛してもらえるとでも思っていたのか。詫びてもらえるとでも思っていたのか。バカバカしい。そんなこと期待するはずがない。

なのに、どうしてこんなに苦しいんだろう。どうしてこんなに辛いんだろう。どうしてこんなに惨めでたまらないんだろう。

俺は家を飛び出した。慈丹がなにか叫んだが、構わず駆けた。耳許で風が唸っている。雪が激しく降ってくる。渦巻くように空から降ってくる。足許の雪も地吹雪となって舞い上がる。橋を渡り、川を越え、城への山道を登る。雪で足許が滑る。何度も転んだ。息が切れて心臓が苦しい。それでも走り続けた。

やがて、天守が見えてきた。俺は石垣の端ぎりぎりに立って身を乗り出して息を切らしながら暮れていく町を見下ろした。

この世で「汚さ」を共有できる相手は朱里だけだった。俺は朱里を抱きしめて手を繋いで幸福を感じた。唯一触れられる人間だった。俺は本当に朱里が大好きだった。この世で一番好きだった。つまり、俺は朱里を愛していたということだ。だが、いつしか俺たちの愛し方は違ってしまった。

あの雪の朝、校庭に二人並んで足跡を付けた。真っ白な雪に俺たちは完全な平行線を描いたのだった。俺たちはどこまでも一緒のはずだった。そして、決して交わらないはずだった。

誰かを好ましく思う心、誰かを大切に思う心、誰かを守りたいと思う心、誰かと触れ合いたいと思う心、誰かとセックスしたいと思う心はすべて愛と呼ばれるものだ。そのすべてが一致して叶うなら人はどれだけ幸せになれるだろう。

なあ、朱里。俺たちはやっぱり汚い。お前は実の弟の俺を愛して汚い。俺は実の姉の望みを知りそれを受け入れることができないのに、それでもまだ弟として愛して欲しいと願って汚い。

なあ、朱里。俺がお前の気持ちに応えたらお前は飛ばずに済んだのか。お前は死なずに済んだのか。でも、無理だ。俺はお前の望むようにはできない。じゃあ、どうすればお前を救えたんだ？

答えなんてないことくらいわかっている。だから、朱里はこの問題に自分の命でケリをつけた。じゃあ、俺はどうすればいい？

簡単だ。飛べばいい。ここから朱里は飛んだ。俺も今から飛ぶ。飛ぶんだ——。

俺は両腕を広げる。唸りを上げて雪が真正面から吹き付けた。妄執の雲から降る雪だ。

朱里、今行く。待っていてくれ。

「伊吹」

背後で慈丹の叫び声が聞こえた。俺は無視して思い切り大きく両腕を広げた。朱里のところまで飛ぶんだ。

——あたしも伊吹が喰われないように守る。

ふいに朱里の声が聞こえた。

——喰われないように守る。

そうだ、守る、と朱里は言ったんだ。俺を守る、と。

「お前、約束破るんか。卑怯者」

卑怯者、と言われて一瞬身体が強張った。次の瞬間、俺は石垣の縁から乱暴に引きずり戻されて雪の上に転がった。

「阿呆。なに考えてるねん」慈丹が怒鳴って俺を殴った。「お前、僕と約束したやろ。いつか一緒にツインタワー女形やるって」

「若座長、俺は……」

「僕はな、お前を入座させたときからお前の一生を引き受けたんや。勝手に死ぬのは許さん」

俺は慈丹の足許に倒れたままその声を聞いていた。怒鳴っていても温かい声だった。凍った身体に問答無用で沁み込んでくる。勝手に俺をすっぽりと包んでしまう。このまま身も心も預けたくなる。この男は自分が真っ直ぐな人たらしだと知らない。どんなに乱暴でも、どんなに下品な言葉を使っても優しくて真摯で俺の心を打つ。髪にも肩にも雪が積もって真っ白なのにこんなに熱い。

「役者はな、たとえ親兄弟が死にかけてても舞台を休まんもんや。座長はそう言う。僕もそう思てた。でも、それがでけへんかった。僕はお前を助けたいと思た。そのために舞台に穴を空けた。役者失格や。それでもお前を死なせたくなかったんや」

俺は慈丹を見上げた。慈丹の眼に涙が薄く浮かんでいた。

「若座長……」

「明日の昼公演から復帰してもらう。わかったな」

「でも、俺は……」

口ごもると、慈丹にもう一度頬を叩かれた。

「お前、汚いんやろ？」

慈丹の表情は真剣だった。俺は返事ができなかった。

「なあ、自分で自分のこと汚いと思てるんやろ？　血のつながった兄と妹から生まれた自分は汚い。息してるだけで、そこにいるだけで汚い。そう思てるんやろ？」

慈丹が畳みかける。俺は歯を食いしばってうなずいた。すると、さらに慈丹は言葉を続けた。

「自分ではどうしようもないんやろ？　だって、生まれたときから汚いんやからな。身体に汚れが染みついてるんやなくて、汚れそのものから生まれたんやからな。綺麗になろうと思たら、身体中の血も肉も骨も皮も、細胞の一つ一つから、なにもかも取り替えなあかんレベルや。違うか」

舞台で滔々《とうとう》と長台詞を言うように慈丹の言葉には淀《よど》みがなかった。

慈丹は本当のことを言っている。いつも俺が自分自身に感じていたことだ。なのに、なぜ苦しい？　なぜ痛い？　なぜ腹が立つ？

「こんなに汚かったら誰にも触れられへん。誰とも親しくなられへん。だから、この先ずっと一人ぼっちや。だから、生きてても仕方ない。そう思うんやろ？」

慈丹は俺の顔から眼を外さない。痛みを感じるほどの視線だ。くそ、なぜここまで言われなきゃならない？　なぜ、俺はこんなに苦しまなきゃならない？

「お姉さんに腹が立つんやろ？　この世でたった一人の仲間を置いて死んでしまうなんて、見捨てられたような気がしてむかつくんやろ？」

「違う」

さすがに我慢できずに言い返した。

「どこが違うんや？　汚い同士で一生仲よくしてたかったのに自殺するなんて、勝手なことしやがって、と思てるんやろ」

「違う。朱里は俺を守ると言った。喰われないように守る、って……」

そこで突然、言葉に詰まった。俺はぽかんと口を開けたまま茫然《ぼうぜん》としていた。今、気付いた。もしかしたら、俺は勘違いをしていたのか。

朱里が飛んだのは絶望したからじゃない。果てのない苦しみから逃げたかったからじゃない。俺を守るためだ。

あの雪の飼育小屋で俺たちは互いに約束した。喰われないように守る、と。きっと朱里はこんなふうに考えた。

自分は母と同じことをしている。このままでは守るどころか俺を喰ってしまうのではないか、と。

では、どうすればいい？　そう、飛べばいいのだ。命を絶てば母のようにならなくて済む。自分がこの世から消えれば俺を父のようにさせずに済む。だから、飛ぼう。生《いき》霊《りょう》にも幽霊にもならないように、俺を取り殺したりしないように、ずっと高いところへ、遠くへ一人で飛んで行こう――。

朱里は遺された俺がどれほど哀しみ苦しむかを知っていた。それでも俺を守るために飛んだ。俺も朱里も母のように開き直って「自由に」なれないことを知っていたからだ。

「朱里は飛ぶことで俺との約束を守ったんだ……」

朱里。俺だってお前を守るつもりだった。一生お前を守るつもりだったのに。

慈丹はしばらくの間絶句していた。青ざめた顔に雪が吹き付けた。俺は真っ暗な空を見ていた。星一つ見えない恐ろしい空だ。

「じゃあ、お前はお姉さんに守ってもらって自分だけのうのうと生きてる、てわけやな」

返事ができずに俺は雪の中で呻いた。はじめて母の言葉を正しいと思った。死ぬ必要なんかなかった。どこかでひっそりと静かに生きて行けばよかった。朱里一人が死ぬよりずっとマシだった。

慈丹はじっと俺の眼を見つめたまま、ごく静かな声で言った。

「お姉さん犠牲にして、自分だけ生き残って汚い。そう思てるんやろ？」

「ああ」

「そうか、じゃあ、牧原伊吹は汚い。それで生きてくしかないやろ。お前は汚いんや」

あれほど心地よかった慈丹の声が今度は鋭い杭になって俺に突き刺さった。

――お前は汚いんや。

俺は汚い。そのとおりだ。これまでさんざん自分に言い聞かせてきたことだ。なのに、慈丹に言われるとどうしてこんなに辛いのだろう。

胸に穴が開いたせいで声が出ない。血の混じったような風のような声を上げることしかできない。

「ああ、俺は汚い」

「そうや。お前は一生汚いんや。実の兄妹から生まれたっていう過去は変えようがない。お姉さんに守ってもらったこともや」

「……ああ」

「今さらどうしようもないなあ。今さら」

慈丹がわざとらしい抑揚を付けた。これが舞台なら実に嫌みな役柄だ。とうとう我慢できなくなった。

「そんなこと俺が一番わかってる。お願いだから黙っててくれ」

自分でも悲鳴なのか怒鳴り声なのかわからない。すると、慈丹が眼を細めた。いつもの柔らかな笑みを浮かべている。

「僕は今ほど大衆演劇の女形でよかったと思たことはない」

「え？」

「ほら、見てみ。顔にこんな派手な傷があったら普通の人やったら目立ってしゃあない。でも、僕は女形や。白塗りするのが商売や。普段は傷物のオッサンでも幕が開いたら綺麗な女形や。傷なんかわからへん」

俺は声も出せずに慈丹を見つめていた。傷のある笑顔は化粧もしていないのに舞台の上と同じくらい艶《なま》めかしかった。

「お前も同じや。どんだけ汚くても白粉塗ったら綺麗な女形や。そしたら、お前は汚くない」

俺は思わず息を呑んだ。ぽかんと口を開けて慈丹を見ていた。

「顔だけやない。ほら、雪はすべてを覆い隠す、ってよう言うけどな、それやったら舞台が最強や。なんと言うても舞台の雪は紙や。紙雪や。絶対に溶けへん。なにもかも隠してくれる。ずっと、ずっとな」

「紙雪……」

「そうや。思いっ切り降らしたらええねん。舞台も客席も真っ白になるくらい、撒《ま》き散らしたらええねん」

慈丹はもう笑っていなかった。はじめて降った雪みたいに混じりけのない綺麗な顔で俺に語りかけた。

「でも、これだけは言うとく。僕はお前が汚いなんて思ったことはない。そして、これからも思うことはない。お前が自分の血縁関係を汚いと思うのは勝手やが、僕はお前が血のつながった従兄弟でよかったと思てる。お前という従兄弟がいて嬉しい」

言葉が出ない。口の中がカラカラだ。指先の感覚がない。頭の中も胸の中もなにもかも痺れている。

「お前の身体と心はお前のもんや。僕にはどうしようもでけへん。でも、すこしでもお前が楽になれるんやったら、いくらでも紙雪を降らしたる。舞台に積もって、地吹雪が舞い上がるくらいの紙雪や。そこで白塗りしてお前は僕と踊る。鉢木座のツインタワー女形、鉢木慈丹と牧原伊吹や」

雪だ、雪。紙雪が降る。俺は思わず自分の手を見た。雪に覆われてもう真っ白だ。決して溶けない。俺を綺麗にしてくれる。

「お姉さんが命を懸けて守ってくれはったんやろ？　そやから、伊吹の命はもう伊吹一人の命やない。お姉さんの命も一緒になってるんや」

ほら、と慈丹が俺の頭の雪をそっと払った。

「僕はお前の一生を引き受けると言うた。今からはお姉さんも一緒に引き受ける」

俺はいつの間にか号泣していた。手に積もったのは紙雪ではなく涙だった。雪の上に身を丸めてしゃくり上げて子供のように泣いた。涙と鼻水でぐちゃぐちゃになりながら気が済むまで泣いた。慈丹はなにも言わずに待っていてくれた。

やがて、涙が出なくなると俺はのろのろと立ち上がった。眼も鼻も痛かった。雪の上で泣き続けたので身体は冷え切っている。手足は痺れてほとんど感覚がなかった。

俺はなんとか口を開いた。

「……若座長。もう一度、鉢木座の女形として舞台に立たせてもらえますか」

「当たり前や。休んだぶんバリバリ働いてもらうで」慈丹がわざとガラの悪い口調で笑った。それからさらりと軽く言った。「じゃあ、おふくろさんに挨拶だけしてこか」

「それは嫌です。二度と顔を見たくない」

「阿呆。二度と会わんためにケジメつけるんや」

俺は慈丹に連れられてすっかり暗くなった山道を下りた。雪はまだ降っていたが風が弱まってずいぶんマシになっていた。

家に戻ると、灯りがついておらず真っ暗だった。母は暗闇の中、父と朱里の位牌のある仏壇の前に一人で座っていた。

慈丹は母の前に膝を突き、指を揃えて頭を下げた。俺も慌てて慈丹に倣った。

「伊吹は責任を持ってうちが預かります。そやから……」

慈丹はそこで顔を上げてゆっくりと低い声で言った。

「あんたは伊吹の人生から消えてください」

母の身体がびくりと震えた。ゆっくりとこちらを見る。なにか言おうとしたが、慈丹が遮った。

「伊吹は僕の大事な従兄弟で鉢木座の大事な女形です。もし、今後、伊吹に迷惑を掛けたり傷つけたりしたら僕は絶対に許さへん。覚悟してください」

母は慈丹をにらみつけていたが、絞り出すように言った。

「……あんたらみたいな子供に男と女のなにがわかる？　実の兄を好きになる地獄のなにがわかる？」

慈丹はしばらく黙って母を見つめていたが、やがてきっぱりと言った。

「そんなんわかりません。でも、いつかわかりたいと思います。芸のために」

「芸のために、か。役者としては優等生の答えやね。秀兄さんにそっくりや」

「光栄です」慈丹が真顔で礼を述べた。

母が顔を背けた。慈丹はその横顔に向かって言葉を続けた。

「鉢木座の連中はみんな、伊吹のことを大切な家族やと思ってます。そやから、あなたからのものは、それが愛やろうと情やろうと、これっぽっちも必要ありません。どうぞお気遣いなく」

母は返事をしなかった。身じろぎ一つせず父の遺影を見つめている。その口許がふいに動いた。

「……私たちは鉢木座を飛び出して母の里を頼った。母は一人やった。もう男はこりごりや、と。私はお腹の子の父の名は明かさず、せめて子供を産むまで置いて欲しいと頼んだ。母は最初、私たちに優しくしてくれた。でも、お腹の子が良兄さんの子やとバレた途端、母の態度が変わった」

——穢《けが》らわしい。あんたらなんか産むんやなかった。人でなし。今すぐ出て行って。

「あのときの母の顔ときたら凄かった。……そう、あれが私の人生で一番辛かったわ……。そして、私たちは追い出された。その際、二度と顔を出さないことを条件に手切れ金をくれた。それから良兄さんは死に物狂いで板前の修業をした。もともと手先が器用で勘が良かったから、あっという間に腕を上げた。私たちは母の恵んでくれたお金を元手に店を開いた」

母が静かにこちらに顔を向けて白茶けた枯木のような眼で俺を見た。

「そやから、私はあんたにあげたくても母の愛も情も知らん」

母が口を閉ざした。舞台の上でたった一人、完璧な台詞回しの独白だった。しばらくの間余韻が紅《あか》いもやのように漂っていたが、やがて静かに消えた。と同時にふっとスポットライトも消えた。

「それはなんの言い訳にもなりません」

慈丹はきっぱりと言うともう一度母に深々と頭を下げた。そして、庚申丸を差し出した。

「お返しします。僕らには不要な物やから」

母は鬼気迫る眼で庚申丸を見つめていたが、やがて震える手で摑んだ。強く胸に押し当てて声も立てずに泣きはじめた。

慈丹が立ち上がった。それから、俺を見てにっこり笑った。頰の傷が薄いピンクゴールドに輝いた。

「じゃ、行こか。帰ってすぐに稽古や」

「はい」

俺はよろめきながら立ち上がった。引かれるように慈丹の後を歩き出す。敷居のところで慈丹が足を止めた。

「そうそう、座長からの伝言です。……身体を大事に、と」

母の返事はなかった。慈丹が再び歩き出す。俺も歩き出した。

そのとき、母の声がした。

「伊吹」

俺は思わず立ち止まった。だが、振り返ることはできなかった。

「愛してあげられなくて……ごめん」

風花のようにはかない声だった。

俺は返事をせずに再び歩き出した。はじめて母の声を聞いたような気がした。

駅に着くと、慈丹は売店で弁当とお茶、一座への土産として漬物と饅頭、それに寧々ちゃんにはご当地キャラのキーホルダーを買い込んだ。

雪の積もった人気のない夜のホームでかなり待たされて、たった一両しかないディーゼルカーに乗った。途中で乗り換えて新幹線の駅まで二時間半近く掛かる。外はもう真っ暗で、夜の闇の奥に連なる山々がにじんで見える。俺と慈丹は熱いペットボトルのお茶を懐炉代わりに膝の上に載せてじっとしていた。

俺はずっと気になっていたことを訊ねた。

「若座長、公演は」

「女形が二人ともおらへんのや。できるかいな、と言いたいが、座長が知り合いに電話掛けまくってゲストを頼んだ。都合付けて二人ほど来てくれはることになった」

「そうですか、よかった」

俺はほっとした。まさか休演ということになったらとんでもない迷惑が掛かる。客を裏切り一座にも損害を与える。俺が辞めてケリがつくレベルではない。

慈丹は頬の怪我以外では舞台を休んだことがない。三十九度の熱が出ても注射を打って舞台を勤めた。それが、俺を助けるために丸一日、昼と夜の舞台に穴を空けたと言う。この決断をするのはどれだけ辛かっただろう。

「お前、帰ったら覚悟しとけや。こき使ったるからな。今回、お世話になったところに御礼奉公行くんや」

「はい。いくらでも」

乱暴な口調でもやっぱり品がいい。人徳だな、と素直に思える。

閑散とした車内で、慈丹が買ってくれた弁当を開いた。

「食えや。鶏肉は入ってへんから」

慈丹は唐揚げ弁当、俺はすき焼き弁当だ。どう見ても俺のほうが値段が上だった。

窓の外には暗い川が見える。やがて、ごうっと音がしてトンネルに入った。ここはすこし長いトンネルだ。俺は思い切って言った。

「俺は嘘をついてました。本当は鶏アレルギーじゃないんです。……昔、小学校の飼育小屋で死んだ鶏を他の鶏が喰ってるのを見てから鶏が食えなくなったんです。あのとき、姉と二人で見てて……俺たちはまるで自分が喰われているように感じました。そして、二人で約束したんです。お互いを守る、って」

「そうか」

「でも、いつか、鶏が食えるようになりたいと思います」

「じゃ、食えるようになったら美味しい焼き鳥屋に連れてったるわ」

「お願いします」

「でもな、別に一生食べられへんかったとしても死ねへんし。難しく考えることないやろ。無理することない」

慈丹がのんびりした口調で言って唐揚げを一つ口に放り込んだ。

俺は窓を見た。トンネルの中だから景色は見えない。ただ、ガラスに俺と慈丹が並んで映っている。ガラスの中で慈丹が笑った。

「なにしてんねん。肉、いらんのやったら僕が食うてまうで」

「いえ、食べます」

列車がトンネルを出た。再び川沿いを走る。いただきます、と俺は牛肉を口に運んだ。甘くて美味しかった。俺と慈丹はしばらく黙って弁当を食べた。

深い闇に溶けたような山の間を夜の列車は走っていく。鉄橋を渡ると川面に列車の灯りが輝いた。山も、川も、鉄橋も、田も畑も、家々も、なにもかもが飛び去っていく。もう戻ることはない。

「若座長。戻ったらまた一緒に踊ってもらえますか」

「ええんか？　無理せんでええんやで」

「いえ。すこしずつでも前に進んで行きたいんです」

「そうか。じゃあ明日の昼公演、なんか一曲、一緒に踊ろか」

「はい。お願いします」

「よっしゃ。ほな頼むで、伊吹」

慈丹がにっこり笑った。ピンクの傷が金色に見えた。瞬間、俺の胸に息が通ったような気がした。胸が開かれてじわりと熱くなる。そうだ、慈丹の魅力は外見の華だけじゃない。芸だけでもない。慈丹という人間そのものの魅力なのだ。

またトンネルに入った。列車が揺れた。耳がきいんとなる。いつの間に買ったのか慈丹が袋からシュークリームを取り出した。俺は礼を言って受け取った。

俺はじっとシュークリームを見ていた。俺はこの男のようになれるだろうか。うじうじと不平を言っているだけの人間をやめて、誰かのために行動できる人間になれるだろうか。

トンネルを出た。突然、雪明りの野が広がって輝いた。まぶしさに堪えられず勝手に涙がにじんだ。こんなにもよくしてくれる人に応えたい、と心の底から思った。

＊

昨日、俺と慈丹が舞台に穴を空けた際、座長が指を突いて客席に向かって詫びた、と芙美さんが教えてくれた。

——慈丹はこれまで怪我を除けば一度も舞台を休んだことはありません。ほんの小さい頃から、どれだけ熱が出ようと弱音一つ吐かずに舞台を勤めて参りました。そんな慈丹が一日、舞台を休ませてくれ、と頼んだのです。あれはこんなふうに言いました。役者としてあるまじき行為やてわかってる。このまま舞台を追われても仕方がない。でも、役者である前に人間としてせなあかんことがある。せえへんかったら一生後悔する、と。ですから、どうぞ不肖の倅《せがれ》の我が儘をお許しください。

客席はしんと静まりかえった。それから拍手が起こった。座長は男泣きしたそうだ。その話を聞いて俺も泣きそうになった。俺は恵まれている。うぬぼれでも傲慢でもなく、生まれてはじめてそう思った。

昼公演の幕が開くと俺はたった一人で舞台に放り出された。草履を脱いで舞台に座ると指を突いて深く頭を下げた。

「この度は私、牧原伊吹の身勝手な行動により、お客様には多大なるご迷惑をお掛けしたこと、心よりお詫びいたします。誠に申し訳ありませんでした。このようなことを二度と繰り返さぬよう、深く反省しております」

客席はまだ静かだ。咳払いの音しかしない。顔を上げるのが怖かったが覚悟を決めた。

俺はゆっくりと顔を上げて客席を見渡した。

「自分の言葉で失礼します。若座長が舞台に穴を空けたのは俺のせいです。若座長は俺を救ってくれたんです。もし、あのとき若座長が来てくれなかったら、俺はたぶん死んでました」

客席が一瞬どよめき、すぐまた静かになった。

「お客様は舞台を楽しむために劇場に足を運んでくださいます。役者はひとときの夢でお客様を楽しませるのが本分です。死ぬ、なんて言葉は決して口にしてはいけません。でも、敢《あ》えて俺は使いました。それは、若座長に非がないことを皆様に知って欲しかったからです。若座長が舞台を休んだこと、役者失格だとお思いのかたもいらっしゃるかもしれませんが、なにもかも責任は俺にあります。どうか、若座長を責めないでいただけませんか」

一つ深呼吸をした。埃《ほこり》っぽい舞台の匂い、客席から漂う雑多な匂い、自分の白粉の匂いが混ざり合って肺に入ってくる。強烈なスポットライトに照らされて身体が焦げるような気がした。

「若座長の芸は魅力的です。でも、それは役者としての魅力だけじゃない。鉢木慈丹という人間の魅力なんです。俺はこんなにできた人を見たことがない。若座長は舞台に命を懸けています。本当に一座のことを考えている。その若座長が舞台に穴を空けてまで、俺の命を救ってくれた。俺はその気持ちに報いたい。一所懸命、精進していこうと思います。どうかこれからも鉢木座をお引き立ていただけますよう、お願い申し上げます」

　指を突き、深々と頭を下げる。

　一瞬、間があって、それから客席から割れんばかりの拍手が起こった。俺は動けなかった。今、顔を上げたらとんでもない姿を見られることになる。頭を下げたままじっとしていると、スポットライトが消えて舞台が暗くなった。

　俺は立ち上がって草履を履いた。「夏祭り」のイントロが聞こえてきた。急いで袖へ駆け込む。入れ替わりに狐《きつね》のお面を持った寧々ちゃんが出て行った。奥から芙美さんの声が聞こえる。

「伊吹君、早《は》よ化粧直して。次の次、出番やから」

　今日は三部構成だ。幕開きが俺の謝罪。一部がショー。二部が芝居。三部に再びショーだ。

　俺は化粧前に座った。座長も慈丹も何事もなかったかのように自分の支度に余念がない。いつもの楽屋だった。

　一部のショーの後、俺は慈丹に話しかけた。

「鏡で踊るの、どうですか」

「鏡？」

「二人で舞台へ出て絡むだけじゃなくて、鏡に映したみたいに左右対称で踊るんです」

「シンメか。なるほど。面白いかもな」慈丹が考え込んだ。

「絡みっぱなしじゃ観てるほうも飽きるけど、完璧な左右対称で離れて踊って、中央に寄ったときには左右対称を維持しつつ絡む、っていう感じで」

「なるほど」さらに慈丹が考え込む。実際にシミュレーションしているようだ。「ギリギリ触れんくらいの背中合わせもいいな。そうやな、いずれ片身替わりの衣装を作って……」

「片身替わりってなんですか」

「右と左で柄が違うように仕立てた着物や。やるなら徹底的にやらな。着物も左右対称にするねん。今度金が入ったら作ろか」

　よし、と慈丹がうなずき、立ち上がった。

「とりあえず、今からちょっとやってみよか。思い立ったが吉日や」

　休憩時間、俺と慈丹は懸命に練習した。慈丹の勘のよさは驚くほどだった。俺の不確かな踊りにダメ出しをしながら、それでも合わせていく。

「よし、これならいける。ラストで披露したろやないか」

「大丈夫ですか」

「ああ、やるなら今日や。今日やらなあかん気がする」

「はい」

俺は思わず力をこめて返事をした。そう、やるなら今日だ。今日が本当のお披露目、牧原伊吹の初舞台だ。

＊

大量の紙雪を降らせる雪尽くしのショーは鉢木座の定番になった。ファンの間では「豪雪ショー」とか「ホワイトアウト」と呼ばれ、とんでもない量の雪が降ると評判になった。

芝居も歌も雪尽くしだった。「あなたの灯」「風雪ながれ旅」「雪の華」「越冬《えっとう》つばめ」「粉雪」「北《きた》の螢《ほたる》」などと続く。送風機を最大出力にして雪を降らせると、上からも下からも紙雪が舞ってなにもかもが真っ白になった。

俺と慈丹は白と紅色の片身替わりの着物で舞台に出た。俺の着物は左の前身頃が、慈丹の着物は右の前身頃が紅色になっている。そして、俺は右手に、慈丹は左手に扇を持つ。曲は「Everything」で振り付けはシンメトリー。鏡合わせの俺たちは完璧なツインタワーだ。


雪の朝、朱里と二人で校庭に付けた足跡を思う。

真っ白な雪の上に並んで続く俺と朱里の足跡はすべてが完璧だった。あのとき、俺たちは二人なら生きていけるような気がしていた。

だが、もう俺の隣に朱里はいない。それでも俺は双子だ。この世界に一人でもやっぱり双子だ。

一人になった俺は今日も白粉を塗る。舞台の上は雪だ。決して溶けない紙雪が降っている。そして、俺は女形として踊りはじめる。

紙雪は重い。溶けないからだ。髪も肩も腕も指先も、なにもかも重い。苦しいよ。でも、なんとか踊ろうと思う。

なあ、朱里。お前は飛んで綺麗な白い鳥になった。今、ずっとずっと高いところにいるんだろう。そこから俺が見えるか。紙雪で白く化粧をした俺が見えるか。

大丈夫だよ、朱里。俺はちゃんと生きている。

妄執の雲から紅蓮の雪が降る。それでも、俺は踊り続けていこうと思うんだ。

【主な参考文献】

『大衆演劇お作法』ぴあ伝統芸能入門シリーズ（ぴあ）
『女形フォトガイド「大衆演劇」』ナビゲーター・橘大五郎／撮影・尾形隆夫（小池書院）
『あっぱれ！　旅役者列伝』橋本正樹（現代書館）
『晴れ姿！　旅役者街道』橋本正樹（現代書館）
『風雪！　旅役者水滸伝』橋本正樹（現代書館）
『女形芸談』河原崎国太郎（未来社）

解説——家族という狂気

三宅香帆

舞台の上に、永遠を見る瞬間がある。

観劇していると、ふっとその世界に連れていかれるような一瞬を感じることがあるのだ。もちろん舞台芸術を観《み》に行く時点で、舞台の上の夢を見たい、現実とは違う世界を体験したいという心づもりは少なからずある。しかし正直、本当に現実から離れられる事は稀《まれ》だ。どうしても目の前の舞台を見ながら現実のことが頭をよぎってしまう。——が、たまに、「今自分が見ているものは、現実ではないどこか遠くの違う世界そのものなのではないか?」と思うことがある。そう、どこかでずっとその世界が続いてきたのだと感じさせるような、役者の演技のなかに、見立てられた舞台装置のなかに、内包された永遠を見るのである。

本書で描かれているのは、そんな永遠を観客に見せるために、日ごろからすべてを舞台に費やしている役者たちの姿である。

物語は、ある二十歳の女性が亡くなったところから始まる。

彼女は、伊吹の双子の姉・朱里だった。伊吹は二十歳の誕生日を迎えた日、姉が亡くなったことを知る。朱里は結婚も決まり、これから幸せに生きていくものだと思っていたのに、なぜ。婚約破棄されたばかりの男は、伊吹に詰め寄る。なぜ彼女は亡くなったのか、と。

伊吹は朱里の自殺の理由を知りたくて、ある場所にやってくる。それは大衆演劇「鉢木座」が公演を行う劇場だった。朱里の遺品のひとつに、この大衆演劇のチケットの半券があったのだ。姉に演劇を楽しむような趣味はなかったはずなのに、なぜこの劇場に向かい、そして一週間後に命を絶ったのか？　その謎を解くために来た伊吹は、はじめて見た大衆演劇の舞台に魅了される。

待っていたのは、「女形《おんながた》」として舞台に生きる慈丹との出会い、そして「女形」として生きていくことになる伊吹自身の奇妙な運命だった。


女形というのは、なかなかどうして不思議な存在だ。

役者が舞台上でだけ性別を換える芸能——大衆演劇、歌舞伎、宝塚《たからづか》など——に共通するのは、「見立て」の存在である。たとえば大衆演劇で女形を見るとき、観客は役者が男性であることを理解している。しかし舞台上で、彼らは女性に見立てられる。そしてそれを観客も受け入れる。

よくフィクションの批判として「リアリティがない」という言葉を耳にするが、ある意味、見立ての世界とは、リアリティというものをいったん度外視したうえで成り立つ娯楽である。女形や男役に対し、リアリティがないと言うのは野暮なツッコミであろう。むしろ、現実にいないからこそ、舞台上にのみ存在する彼らは引き立つ。現実には存在しない性別――それが女形や男役なのである。

だとすれば、こうも言えるだろう。舞台とは現実世界の比喩なのだ。現実世界のより本質的なところだけを切り取って、そして舞台上に彼らは載せる。たとえば、女性の女性らしさのみを切り取って、女形は表現する。それは女性らしさの比喩だと言える。

舞台は、現実よりも少しオーバーで、ロマンティックで、美しい。現実世界にはない美しさを舞台は見せてくれる。だが不思議なことに、舞台の美しさを目撃したとき、私たちは現実世界の美しさをも知ることになる。舞台でオーバーに表現された美しさは、まぎれもなく現実の比喩だからだ。

遠田潤子さんの小説も同様だ。彼女の小説は、私たちの現実世界のなかでもっとも美しい部分を見せてくれる。それは決してきれいなだけの爽やかなストーリーではない。もっと濃くてもっと艶《あで》やかでもっと魅力的だ。「世界にはまだこんなに艶やかで濃い感情が残っていたのか」とこの作品を読んで驚く人はきっと多いはずだ。

本作は、そんな遠田ワールドの魅力が存分に詰まった小説になっている。読後はまるでひとつの舞台を観終えたかのような、ぐったりとした心地よい疲労が胸に広がるはずである。

さて、ここからは本編を読み終わった読者に語りかけたい。もしまだ読んでいない方がいたら、ここから先はぜひ本編を読んだ後にページをめくってほしい。

続けよう。本書で特徴的なのは、なんといっても大衆演劇の舞台の裏側を垣間見る《かいまみ》ことができるところだろう。

女形という存在を歌舞伎で知っている人は多いだろうが、今回描かれるのは、芝居もショーもファンサービスもなんでもこなす大衆演劇の女形である。本書を読んで「大衆演劇を観てみたい！」「ていうか慈丹さんの坂本龍馬姿を見たい！」と心底思った読者もいるのではないだろうか（私も見たい）。伊吹とともに、私たち読者は少しずつ大衆演劇の魅力を知っていくことになる。

劇団員みんなで旅を続けることも、大衆演劇の特徴である。作中、伊吹が劇団の共同生活に息苦しさを吐露する場面があるが、「そりゃそうなることもあるだろう」と伊吹に共感したくなるくらい、彼らは密着しながら舞台を作り上げていく。ここまで家族のような関係性なのか、と驚く人は多いのではないだろうか。

慈丹は何度も伊吹に「劇団を家族だと思って」と告げる。

――そのとき、作品の本当のテーマが明かされる。


主人公・伊吹は、ある理由から両親によって決定的に自分を損なわれてしまった青年である。

親という絶対的な存在に肯定されなかった子どもは、なかなかそこから回復するのが難しい。伊吹と朱里は、親によって損なわれたものを、双子の姉弟というこの世にふたりといない味方を持つことによってなんとか補おうとした。ふたりきりの双子の関係性は、ほかに替えのきかないものになってしまった。

しかし伊吹は、家族によって損なわれた自己肯定感が原因で、舞台俳優として致命的な欠損を抱えることになる。それは徐々に伊吹を蝕《むしば》んでいく。

最終的に、伊吹が失っていたものを掬《すく》い上げてくれるのが、劇団だった。

そう、この物語は、親によって損なわれたものを、仕事や他人との出会いによって回復させていく話なのである。

本作のテーマのひとつは、破綻した親子の関係性にある。昨今「毒親」という言葉も流行しているが、親子の間にある情念は、昔から演劇でも扱われやすいテーマのひとつである。親子の血縁の呪いは、なかなか切っても切れない。さらに親子以上に濃い関係性を他人と築くことは、地縁も薄くなった昨今、なかなか難しい。

伊吹も家族の呪縛から逃れられない青年のひとりだった。しかし彼は鉢木座と出会ったことで、はじめて自分の家から自立を遂げる。

鉢木座という新しい家族の一員になることで、生まれ育った家族の呪いを解く。伊吹の物語とは、そのようなものだったのだ。

家族は演劇のテーマになりやすい。それはなぜか。家族という関係性は外から見えない閉鎖的なものになりやすいからである。家族内の関係が複雑になればなるほど、外部に相談したり頼ったりする相手がいなくなる。実際、伊吹たちは自分たちの家族が異常であることについて、誰にも相談できなかった。家族について気軽に他人に相談することは、家族の恥を他人にさらすことになる、と言う人もいるだろう。

家族の秘密は家族のなかに留《とど》めようとしてしまう。それが家族の狂気に簡単に繫《つな》がってしまう。子どもは簡単に、家族という牢獄《ろうごく》に、押し込められてしまう。

――妄執の雲晴れやらぬ朧夜《おぼろよ》の。それは母の映子が口ずさむ歌だった。長唄の「鷺《さぎ》娘《むすめ》」は、娘が恋愛の妄執を絶ち切れず、地獄の恋に苦しむ様子を描いている。実際、本書でも、ある地獄の恋が描かれるが、それだけではない。思いがけない地獄の恋を生み出してしまった、家族という関係の地獄まで描かれている。

たとえ愛してくれない父母だと分かっていても、愛されることを諦めきれない子どもたち。それはまさに「妄執」そのものだったのではないだろうか。

しかし最終的に、伊吹はそのような「妄執」から解き放たれる。

まるで家族という舞台を変えていくように。伊吹は、鉢木座との出会いを経て、血縁の家族から、鉢木座という家族へ旅をすることになったのだ。

大衆演劇が一度興行を終えたら、セットをばらして、そしてまた別の舞台へ向かうかのように。伊吹はひとつの演劇を終え、そして別の演劇へ——鉢木座へ向かう。

私たちはもしかすると、そのように生きていいのかもしれない。役者がさまざまな舞台を生きるように。現実を生きる私たちも、自分自身をどこかに縛ることなく、生きる舞台を好きに変えていいのかもしれない。本書を読むとそんなことを思う。

誰かに課せられた役柄なんて、脱ぎ捨てていい。もっと自由に、役も舞台も選んでいいのだ。そんなふうに言われているように感じる。

舞台を観ると、違う世界に連れていかれる。どこか遠くにある、ずっと続いてきた時間軸に参加しているような気分になる。

それと同じで、本書を読んでいるとき、私は伊吹たちの美しい恋情に想《おも》いを馳《は》せる。時間軸の長い家族という名の呪いに驚く。それはまさに、舞台を観るときに、違う世界に連れていかれる感動そのものでもある。

伊吹は、女形という現実には存在しない、「男が演じる女性」になる。しかしそれは現実から切り離されているわけではない。現実の色気をもっと純度高く見せてくれるのだ。同様に、小説も、フィクションのキャラクターを描く。しかしそれは現実をうつしださないわけではない。現実という名の地獄を、私たちにもっと面白く魅力的に知らせてくれる。

紅蓮《ぐれん》地獄に生きる伊吹の姿を通して、私たちは太古から続く家族の狂気を見る。それはまさに、物語というものが見せてくれる美しさである。

伊吹はこれから、朱里の魂を背負って、どんな役者になるだろうか。紙の雪が降る場所で、新しい家族を選んだ彼の運命は、きっと現実を生きる私たちの希望でもあるのだ。


（みやけ・かほ　書評家）

本書は、二〇二一年二月、集英社より刊行されました。
初出「小説すばる」二〇二〇年四月号〜十月号
本作品はフィクションであり、実在の個人・団体等とは無関係であることをお断りいたします。

集英社文庫　目録（日本文学）

堂場瞬一　夢の終幕　ボーダーズ2
堂場瞬一　ホーム
堂場瞬一　野心　ボーダーズ3
童門冬二　全一冊　小説　上杉鷹山
童門冬二　明日は維新だ
童門冬二　全一冊　小説　直江兼続《なおえかねつぐ》　北の王国
童門冬二　全一冊　小説　蒲生氏郷《がもううじさと》
童門冬二　全一冊　小説　新撰組
童門冬二　全一冊　小説　伊藤博文　幕末青春児
童門冬二　異聞　おくのほそ道
童門冬二　全一冊　小説　立花宗茂
童門冬二　全一冊　小説　吉田松陰
童門冬二　上杉鷹山の師　細井平洲
童門冬二　巨勢入道河童　平清盛
童門冬二　小説　田中久重　明治維新を動かした天才技術者
童門冬二　大岡忠相　江戸の改革力　吉宗とその時代

童門冬二　渋沢栄一　人間の礎
遠田潤子　紅蓮の雪
戸賀敬城　結果を出す男はなぜ「服」にこだわるのか？
十倉和美　犬とあなたの物語　犬の名前
豊島ミホ　夜の朝顔
豊島ミホ　東京・地震・たんぽぽ
戸田奈津子　スターと私の映会話！
戸田奈津子　字幕の花園
冨森駿　宅飲み探偵のかごんま交友録
冨森駿　宅飲み探偵のかごんま交友録2
トミヤマユキコ　清田隆之　文庫版　大学1年生の歩き方
友井羊　スイーツレシピで謎解きを　推理が言えない少女と保健室の眠り姫
友井羊　放課後レシピで謎解きを　うつむきがちな探偵と駆け抜ける少女の秘密
友井羊　映画化決定
伴野朗　三国志　孔明死せず
伴野朗　呉・三国志　長江燃ゆ一　孫堅の巻

伴野朗　呉・三国志　長江燃ゆ二　孫策の巻
伴野朗　呉・三国志　長江燃ゆ三　孫権の巻
伴野朗　呉・三国志　長江燃ゆ四　赤壁の巻
伴野朗　呉・三国志　長江燃ゆ五　荊州の巻
伴野朗　呉・三国志　長江燃ゆ六　巨星の巻
伴野朗　呉・三国志　長江燃ゆ七　夷陵の巻
伴野朗　呉・三国志　長江燃ゆ八　北伐の巻
伴野朗　呉・三国志　長江燃ゆ九　秋風の巻
伴野朗　呉・三国志　長江燃ゆ十　興亡の巻
ドリアン助川　線量計と奥の細道
鳥海高太朗　天草エアラインの奇跡。
酉島伝法　るん（笑）
永井するみ　ランチタイム・ブルー
永井するみ　欲しい
永井するみ　グラニテ
永井するみ　義弟

集英社文庫

紅蓮《ぐれん》の雪《ゆき》

2024年2月25日　第1刷　　定価はカバーに表示してあります。

著　者　遠田潤子《とおだじゅんこ》
発行者　樋口尚也
発行所　株式会社 集英社
東京都千代田区一ツ橋2-5-10　〒101-8050
電話　【編集部】03-3230-6095
【読者係】03-3230-6080
【販売部】03-3230-6393(書店専用)
印　刷　TOPPAN株式会社
製　本　加藤製本株式会社

フォーマットデザイン　アリヤマデザインストア　　マークデザイン　居山浩二

ISBN978-4-08-744616-6 C0193